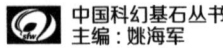中国科幻基石丛书
主编：姚海军

阿缺 著

四川科学技术出版社

图书在版编目（CIP）数据

星海旅人 / 阿　缺　著. -- 成都：四川科学技术出版社，2019.09
（中国科幻基石丛书 / 姚海军　主编）

ISBN 978-7-5364-9587-6

Ⅰ.①星… Ⅱ.①阿… Ⅲ.①科学幻想小说－中国－当代　Ⅳ.①I247.5

中国版本图书馆CIP数据核字（2019）第206049号

中国科幻基石丛书

星海旅人

出 品 人	钱丹凝
丛书主编	姚海军
著　者	阿缺
责任编辑	宋齐　姚海军
特邀编辑	魏映雪　汪旭
封面绘画	苏寒
封面设计	李鑫
版面设计	李鑫
责任出版	欧晓春
出　版	四川科学技术出版社
	四川省成都市槐树街2号出版大厦　邮政编码：610012
开　本	147mm×208mm
印　张	12
字　数	250千
插　页	2
印　刷	成都博瑞印务有限公司
版　次	2019年11月成都第一版
印　次	2019年11月成都第一次印刷
定　价	48.00元

ISBN 978-7-5364-9587-6

写在"基石"之前

姚海军

"基石"是个平实的词,不够"炫",却能够准确传达我们对构建中的中国科幻繁华巨厦的情感与信心,因此,我们用它来作为这套原创丛书的名字。

最近十年,是科幻创作飞速发展的十年。王晋康、刘慈欣、何夕、韩松等一大批科幻作家发表了大量深受读者喜爱、极具开拓与探索价值的科幻佳作。科幻文学的龙头期刊更是从一本传统的《科幻世界》,发展壮大成为涵盖各个读者层的系列刊物。与此同时,科幻文学的市场环境也有了改善,省会级城市的大型书店里终于有了属于科幻的领地。

仍然有人经常问及中国科幻与美国科幻的差距,但现在的答案已与十年前不同。在很多作品上(它们不再是那种毫无文学技巧与色彩、想象力拘谨的幼稚故事),这种比较已经变成了人家的牛排之于我们的土豆牛肉。差距是明显的——更准确地说,应该是"差别"——却已经无法再为它们排个名次。口味问题有了实际意义,这正是我们的科幻走向成熟的标志。

与美国科幻的差距,实际上是市场化程度的差距。美国科幻从期刊到图书到影视再到游戏和玩具,已经形成了一条完整的产业链,动力十足;而我们的图书出版却仍然处于这样一种局面:读者的阅读需求不能满足的同时,出版者却感叹于科幻书那区区几千册的销量。结果,我们基本上只有为热爱而创作的科幻作家,鲜有为版税而创作的科幻作家。这不是有责任心的出版人所乐于看到的现状。

科幻世界作为我国最有影响力的专业科幻出版机构,一直致力于对中国科幻的全方位推动。科幻图书出版是其中的重点之一。中国科幻需要长远眼光,需要一种务实精神,需要引入更市场化的手段,因而我们着眼于远景,而着手之处则在于一块块"基石"。

需要特别说明的是,对于基石,我们并没有什么限定。因为,要建一座大厦需要各种各样的石料。

对于那样一座大厦,我们满怀期待。

目 录

CONTENTS

少年往事

1

暮星的毁灭,发生在一个春天的尾声。

当时靳川站在人群中,看得很仔细,以至于他至今记得父亲的脖子被聚能光束击中时的情形。那年所有暮星的原生植物都枯萎了,星球表面一片素白,所以父亲脖子上喷涌出来的血成了靳川记忆里那个春天唯一绽放的花。

在此后的许多日子里,靳川回想起当日场景,总会惊讶地发现自己竟不怎么悲伤。他对此深感不安,思索了很久后,他将原因归结为自己和父亲其实并没有多少相处的时光。

父亲住在镇西的工地宿舍里,而他和母亲在镇中心的一间破旧屋子里生活着。

母亲是暮星总监工吕先生家的仆人,每天很晚才能回家,又要在吕先生醒来前为他准备好早餐。所以,后来回忆起母亲,靳川只记得她深夜疲乏的叹息以及凌晨时匆匆离家的背影。

母亲不在的时间,靳川是在屋顶上度过的。他俯视着这个贫穷的异星小镇。视野里,建筑和道路都破败不堪,远处的矿厂尘土飞扬,大型掘进机整日地轰鸣着。而更远的地方是郁青色的天空。

小镇是星际拓荒计划的衍生品。暮星物资贫乏,气候恶劣,但地层深处有丰富的KG矿[①],疆域公司便买下了它的开采权,招人过来。

这里的男人多是矿工,在地里拼命挖掘,靠劳动量来向疆域公司索取酬劳。女人的身份则复杂很多,有的属于某个矿工,有的却属于某些矿工。靳川家的河对面有一条花街,灯火彻夜不休,街上的女人欢迎每个男人进入——只要有钱。

靳川坐在屋顶时,能看到形形色色的男人从街头走进去,又在黎明破晓时自街尾离开。这些人里面,他常常看到父亲的脸。

其实靳川不知道该不该称呼那个男人为父亲——靳川的姓氏来源于母亲,并且和母亲一起住在镇西。父亲是矿工,住在工地宿舍里。即使在镇上遇见,他们也是擦肩而过,从不交谈。

靳川小的时候,很疑惑为什么自己不像别人一样有父亲的庇佑。他问过母亲,母亲却没回答,只是叹息着抚摸靳川右脸上的猩红色胎记。靳川察觉到了母亲的哀戚,就没有再追问过了。

但随着岁月沉淀,他对父亲的渴望逐渐加深。他经常看着其他小孩哭哭啼啼地消失在街头,不一会儿,一个魁梧的身影就会出现,抱着那小孩,向每个欺负他的人大声吼叫。这景象让靳川无比羡慕。

一个深秋的黄昏,靳川被隔壁的男孩詹姆斯打破了头。血迷糊了他的眼睛,疼痛和委屈使得他坐在路边哇哇大哭,但每个

---

① 作者虚构。

路过的人都没有对这个孩子多看一眼。于是,他站起来,向镇外的工地走去。

父亲刚脱下工作服,赤着一身精壮肌肉,正准备下河洗澡,就看到一个满脸是血的孩子走到跟前。靳川也不说话,站在跟前,用覆满了鲜血和眼泪的眼睛看着他。

"你给老子滚开!"父亲不耐烦地咆哮,绕过他走向河岸。

靳川颤抖了一下,但固执地跟着父亲。附近的很多矿工看到这滑稽的一幕,都哈哈大笑,父亲这才停下,问:"你怎么了?"

"我被别人打了……"靳川小声地说。

"那你找我干什么?"

"你要帮我报仇。"靳川鼓起勇气抬头,看着父亲,希望父亲会问为什么,但好半天都没有听到回应,只得自己把答案说了出来,"因为你是我爸爸。"

父亲像听到了笑话一样,哈哈大笑,其他矿工的笑声更大了。这粗犷而莫名其妙的笑声让靳川不知所措。

"小子,你不是老子的种!你妈妈跟别人睡了,生下你这个野种来,别想赖在我身上!"父亲狠狠地拍打胸膛,唾沫喷了靳川一脸,"还有,不管你是谁,记住——挨了打,要么打回去,要么就吞进肚子里一声不吭!"

靳川被吓到了,后退好几步,啜泣着转身离开。

黄昏的天色使得整个小镇一片血红,两颗恒星在地平线处垂垂欲老,靳川被拉出了两个影子,又瘦又长,无力地贴在地上。他分不清眼前的红色是血造成的,还是黄昏的缘故,极度的失望和无助让他失去了对道路的熟悉。一个突兀的台阶将他绊倒,于是,鼻血欢快地流出,同脸上的其他血液混在一起。

一只手伸过来,拉住他的后衣领。他感觉自己脱离了地面,上升到一个人肩上。"别给老子哭哭啼啼的,走,"耳旁传来父亲的声音,"我们去找那个欺负你的混蛋。"

坐在父亲宽阔结实的肩膀上,靳川看到的小镇换了模样,平日里所有的高大,现在都匍匐在视野里。这新奇的景象和父亲粗壮脖子所带来的安全感,让所有的疼痛和委屈都消散了,他紧紧揪住父亲脏乱的头发,在渐晚的霞光里前行。

詹姆斯被靳川叫出来时,一脸不在乎,嚷嚷道:"你还过来,是不是没被打够,信不信——"当赤裸上身的父亲走到跟前,巨大的阴影笼罩了他,他才惊慌地看着靳川,"你……"

"啪!"

父亲一个巴掌扇过去,十一岁的詹姆斯如同布袋般撞到墙上,他还没爬起身,父亲狠狠的一脚又踹了过去。詹姆斯躺在秋天的尘土里,脑子里只剩一片嗡嗡声,手脚抽搐,血从嘴边流了出来。

靳川被吓到了,颤抖着拉父亲的袖子,说:"爸爸,不要——"

话音未落,父亲的巴掌就落到了自己脸上,视野因巨大的冲击力而变得昏暗。紧接着,一脚击中肚子,他再次向上升起。这次他没有落到父亲肩上,而是在墙壁上撞了一次,又摔到地面。与父亲的殴打相比,之前跟詹姆斯打架简直如同玩闹。他呻吟着,想爬起来,但四肢像散架了一样无力。

"老子再说一遍,你不是老子的种!"在昏过去前,他只听到父亲这句充满厌恶的话。

2

再大一些后,靳川从别人的闲言碎语里,知道了自己和父亲的矛盾所在。

父母本来恩爱平静,父亲每天去工地采矿,以此向疆域公司换取酬劳。这是暮星所有男人的生存方式。母亲则做些闲活,缝缝补补,收入微薄,但也能补贴家用。

靳川的出生改变了这一切。

当父亲抱起这个刚出生的婴儿,看到他脸上的胎记时,脸色顿时变得惨白,两手一软,婴儿摔向地面。幸亏旁边有人接住了,否则靳川的生命将只有一天。

旁人正要责怪父亲的大意,看了一眼婴儿,也愣住了。婴儿的胎记,猩红色,呈不规则的六边形,长在右侧太阳穴下面,格外惹眼。这个胎记并不陌生,因为镇子上还有一个人,在同样的位置上长了同样的标记。

而那个人,不是父亲。

母亲偷情的传闻,像苍蝇一样飞遍了小镇。

任母亲如何解释,父亲都不信,整天要么冷着脸,要么粗着嗓子对她叫骂。家里的温馨不复存在,镇子里的闲言碎语,更让这个家庭岌岌可危。母亲曾哭着恳求父亲去做 DNA 测试,但暮星只有破败的小镇,有 DNA 检测设备的医院,最近的都在三光年之外的科斯塔星。父亲还没听完,就猛地拍着桌子,吼道:"什么,你还想让我丢人丢到科斯塔星!"

躺在襁褓里的靳川没有意识到自己对这个家庭造成的破坏,总是哇哇大哭,张开手臂,想得到拥抱。父亲从没有正眼看过他,只有母亲,一边哭泣一边撩起衣服给他喂奶。

父亲逐渐染上了酗酒和嫖娼的习惯,总是很晚回家,经常对着母亲又打又骂,然后在刺鼻的酒气中沉沉酣睡。但即使如此,由于母亲的忍让,这个家还是在暴风雨中支撑了几年。

靳川就是在这种环境里长大的。很多个夜里,当暴躁的父亲对母亲拳打脚踢时,他一个人百无聊赖地坐在一旁,玩着手指,看着窗外漆黑寒冷的天。咆哮或哭泣,于年幼的他而言其实没有区别,都是耳畔的噪声。他唯一关心的,是什么时候屋子里安静下来,自己可以睡去。

六岁的一天,靳川离家玩耍。那是个清晨,一颗恒星已经升起来了,另一颗刚露出头,所以他脚下有两个影子,一个浓一个淡。他好奇地去踩浓影子的头,但他一动,影子就立刻向前窜,始终不让他踩到。他气呼呼地蹦起来踩,不知不觉间来到了镇东的山坡上。

山坡上还坐着一个人,面对着恒星升起的方向,正在轻轻地吹着什么。

靳川对影子的兴趣立刻转移到那个男人身上了。这个镇上,男人都五大三粗,在尘土飞扬中驾驶大型采矿机,吐浓痰,说脏话,大笑着谈论女人。像眼前这么清瘦的,他还是第一次看到,而且男人吹出的声音是如此悠扬。

"真好听。"他坐到男人旁边,好奇地看着男人嘴边那奇异的方块形乐器。

男人没有理会,继续吹着,直到恒星全部升起来,天边光彩如瀑。"这是口琴。"男人告诉他,"一种很简单的乐器,最先来自地球。"

地球……靳川听过这个地方,人类文明在那里萌发,联盟贵族富户都住在那儿。跟贫困偏远的暮星相比,那里是天堂。

"你能教我吹吗?"

男人这才扭过头来看他。靳川那猩红的胎记在初生朝阳下格外惹眼,仿佛天边云霞落下的一块。男人的表情有些怪异,过了好久才点点头,"当然可以。"

那整个上午,靳川都笨拙地在口琴的十个吹口上摸索。

出于小孩子的贪心和厚颜,靳川在临走时要求男人将口琴送给自己。

"好的,你好好练,我明天过来听你吹得怎么样。"

然而,靳川第二天并没有到那个山坡去。

那天他一回家,刚把口琴拿出来吹,就遭到了父亲的暴打。即使事隔多年,时光将许多往事冲淡,他也依然记得当时的暴戾场景。父亲一听到口琴声,眼睛就立刻红了,仿佛一头猛兽在他身体里苏醒。往常,他喝醉了打母亲,都是揪住母亲的衣领,用手掌扇她的脸,要是喝得再多些,就用脚踹母亲的肚子。但那天,他没有喝醉,是单纯的怒意使他疯狂。他省去了揪衣领的动作,一耳光将靳川扇倒,然后提起他的脚,像甩沙袋般把他往墙上砸。父亲用脚踩靳川的背部,拿起椅子砸靳川的头,把靳川死死地往水池里按。

其实靳川在遭受第一击后就陷入了昏迷。他最后的视野里,只有旋转的屋子和父亲血红狰狞的眼睛。很多年以后,他参加疆域公司对边缘星球的征讨战,在那些装备简陋的反抗军身上,再次看到了那种疯狂的眼神。他才知道,那眼神里蕴含着真正的杀意。

幸亏母亲回来得及时,在靳川窒息前将他从父亲手里抢了过来。这个七岁的孩子已浑身是血,骨头和牙齿纷纷碎裂,奄奄一息,拿在手里像棉布一样轻软。镇子的医生对这样的伤势无能为力。母亲抱着他,朝着港口飞船上的人跪了个遍,才央求人把他送到繁华的荣星去治疗——靳川有个表哥在荣星,据说是个大人物。

靳川乘坐飞船离开那天,父母正式离婚。他伤好回来后就被母亲带着住到了镇子的另一头。

再次见到那个男人,是靳川七岁进入学校的时候。那是盛夏,阳光炙烈,作为小镇唯一的音乐教师,这个姓徐的男人走进了他的视线。明亮的光线里,他看到徐老师右侧的太阳穴上赫然有着红色的六边形胎记。

他终于明白了父亲当初为什么会发那么大的火。

3

　　镇上的男人忙着从地里挣钱,女人忙着从男人身上挣钱,唯一无所事事的,就是孩子。

　　许多个黄昏,靳川坐在房顶上,百无聊赖地看着远处烟尘四起的工地。大型机械一刻不停地挖掘着这颗星球,越来越深入,靳川经常有种暮星其实已经被挖空,一不留神就会踩破地面的错觉。

　　这种错觉让他更加迷恋于坐在屋顶。

　　"阿川,"詹姆斯在屋前仰着头,大声地喊叫,"快下来,帮我去打架!"

　　十六岁的詹姆斯长得格外高壮,身体在地面投射出浓重的阴影。他是孩子头,常率领十几个男孩子到别的镇去打架。

　　如果晚霞很美的话,靳川就会拒绝,继续待在屋顶,以一种孤单的坐姿将黄昏守望成黑夜。但今天,工地的灰尘腾空而起,整个天边雾蒙蒙的,两个夕阳在视野里无精打采地耷拉着。

　　于是他拍拍裤子,顺着墙壁滑下去,问:"今天要揍谁?"

　　"隔壁镇的王胖子!"詹姆斯扭着手指,指节噼啪作响,"他娘的,上次跟我抢地盘,说镇头的山坡是他们镇的！这次约好了,都带人,打出输赢来,谁赢了山坡就归谁。"

其他孩子也走过来,向靳川点点头。

他们踩着淡薄的晚霞,走向镇外山坡。这个季节,暮星的气温变化很快,夕阳下沉,寒意弥漫,少年们吐出的气息在空中形成白雾。詹姆斯一边走一边怒骂,并交代其他人,待会儿打架的时候绝不能手软。"干！今天不见血就不算完！"他说,"王胖子肯定也会叫人,可能比我们多。你们别怕,我先上去,对着王胖子就下狠手。你们跟着打就是了。谁不打,谁的小弟弟就只有七厘米！"

镇外是一片荒凉的景象。干枯的植物趴在地上,在风中瑟瑟发抖,如同呜咽。灰色的天,灰色的地,唯一的分界线是渐隐的霞光。小镇在这种景象里存在了三百多年。

到了山坡,王胖子一伙人还没来。詹姆斯一边哈气,一边补充打架时的要领。他身上带了一柄刀,关键时刻,可以用它在王胖子身上开几道口子。

"你说,镇上的那些大人,为什么能在这种地方,挖一辈子矿呢?"靳川环顾四周,喃喃地问。

詹姆斯一愣,然后满不在乎地摆摆手,"不然去干吗？我们的老子在挖矿,老子的老子也在挖,等我们成年了,也要到工地里去的。"

"那多单调啊,很多人一辈子都没出去过……联盟发现了几千颗宜居星球,真想去看一看。"

"别想那么多了。船票那么贵,而且从暮星离开,要过很多审查。听说上次有人藏在货船里,想偷偷离开,被发现后直接扔到了外空间,现在还在轨道上飘着呢。要我说,还是老老实实地待在镇上,白天挖矿,晚上去花街找女人,多爽啊。联盟还在向宇宙深处拓荒,我们挖的矿起着大作用呢!"

"可是,挖了几百年,暮星为什么还这么穷?"

"那是因为——"詹姆斯想了一下,想不出合适的解释,拍拍靳川的肩膀,不说话了。

正在这时,王胖子来了。他名副其实,脸颊鼓起,肉都快把眼睛埋住了。

"干!终于来了!"詹姆斯摸摸怀里的刀,"准备好干架!"

但其他孩子没有动。

因为来的只有王胖子一个人。他脸上没有往日的张扬得意,在落日残照中,反而显得有些萧索。

"我说王胖子,你胆够大的啊,敢一个人来!那好,我也不欺负你,我俩单挑吧,今天总要躺下一个的。"

"我要走了。"

"来了还想走?"詹姆斯冷笑两声,上前揪住王胖子的头发,"我发过誓,今天一定要狠揍你一顿。"

疼痛使王胖子的表情有些扭曲,但他没还手,说:"我要离开暮星了。"

"看我不打——什么?"

"我爸爸用这几十年积攒的钱,疏通了地球上的关系,他们决定把我爸爸调回地球当后勤。虽然只是扫垃圾的,但总比留在这里好……明天就会有船过来接我们。"

"你也要跟着去,是吗?"詹姆斯的声音有些伤感。

"是啊。"

詹姆斯一把抱住他，"兄弟，走好。"

靳川也走过来，忧伤地看着王胖子，说："以后再也不能跟你打架了。我会想念你的。"

"我也舍不得你们。"王胖子逐一拥抱他们。

一群少年坐在夜幕将临的山坡上，彼此沉默无语，之前的汹汹气势完全被伤感所取代。詹姆斯掏出了那柄小刀，低着头，用刀在地上胡乱划着。夕阳完全沉了进去，宣告着奇寒无比的夜晚已然来到。

"对了，我爸说，这里很快就要出事，早点走安全些。"临走前，王胖子在靳川耳边小声说，"你要小心点。"

4

不久之后，靳川就知道王胖子所说的事情是什么了。

罢工。

最先是从另一个镇子传来的消息，一个矿工在工作时陷入了松散的土质。大地如同张开了森然巨口，喉舌幽暗，一口将惊慌失措的矿工吞噬。当工友们把他挖出来时，能够看到的，只是一具僵硬的暗紫色尸体。

但作为整个暮星大小事务的负责人，吕先生拒绝赔偿，理由是事故由矿工的误操作引起，应该自身承担责任。这成了罢工事件的导火索。遇难矿工的家属纠集了一批人去闹事，他们是傍晚去的，绚丽的晚霞披在每个人身上，到了第二天清晨，他们就被送了回来，灿烂的朝阳铺洒在他们的尸体上。这是吕先生一贯处理事情的方式，铁腕压制，屡试不爽。

但不幸的是，又有好几个工人被空陷的土地吞噬，好像真如靳川担心的那样，暮星被挖空了。工人们被号召起来，集体罢工。他们在工地里坐着，打牌谈笑，喝酒睡觉，就是不去操作那该死的矿车。

吕先生一点儿都不着急。

他把罢工报告扔进垃圾桶,照旧靠在书房的真皮沙发上,闭上眼睛,抽了一口产自地球的优质雪茄。几分钟后,他轻轻地说:"中断物资供给吧。"

暮星产业链单一,所有人的生活物资都是疆域公司提供的。这是一条极不平衡的供需链——物资昂贵,工资却微薄,工人如果不拼命干活,挣的钱甚至都不够生活开销。疆域公司凭此累积了惊人的财富。

而现在,连物资也被吕先生囤积起来了。

两方的人就这么耗着。靳川在深夜里吸一口气,都闻得到浓烈的动荡味道。

但他还是要去上学。他在清晨穿过小镇街道,远处没有开采的喧嚣,寂静如哑剧。一排排屋子都沉默着。天边的朝霞火一样燃烧,印得他的脸一片通红。

教室的位置空了一大半。每天教室里的学生都在减少,渐渐地连老师也不来了。许多节课,靳川都是靠着看窗外的景物度过的。百年小镇在罢工运动中摇摇欲坠,人们储存的物资快要耗尽,席卷所有人的风暴会随着真正的饥饿一起来临。

最后一个坚守下来的老师是教音乐的徐老师。他依旧清朗,眼睛深邃,似乎岁月侵蚀了所有人却独独放过了他。但由于饥饿,他的脸颊微陷,身体也瘦了不少。他对着日渐空荡的教室,一板一眼地讲着课,陈旧的全息屏幕很昏暗,将他的身影藏在后面。

"老师,为什么其他人都走了,您还留下来呢?"问话的是一个女孩子,坐在教室的最前排,"教室里就我一个学生了。"

靳川刚想说还有自己,看了女孩的背影,话到嘴边又吞回去了。

他认识这个女孩,她叫吕成琳,是吕先生的女儿。如果吕先生能够调回疆域公司总部,她就会随其回到地球——那个所有人都只能奢望的地方,人类文明的起源,联盟最繁华之地。她要去那里,所以她从来不屑于跟暮星上的男孩说话。男孩们也不喜欢她的高傲劲儿,经常捉弄她。有一次,她正趴在桌子上,在纸质笔记本上写字,詹姆斯就一把抢过她的笔记本,打开扉页,看到了上面的三行字,大声念道:"我有一匹马,南来北往,海角天涯……"念完他哈哈大笑,"暮星上可没有马,你想骑的话,不如试试我?"其余人也跟着笑,吕成琳却哭了。当时靳川坐在教室角落,没有跟着起哄,而是咂摸着那三句话,心里像落下了一只轻盈的蝴蝶。

徐老师停下授课,笑了笑,"那你们为什么还来学习呢?"

"我以后要去地球。"吕成琳挺直背部,严肃地说,"地球上的女孩子会什么,我就要会什么,不能比她们差。"

"那你呢?"徐老师转过头,目光看向靳川。

靳川愣了一下。是啊,自己为什么还会来学校呢?他对学习并不看重——或许是因为徐老师吧。他每次看到徐老师,耳边都会响起悠扬的口琴声,心中也会生出一些莫名的情愫。徐老师留到了最后,他便也天天来学校。但这些话是不能说出来的。他嘟囔着说:"我无聊,没有别的事情干。"

吕成琳明显嗤笑了一声,依旧坐着,头都没有回过来。

"不管什么原因,你们能来就好。课堂始终是知识流通的地方,暮星人从来不肯学习,认为挖矿就能活下去。是,挖矿能活下去,但想过得更好,不被疆域公司压迫,就要用知识。"

"老师,我不同意。"吕成琳抬起头,"疆域公司并没有压榨工人,是工人在起哄闹事。我爸爸不得已才用停止供应的方法来缓解矛盾。要是没有疆域公司,联盟至少要失去一半的能源供给,更别说那些不断向未知星域开拓的舰队了。人类联盟能够发展壮大到现在的规模,疆域公司居功至伟。"

徐老师没有反驳,关闭了全息屏幕,沉默一会儿,说:"那你们今天想学什么?"

"口琴!"靳川下意识地说。

"你呢?"徐老师朝向吕成琳。

"口琴在地球上流行吗?"

"不流行。地球人通常会去剧院听音乐剧,他们喜爱萨克斯和大提琴,他们觉得那才是高贵优雅的乐器。口琴呢,只有在夜深人静的事情,你觉得寂寞了,没有人陪伴,才会拿出它来吹一阵。口琴是孤独的乐器。你要学吗?"

吕成琳犹豫一下,"那,还是学吧,大不了以后再去学大提琴。"

但是徐老师只有一个新的口琴。吕成琳皱了皱眉,说:"我可不愿意吹别人吹过的口琴。"

靳川说:"那你先吹,你学完了我再学。放心,我不介意你吹过的口琴。"

吕成琳哼了一声,"算了,我还是在一边打拍子吧。"

于是,这节音乐课拖堂了,整个下午他们都在学口琴。靳川学得很快,天际泛黄时,他已经能够断断续续地吹出一首曲子了。

"这首歌叫《逝去已久的日子》,也有翻译作《友谊地久天长》

或《萤火虫之光》。很久以前，每个人都会哼唱这首歌，在离别的时候唱起来，总会让人落泪。后来大星际时代开始了，人类流落到各个星球，渐渐地，这个旋律就被遗忘了。"

"那老师你怎么会知道呢?"吕成琳问。

"我曾经去过地球。"

靳川一惊，抬起头看向徐老师。他知道这句轻描淡写的话里藏着怎样的波澜。他第一次觉得徐老师风云不惊的脸后面藏着无数往事，那些事情不是他一个在偏远星球长大的少年能够理解的。他又看到了老师脸颊上的红色胎记。

后来，天就黑了。

徐老师说:"靳川，你送吕成琳回去吧。"

"为什么?"靳川和吕成琳同时问道，然后又同时说——

"我不送。"

"我不用他送。"

"现在镇上不安全，吕成琳你身份特殊，矿工们对付不了你爸爸，可能会迁怒到你身上。你们一起走，总会安全许多。"

于是少年少女走在暮色渐沉的街道上。两个人隔得很开，也没有说话，夜风从他们中间穿过，一点点凉意在皮肤上沉降。

一路平安，没有意外。

吕成琳直接进了家里。靳川对这一点早有意料，没有因为她的不礼貌生气，也转身向自己家走去。那座在破旧小镇上因为豪华雄伟而显得突兀的房子在他身后渐渐远去，隐没在夜色里。

他以前进过一次吕成琳家里。

那是在他十一岁的时候。疆域公司派了几个中高层领导来暮星视察,他们的评价对吕先生日后的升迁有重要影响,所以吕先生让靳川的母亲做了一大桌丰盛的菜肴用于款待。

席间,那些官员赞不绝口,他们尝惯了地球的山珍海味,暮星贫瘠土地里长出的粗粝但可口的食物更能给他们的味蕾提供丰美享受。于是,一个官员家眷提出想见一见做出这桌丰盛菜肴的厨师。

母亲拘谨地来到客厅。在一群衣着高贵、举止优雅的地球人中间,母亲寒酸得如同误入天鹅池的灰鸭子。她低着头,手使劲地在衣摆上擦拭,尽管衣摆也布满油污。

贵妇们友好地向母亲询问其中某道菜的做法,母亲结结巴巴地回答了。然后她们问起母亲的生活情况。她们其中一个人说话时,其余人都含笑看着,表情安静、儒雅。这种礼貌得近乎诡异的氛围让母亲更加紧张。

"啊,那你岂不是每天都不能和自己的儿子相处?"当一个妇人听到母亲清晨离家深夜才回去时,惊讶地说,"那你怎么给儿子提供合适的教育呢?要知道,每个孩子都是还没有羽翼的天使,他们的成长需要家长无微不至的关怀。"

要是这位贵妇知道暮星上孩子的生长状态,她就不会觉得惊讶了。但这话母亲不能说出来,所以她一时僵住,气氛有些尴尬。

吕先生适时地解围。他站起来,走到母亲身边,语气竟有些哽咽,"你怎么不把你的难处告诉我呢?我从来不知道我家里的仆人居然因为给我工作而失去了和家人在一起的时间。如果谁让我和女儿分开,我会跟他狠狠干一架。"

"噢,吕,"客人们轻轻笑起来,"你可不像是会撸起袖子打架的人啊。"

吕先生不顾油污,握着母亲的手说:"从明天起,你就让孩子住在我家里吧,以后你们就能经常见到了。"

"真的可以吗?"母亲不敢相信听到的话。

"为什么不呢?"吕先生语气恳切,目光灼灼,"我这个房子还算大,有很多空房间,而且吕成琳一个人,总需要一个朋友。"

年幼的吕成琳顿时高兴起来,大声说:"好呀好呀,我马上就要有一个朋友了!"

母亲欣喜得颤抖,握住吕先生的手,不住地道谢。一旁的客人们纷纷点头,称赞吕先生有一副好心肠。

第二天清晨,母亲带着靳川来到了吕先生家。来自地球的客人已经走了,吕先生正一边吃早餐一边看矿产进度汇报,手上捏着一根燃到一半的雪茄。吕成琳坐在一旁,看到靳川,连忙从椅子上跳下来,对靳川说:"你就是我的新朋友吗?"

"是的,"面对长相如洋娃娃般可爱的吕成琳,靳川有些拘谨,"以后我们就能一起玩了,我会很多游戏,比其他人都多。"

"那我能叫你哥哥吗?"

"唔……可以吧。"

从始至终,吕先生头也没抬,雪茄的袅袅烟雾在他身边环绕。母亲走到吕先生身前,小声地说:"吕先生,我把儿子带过来了。他住哪间房呢?"

吕先生抽了一口雪茄,放下报表,抬起头看着母亲。他没有说话,就这么定定地看着,眼神毫无温度,表情也冷冽如冰。过了很久,他嘴角突然扬起一抹嘲弄的笑意。

母亲并不傻,只愣了一瞬便明白一切。她的脸因屈辱而烧红,艰难地弯腰说:"对不起,吕先生。"

吕先生淡淡地"嗯"了一声,重又低下头。

靳川正在犹豫要不要回应吕成琳的热情。那时的吕成琳仰起头,小小的脸上满是期待。她的眼睛是黛蓝色的,在清晨的霞光里映出星星点点。靳川刚要摸一摸她的头,母亲及时抓住他的手,牵着他往外走。

"怎么……"靳川使劲地挣扎着。

母亲低声说:"我们回家!"

"可是——"靳川不理解母亲语气的悲伤和倔强,但挣扎不过,于是尽力扭过头,对身后的吕成琳喊道,"你等着我啊,我很快就回来跟你一起玩了。"

这个年幼的诺言当然没有实现。再见面是几年之后,音乐课上,两人已经形同陌路。

回到家,母亲还没有回来。破旧的屋子里空空荡荡。

靳川爬到屋顶上,抱膝坐着,一颗巨大的卫星从他背后升起,整个小镇在月色下幽静如山麓。低矮的房子被阴影覆盖,一直延绵到镇外的工地,终日轰鸣的大型掘进机也都停歇了,像是一只只疲惫的沉默的兽。

一直到月上中天,靳川都静静地坐着。睡意从月光渗透到他的身体里,他打了个哈欠,正要下去睡觉,眼角却瞟到一个正在房屋阴影里走动的人。

人影行色匆匆,穿过小镇,翻过工地背面的山坡后,便消失在一片浓重的黑暗里。

"詹姆斯?"靳川心头一跳。

5

　　这一夜,母亲回来得很晚,几乎天快亮时才到家。靳川睁开蒙眬的双眼,看到母亲坐在床边,正怜爱地看着自己。

　　"妈,回来了?"靳川腾地坐起来,问。

　　母亲点点头,"你肚子饿吗?"

　　靳川摇摇头,肚子却咕咕叫了起来。

　　母亲微微一笑,继而叹了口气,从身后拿出一个包裹,解开,里面顿时冒出热气和食物的香味,"你吃吧,现在是长身体的时候,怎么能饿呢?"

　　"妈,这么多好吃的是从哪儿来的?"

　　母亲摸摸他的头发,说:"妈是吕先生家的佣人,偷偷从厨房拿的,你可千万不要跟人说。"

　　靳川犹豫了一会儿,重重地点头。他拿起一个面包吃起来,食物填充胃部,顿时觉得四肢有了力气。

　　"你,"母亲顿了顿,似乎下定了决心,说,"你也不要吃完了,留一点,留一点给你们学校的徐老师带过去。他恐怕也饿得不行了。"

　　咳咳,靳川被满嘴的面包呛住了,咳了好一会儿才缓过来。他看着母亲的脸。晨曦未至,只有微弱的光亮从屋外射进来,母亲的表情藏在昏暗不清的光线里,像锈蚀的雕像,像斑驳的画,总之让靳川越看越迷糊。他心里有一个问题想问出来,但怎么也说不出口,最后只点了点头。

　　靳川在教室等了很久,徐老师也没有来。

　　"你回去吧,"他对吕成琳说,"徐老师可能不会过来了。我去他家里看看,你先回去。"

　　说完他转身,出了学校向镇西走去。徐老师的家就在镇西最偏僻处。他走了一会儿,觉得身后不对劲,回过头就看见了吕成琳。她在身后不远不近的地方,低着头,金黄色的头发在阳光下,如在流淌。见靳川停下,她也停下。

　　"你跟着我干吗?"靳川问。

　　"谁跟着你了,"吕成琳轻轻地哼了一声,"我也要去找徐老师。"

　　"好吧,随便你。"

　　靳川径直向前走,穿过一片低矮房子,在镇子的最边缘,他找到了徐老师的家。那是一个比镇上所有破败建筑更加破败的所在,静悄悄地趴在荒地里,风能从屋子的一边吹到另一边。靳川听说过徐老师一个人住,生活清苦,但没料到穷困如斯。

　　他推门进去,发现徐老师正躺在床上,面色苍白,额头上沁满汗珠。

　　"老师生病了!"进来的吕成琳惊呼道。

　　"感谢你提醒这么明显的事情。"靳川没好气地说,"你除了说,还能做点别的吗?"

吕成琳脸有些红,"可是每次生病了都是别人照顾我,我从没……"

靳川不再废话,用毛巾擦干徐老师额头上的汗,倒了一杯热水喂他喝下。徐老师睁开眼睛,刚要起身,就被靳川按住了,"老师,你这么虚弱,都是因为饿。我这里有些吃的,你先吃一点。"

"我这里也有,"吕成琳连忙喊道,"我带过来给老师的。"

徐老师看着两份食物,说:"吕成琳是吕先生的女儿,能拿到吃的不奇怪,但你是怎么弄来的呢?"

"我,"靳川说,"是我妈妈让我拿过来的。"

气氛有些微妙起来。吕成琳显然听过一些传闻,侧过脸,金黄的头发披下来。徐老师怔了一下,默默拿起面包,一口口地就着水吃下去。

靳川站起来,在徐老师的屋子里打量。这个房屋虽然外面简陋,但里面干净整洁,只是墙壁上贴满了图纸,上面用红、蓝、黄等颜色标注,还有许多数据。靳川仔细看,发现这些图纸都是暮星各大矿区的地图,而数据代表的是矿区 KG 矿的开采量和剩余量。

"这,这些是什么?"吕成琳也留意到了图纸,问道。

"这是我十几年来对暮星矿物开采的调查。"吃了面包,徐老师的声音恢复了一些中气,"KG 矿是暮星的重要组成。它的重要性,不仅仅是在地质方面,气候和生态都受它的影响。这颗星球有太多无法解释的东西了。事实上,联盟的任何一颗殖民星球,对人类来说都是未知的,都需要长时间的观察和试验。但联盟拓荒的脚步太快,停不下来。而这几十年来,疆域公司对 KG

矿的开采速度已经达到了暮星无法承受的地步。许多原生植物开始萎缩，气候也逐渐变得恶劣。"

"那有什么后果呢？"

"很快就会无矿可采，这颗星球也会慢慢死去……"徐老师露出罕见的嘲讽笑容，"不过联盟高官和疆域公司肯定不会管，反正工人们和这颗星球的价值已经被压榨干净，联盟又能向前开拓百万光年，这些数据能够掩盖一切……算了，这些你们还不懂，多说无益。"

"老师，"吕成琳犹豫一下，"我一直好奇，你怎么会知道那么多呢？"

"我在地球读的大学，主修是星球结构学。"

"这是干什么的？"

"是专门研究联盟某个殖民星球的形成、生态、物种等方面的综合学科。"

"只研究一颗吗？"靳川神往地问，"为什么不是在所有的星球间游历？那样的话，就能去各种各样的星球，见到很多人没有见过、没有听过，甚至没有想象过的景象。"

"真是个孩子。"徐老师笑了笑，"每颗星球上要探索研究的东西都博大精深，难有止境，比如人类的母星地球。到现在为止，都很难说人类已经完全了解地球。相对于以亿万年寿命计的星球，人类的生命太过短暂，终我一生，能在一颗星球的结构学上做出贡献，就已经很了不起了。"

吕成琳突然开口："那老师为什么会选择在暮星做研究呢？联盟有那么多美丽神秘的星球，随便哪一颗都比暮星好。"

徐老师默然，半晌才道："因为暮星是我的家乡，而且我的家乡快要死亡了。"

不知是错觉还是什么,靳川依稀看到,徐老师在说这句话时眼睛有意无意地瞟了自己的胎记一眼。

后来靳川回忆起这段时间,总会觉得不可思议。

在罢工阴影笼罩下,他和吕成琳每天都会到徐老师家,坐在小小的破旧的屋子里,学习音乐,听老师讲联盟其他星球的种种奇异景象。那些温和的话语在屋子里萦绕,将他和吕成琳带到群星的深处。当徐老师讲述各个星球的趣闻时,吕成琳总会睁大眼睛,听得入神。她水盈盈的眸子里像是绽出了星光。这时,靳川就会长久地看着她,耳旁仿佛会响起吕成琳轻轻的吟唱声,唱的是她写在笔记本扉页上的小诗:我有一匹马,南来北往,海角天涯……

如果可以,靳川希望这种时光永远延续下去。

6

这一年的春天格外惨淡,不但工人们没有干活,镇子外也是一片荒芜,植物纷纷藏在地表之下,更奇怪的是,大地竟泛起了诡异的白色。靳川坐在屋顶上,看到一片素白延伸至天际,仿佛是为葬礼而铺上的素衣。

这个不详的联想让靳川觉得不安。

这份不安因为母亲身上的伤痕而更加强烈。

那天,母亲回来后,没有给靳川带回食物。她一边叹息一边抚摸靳川的头。在衣袖摆荡间,靳川敏锐地看到了母亲手臂上的伤痕。他抓住母亲的手,把袖子挽上去,只见褐色的伤痕一条条密布,如同皮肤下滋生的阴翳。这些伤痕一直从臂膀向上蔓延,可想而知,在靳川看不到的部位,还有更多的伤。

"怎么回事!"靳川脑袋轰然,厉声地问。

母亲把袖子刷下来,摇摇头,转身走了。天已发白,她得去吕先生家工作。在转身的刹那,靳川看到有眼泪从她眼角滑落。

靳川不是傻子,稍微冷静下来之后,便将一切想通——母亲身上带伤,又没有像平常一样拿回礼物,只可能是母亲偷窃食物被抓,遭到了吕先生的责打。

说不定是吕成琳告密,只有她知道自己拿到徐老师家的食物的来源。

靳川握紧拳头,指节泛白。

"你今天怎么魂不守舍?"徐老师停止讲述,看着靳川。

靳川没有回答,扭头看了下屋外,问:"吕成琳怎么还没有来?"

"可能不会来了吧,"徐老师说,"你有什么事情要跟她说吗?"

靳川摇摇头。

清晨的辉光透过窗子射进来,落在两人中间。一些尘土在光柱中浮动。靳川默默想着事情,突然在重重光晕的背后,看到了徐老师脸上的胎记。那个鲜红的六边形,在晨曦中如刺一般让靳川的眼睛灼灼发痛。

"老师?"靳川说。

"嗯?"徐老师正站起来倒水喝,随口应了一声。但过了很久他都没有再听到靳川的话,疑惑地转过身,他看到这时候的靳川全身都沉在光柱背后的阴影里,脸上无悲无喜,只有目光死死地看着自己。他这才意识到不对,再次问:"有什么事吗?"

"老师脸上的胎记,为什么——"靳川一字一顿,声音敲打着清晨的微寒,"为什么会跟我一样呢?"

徐老师嘴唇动了动,却归于沉默。

"是不是真的跟他们说的一样,老师才是我的父亲?"靳川缓缓地开口,把这个藏在心底已久的问题说了出来。

　　靳川的整个少年时代,都被这个问题困扰着。他不被父亲接受,遭到毒打,被伙伴们鄙视,与母亲相依为命……所有惨痛的回忆都来源于脸上的胎记。每个少年的成长路途,都是跟着父亲的背影亦步亦趋地走出来的,但靳川是个例外,只能蹲坐在屋顶,从晨曦渐起看到霞光消逝。他渴望着一个真正的父亲站在他的身前,相比于旷工,他更希望徐老师是自己的父亲。是啊,他们身上有很多共同点,喜欢音乐,渴望星空,跟那些在暮星上五大三粗的工人不同,他们的灵魂都是属于星际而不是矿区——

　　"不,"徐老师摇头,"我不是。"

7

夕阳如血。

詹姆斯吭吭哧哧地爬上屋顶,坐到靳川身边,晚风一下子扑过来,几乎将他掀倒。幸亏靳川及时伸手扶住了他。待他坐稳,靳川又把手缩回去,抱住膝盖,怔怔地看着夕阳。

"你不高兴吗?"詹姆斯推了推他的肩膀,"不高兴正好。来,看我带了什么东西!"

他扬起手上的瓶子,瓶里的液体随之晃荡起来,发出好听的叮咚声。这些液体本是透明的,但夕阳透过,让它们散发出了金黄的色泽。

"这是……酒?"

詹姆斯得意洋洋地把瓶盖拧开,一股醇香的酒味立刻涌了出来。靳川抽了抽鼻子,深吸一口气,问:"这种好东西,你从哪里弄来的?"

"这你不用管,我自有办法。怎么样,心情不好就来一口?"

于是靳川仰头饮了一口酒,热流直涌入喉,整个脑袋"轰"地一下炸开。"爽!"他咬紧牙,嘶嘶吸气。

"是吧！这可是好玩意儿，来自地球。"詹姆斯也小口啜了一下，深深地陶醉，"告诉我，你有什么不开心的事情。"

靳川再喝一口，几乎把整瓶酒喝了一半，才边喷酒气边说了白天的事情。

"我还以为有什么大不了的。"詹姆斯耸耸肩，"你看，我从小就没有爸爸，现在还不是活得好好的。他妈的，谁嘲笑我我就打谁，忧伤不管用，拳头才是道理！"

靳川重重地点头，两拳握紧，"嗯！走，我们现在去打人吧！谁不去，谁的小弟弟只有七厘米！"

"打人倒是不用，不过我们可以先去教训一个人。"

"谁?"

"吕成琳！"詹姆斯挥了挥拳头，"她平时就看不起我们，现在还向吕先生告密，害得你妈妈被打。这都能忍?"

"不能！"靳川的身体被酒气与怒气充斥着，站起来，身体在渐强的风中摇摆，"走，我们去找那该死的臭丫头！"

趁着夜色，他们来到了吕先生家后院。

"把你的口琴拿出来。"

靳川疑惑地掏出口琴，还没问为什么，口琴就被詹姆斯夺过。

詹姆斯又掏出一个纸团，小心地把口琴包住，奋力扔向吕成琳的窗子。"砰"，纸团砸到窗子，蹦蹦跳跳地落到阳台上。

"纸上写的是什么?"

"用你的名义叫她出来。你们最近不是经常一起去徐老师家里吗，我说你想教她吹口琴。"詹姆斯一边盯着窗子，一边小声地说。

靳川隐隐觉得不对,说:"可是你怎么会知——"

"嘘,别说话。"詹姆斯猛地伏低身子,"她出来了。"

果然,窗子拉开,吕成琳的身影探了出来。夜风拂过她的金发,几根发丝贴在脸颊。她低头扫视,发现了阳台上的纸团,随即捡起。她边看纸条边走回屋。

几分钟后,吕成琳屋子的灯光熄灭,夜的幽暗笼罩一切。

"搞定!"詹姆斯说,"她肯定是出去了。我约的地方是镇外山坡。"说完,他连忙起身向山坡跑去。

夜风把靳川的酒意吹醒了些。他看到詹姆斯如同幽灵一样快速融入夜色之中。远处星光黯淡,小镇沉寂如死,一切都显得诡异。冷汗迅速蒙上了他的后背。

等他赶到山坡上时,只来得及看到詹姆斯和另外两个高大的人影围住了吕成琳。吕成琳一声惊呼,随即软倒,似乎是被詹姆斯击中了后脖颈。两个人影把吕成琳扛起来,跑下山坡,向镇外跑去。

"你们在干什么?"靳川追过去厉声问道,但他马上被詹姆斯拉住了。

詹姆斯的手掌有如钢钳,牢牢扣住靳川。他笑了笑说:"不是说了吗,就是教训一下这个小丫头而已。"

"可是刚才两个人是谁?"

"也是我的两个伙伴,只是把吕成琳带到别的地方吓唬一下她。放心,不会把她怎么样的,她是吕先生的女儿,我们哪敢动她是不是?"

靳川想了想,说:"那我跟你们一起过去吧。"

"不用了,你先回去,明天一大早这丫头就能回到家里。"詹

姆斯松开手,拍了拍靳川的肩膀,"我们这么多年的朋友,你还信
不过我吗?"

靳川打量着詹姆斯。

他们是从小长到大的好朋友,打过架,逃过学,一起在这破
败的小镇上游荡。与靳川骨子里的寂寞不同,詹姆斯性格张扬,
容易冲动,很多次靳川有麻烦都是他冲出来解决的。靳川只有
这一个朋友。

靳川点点头,"好的,别玩太过火。她其实也不坏,只是高傲
了一点。"

"我知道分寸,你先回去吧。"

8

第二天,靳川还没醒过来,门就被撞开了。

靳川迷糊地坐起来,还没睁开惺忪睡眼,就被冲进来的几个人按住了。"成琳小姐在哪里?"一个声音在他耳边喝道。

"什么,她还没……"靳川心头蓦然闪过詹姆斯的身影,咳了一下,说,"我怎么会知道她在哪里。"

一只脚猛地踢在靳川腰间,疼痛如电流般窜动。

"还不老实!小姐的房间里有你的纸条,她从来没有整夜不回过。说,你把她骗到哪里去了?"

"什么纸条?我真的一点都不知道。"

"把他带回去,让老爷亲自问。"

街上停着一辆悬浮车,靳川被好几人押着,关进后车厢。他摸着坚固寒冷的车身,心头一凛——这是军用级别的运输车,能抗住光子炮的轰击,底盘更是嵌入了反重力引擎,野战巷战都能灵活应对。看来这次吕先生动了真格,连武器库的防爆车都出动了。靳川蹲在后车厢角落里,双手抱头,心转似电:詹姆斯为什么没放吕成琳回去?他蓦然想起了那晚见到詹姆斯匆匆离开镇子的诡秘身影,一时怔住了。

车无声地启动,在清晨的寒气中如游鱼般上浮。

这一天,暮星的两轮太阳迟迟没有现身,阴云低压,整个小镇被笼罩在一片昏沉中。靳川被带到了吕先生的书房。

"先生,这小子带过来了,您有什么要问他的吗?"

吕先生深吸一口雪茄,幽暗的书房里,雪茄头的火光一灿。他站起来,走到靳川身前,俯身盯着靳川的脸。

一股烟气喷到了靳川脸上,他的眼睛发涩,但撑着不闭,与吕先生对视着。

"野种!"吕先生突然把雪茄按在靳川的胎记上,"滋"的一声,猩红色的皮肤瞬间被烫的卷曲起来。

靳川惨叫,但后面的人死死按住他,让他无从挣扎。

直到雪茄熄灭,吕先生才收回手,用雪茄钳剪掉烟头,重又点燃。"你们出去吧。"他挥挥手,"我单独问他。"

"先生,可是这小子——"

"出去!"

房间里只剩下两个人。靳川跪在地上,按着脸上的伤口,痛得浑身发颤。

"说吧,你把她拐骗到哪里去了?"吕先生缓缓吐出烟雾,声音冷冽,"刚才只是小施惩戒,如果你不说,相信我,你会怀念刚才的滋味的。"

靳川握紧拳头,牙齿咬得咯咯响,没有回答。

"你听着,她是我的女儿,迟早要回地球的! 我不知道你们发生了什么,我现在要立刻见到她。她如果出了一丁点儿事情,我会把你杀了,我会把这颗星球毁了。"吕先生说这话的时候,慢条斯理,不疾不徐,"我并不是危言耸听——虽然我很讨厌这颗星球,但我却喜欢它带给我的权利,那种为所欲为的权利。"

"我不知道她在哪里。我没有见过她。"

"很好。我听说过你,你足够隐忍,我刚才烫你,你现在有机会报复都忍住了。可你还是一个贱民,一个父亲是谁都不知道的贱民。你还有一个母亲在我手里,你不说,我同样会杀了她。"

靳川霍然站起,直视吕先生,"你敢!"

吕先生一声冷笑,正要站起来,门突然被打开了,一个侍从探进头来,说:"先生,我们接到了电话,小姐是被那群矿工扣住的。他们约你去东区山坡,谈判和解。"

"嗯,告诉他们,我会亲自带着诚意去与他们和解。"吕先生放下雪茄,站起来,踱了一圈,"派一队士兵过去围剿,记住,要保证小姐毫发无伤,其余人,一概杀了。"

"可以先在空气中散布神经麻醉剂,所有人昏迷后,我们抢回小姐,其他暴民就地处决。"

"那就这样。"

侍从出去后,吕先生挥挥手,"既然不是你干的,那你也滚吧。出去的时候到厨房拿几个面包,算是赔偿刚才的烫伤。"

靳川没有去拿面包。

他一出门,就看见头顶有五辆运输车如黑鹰一般向镇外掠去。两轮太阳依旧藏在厚厚的云层背面,视野昏暗,寒风乍起。靳川嗅了嗅,隐隐闻到了风中的血腥味。

他猛然跳起来,向运输车追过去。

詹姆斯!詹姆斯有危险!

靳川终于知道那夜詹姆斯一个人出镇子干什么了：肯定有人集结了矿工，想联合起来跟吕先生对抗，詹姆斯也加入了这个组织，所以他才能拿到珍贵的酒。他们的第一步计划就是绑架吕成琳，作为跟吕先生谈判的筹码——但吕先生，是从来不谈判的。

靳川发足狂奔，但毕竟比不上反重力引擎的速度，运输车渐渐消失在天际。他拼命地迈动双脚，气喘如牛，汗湿全身，等赶到山坡时，已经是上午了。

空气中的血腥味浓烈逼人。

山坡上已经没有人了，或者说，没有能够站着的人。

十几具尸体躺在山坡上，交叠着，全都眼睛紧闭，眉心一道焦灼的伤口，涌出黑褐色液体。靳川知道，这是矿工们被麻醉后，再被士兵补上光能武器攻击的结果。

靳川感到一阵眩晕，不知是被血腥场面冲击，还是空气中仍旧残留着麻醉气体。他晃了晃，忍住头晕，在尸堆里翻找。

他看到了很多熟悉的面孔，虽然没交流过，但镇子太小，每个人都认识。那些曾经说脏话、吐浓痰的男人们全都肢体僵硬，血污遮面。有时候靳川还要扒开他们脸上的血，才能看清尸体是谁。这些尸体里没有詹姆斯。

靳川踉踉跄跄地往回走。

由于麻醉剂的作用，他的视野里一片光怪陆离，隐约可以见到很多人影从自己身边跑过，一边哭泣一边跑向山坡。这些应该是听到了消息来收尸的家属。靳川不想见到哀泣也不想听到呜咽，今天发生的事情太多，他只想回家躺下。

他径直回家。屋子里没人，他刚一躺下就睡了，呼吸平和，睡姿端正。他把一切都交给了夜晚,再无保留。他甚至连梦都没有做一个。很多年以后,他被疆域公司通缉,在各个星球间逃窜,五年内几乎没有睡过一个安稳觉。那时候他总会想念这个晚上,这个静谧的无人的夜晚。

在昏睡的这段时间里,他熟悉的小镇、他熟悉的人、他熟悉的生活,全都不复存在。

夜晚的时候,靳川被一阵敲门声吵醒。他打开门,吃了一惊,"老师?"

徐老师闪身进来,神情有些急迫,"吕成琳出事了!"

"她不是被救回去了吗?"

"没有,工人们留了一手,根本没带她过去。吕先生杀了去谈判的工人后,其余人为了报复,砍下了吕成琳的一根手指,送到吕先生家。"徐老师急促地说道,"现在吕先生很生气,要把所有闹事的工人都杀了。就快要打仗了,吕成琳的处境很危险。"

"那怎么办?"

"我要知道,你到底跟吕成琳的绑架有没有关系?"

靳川犹豫了一瞬,点点头,"是我帮詹姆斯绑架她的。"

"那么,"徐老师定定地看着他,"你就要把她救回来。你已经十六岁了,你要为自己做的事情负责。"

"可是,吕先生做了那么多坏事,杀了那么多人……"

"吕成琳是无辜的。她虽然高傲,但还是个善良的孩子。她已经失去了一根手指,不应该再受到更大的伤害。"

靳川低下头,沉默地搓着手指。

"我的老师曾经教过我一句话,"徐老师把手放在靳川肩上,目光灼灼,"我放弃了优渥的条件回到暮星,所有人都不上学了我还去教课，都是因为这句话。"

靳川抬起头，疑惑地看着徐老师。

"有些事，比命重要一点点，所以要去做。"

9

夜寒露重,靳川紧了紧衣领,有些怅然地看着徐老师的身影走向街的另一边。徐老师去劝吕先生,而他要按照那夜詹姆斯离开的方向一路寻觅,直到找到吕成琳,并将她救出。

他觉得有些冷。

长街空旷,只有他孤零零的影子横在路中间,又瘦又长,一直延伸到街尽头的黑暗里。周围人都不知道去哪里了,家家屋门紧闭,人声沉寂。他缩着脖子往镇外走,瘦长的影子也跟着蠕动。天上有寥落的几颗星子,摇摇晃晃,明明灭灭,似乎随时会被夜风吹落。

他离开寂静的小镇,走过山坡,穿越工地,走向一望无际的原野。他的手电刺穿黑夜,是茫茫夜色中唯一的光亮。往年草木葱茂的原野,如今一片荒芜,每走一步,脚下都传来散土下陷的沙沙声,似乎土里面藏着无数会叫的小动物。

夜里星光渐隐,浓云卷积,雨丝淅淅沥沥地落下来,让荒原泥泞难行。

靳川跌跌撞撞地前行,不知摔了多少跤,满面都是泥水。有一次他爬起来时,眼睛突然捕捉到了远处传来的火光,一丛一丛,还有纷乱的人影走来走去。

他连忙趴下,同时灭了手电,抬头观望。

这里离镇子几十里路,居然有人建了营地,人语嘈杂,灯光在雨中被笼罩成一团光雾。许多人进进出出,间或有粗犷的咒骂声传来——不用说,这里就是矿工们的大本营了。

营地由速凝材料建成,一间间屋子延绵错落,像山脉般在雨幕中延伸。靳川粗粗一数,房屋如此之多,那么在此地聚集的矿工恐怕不下五千。

这已经不是罢工了,而是暴动。

靳川在泥水中匍匐前行。幸而矿工们只精于挖掘KG矿,对营地的选址和防范都不在行,只有零星的几个人在雨中一边骂一边巡逻。靳川很容易就避开了他们,爬到营地内。

他熟悉矿工们的行事风格。见没人注意,他站起来,大模大样地走进营区深处。

"你小子掉泥坑里了?"一个路过的汉子指着他笑道,"都快动手了,你还不快去换衣服!"

"动手?"

"是啊,今晚就要冲到吕先生家里,把这个从地球来的吸血鬼抓住。你是新来的吧,这个都不知道?"

靳川见对方已经有了怀疑的语气,连忙说了自己小镇的名字,又怒骂吕先生残忍贪婪,那汉子才满意地离开。

"今晚就要动手么?"他喃喃自语,"那时间就不多了。"

他顺着一排排房屋往里走,问了几个人,一路走到了关押吕成琳的小屋子。他绕到屋子背后,发现了一个一人多高的窗子虚掩着,他两手一撑,无声地爬了进去。屋子里光线昏暗,但可以看到一个人正委顿在角落里,手脚都被绳子捆住了。

这是吕成琳人生中最灰暗的一天。她正低声抽泣着,听到细碎的响动,抬起头,猛然发现一张脸已经凑到眼前。

她正要尖叫,靳川及时捂住她的嘴。

"我是来救你的!"靳川低声喝道,"你只要叫,其他人都会过来,我们两个都要死!"

吕成琳愣了一瞬,点点头。

靳川把手放开,冷不防吕成琳一头撞来,下巴似乎被撞裂了,疼得他直吸气。

"你干什么?"

"是你把我骗来的!"

靳川无言以对,低头把吕成琳手脚上的绳子割开,拉着她的手向窗子走去。

"疼!"吕成琳低呼,把手抽开。

靳川这才发现她左手的无名指已经齐根而断,伤口都没有包扎,指根处血肉模糊,隐约可以见到一截白森森的骨茬。这只曾经柔软修长的手再也拉不了大提琴。

靳川知道刚才拉她的时候牵动了伤口,心中惨然,轻轻说了声对不起。他走到窗子前,爬上去,然后半蹲着朝吕成琳伸出手。

窗子比吕成琳的个子高一点儿,所以即使她不愿意,也只能由靳川拉着她的右手,将她拉上去。待她扶稳后,靳川又跳到屋外地面,蹲下来,示意吕成琳踩他的背爬下来。

当吕成琳的脚踩上来时,靳川并不觉得重,反倒是心里一跳,像是一只小鼓在胸膛里轻轻敲响。他两腿发力,稳当地将吕成琳承起来,让她落下。

意外就是在这时出现的。地上滑湿,吕成琳从靳川背上下来时,脚下无力,一跤摔在地上。

靳川连忙扶起她,一动也不敢动。

"后面好像有什么动静。"屋门口显然安排了矿工把守。

"我怎么没有听到?"另一个人说,"你饿昏头啦!"

"没听错,好像是什么人摔倒了。该不会是那丫头逃走了吧。"

"怎么会,那丫头娇生惯养的,听说砍指头时,刀还没下去人就吓晕了。现在捆得结结实实的,怎么可能跑得了。"

靳川感到身侧的吕成琳浑身颤抖,脸色变得煞白。他抱紧她的手臂。

"你还是去看看吧。"

"你怎么不去?"

"我他妈饿得都走不动了。"

"难道我他妈不饿吗?"那人骂骂咧咧,但还是向屋后走来。

靳川的心"咚咚咚"跳了起来。这里四周空旷,现在跑的话肯定会被那人看见,只要他一叫,附近所有的矿工都会出来。靳川手往后摸,摸到一根木头,掂了掂,拿着木头悄悄走到屋后的转角处。

那守卫的矿工刚刚转过身,靳川猛地抡起木头砸下去。但因为紧张,他没有准确砸到后脖子上,那人并未像他意料之中一样晕倒。

"干!"那人痛骂一声,正要挥拳,却愣住了。

靳川浑身冰凉,两眼紧闭,靠在墙上等死。

"怎么了?"门口的矿工显然听到了骂声。

"干,老子滑了一跤!"那人大声说,"后面没什么事情,正常得很。"

靳川疑惑地睁开眼睛,看到了眼前的矿工——父亲。那是一张粗犷的脸,口鼻怒张,头发油腻脏乱,似乎很多天没有洗过了。他身形高大,投下的阴影将靳川完全笼罩进去。

他之前一直紧张,竟没有听出父亲的声音来。

父亲看着他,又扭头看了看瑟瑟发抖的吕成琳,眼中神情复杂。"干!以后你自己听错了,就你自己来看!"父亲大声地说着,慢慢后退,"老子可不想白跑!"

直到父亲的身影完全消失,靳川的心才重新跳起来。他扶起吕成琳,把自己的衣服披在她身上,两人低着头,一路走向营地外。

"阿川?"

一声熟悉的呼喊突然从背后响起。靳川和吕成琳停下来,但都没有转头去看身后的人。

"阿川,你怎么来这里了?"这是詹姆斯带着欣喜的声音,正在靠近,"你也加入我们了?"

吕成琳裹紧靳川的衣服,一动也不敢动。

"阿川,你怎么不说话?你旁边的人是谁?"

靳川浑身一颤。他了解詹姆斯——吕成琳是詹姆斯抓来的,他绝不会轻易放她走。靳川握紧吕成琳的手,低声喝道:"跑!"

夜雨如注，整个荒原都笼罩在一片雨幕中。

靳川和吕成琳深一脚浅一脚地在荒野里奔逃，雨落了全身，皮肤上寒意游走。他们身后的营地里，矿工们蜂拥而出，打算在茫茫荒野里搜寻他们。

靳川正为跑不过工人们着急，脚下突然一软，陷进一个水坑里。他刚想拔出来，脑子里电光一闪，用脚试了试水深，发现水能没到膝盖处。

"我们藏进泥水坑里，"他说，"只把嘴巴露出来，轻轻地呼吸，这么大的荒原，他们找不到我们。"

吕成琳皱眉看着浑浊的泥水，摇摇头，"太脏了，我不进去。"

"那你就让他们抓住吧。"

说着，他在嘴上抹了泥，躺进水坑，让泥水覆满全身，并努力维持平衡，刚好让嘴唇露在空气中。他的耳朵里塞满了泥浆，但还是听到水声波动，吕成琳的身体也挤了进来。

他们的手在泥水中紧紧地握在一起。

矿工们很快就追上来了。他们依稀看到雨幕中有人影向这边跑，此时却一无所获。他们举着手电四处瞭望，但瓢泼的雨水稀释了他们的灯光。只有一个工人不小心踩进某个水坑，脚的触感有些柔软，只是他一心想着抓到吕先生的女儿，并未太在意。

"干！跑得那么快？"有人大声嚷着。

"再分开找找吧，跑不远，肯定还在回镇子的路上。"

"走！"

纷乱繁杂的脚步声逐渐远去。靳川不敢露头，即使他的肚子被踩了一脚，且混着污泥的雨水不断地滴进嘴里，他仍然竭力让自己泡在泥水里。矿工们已经失控,任何阻挡他们向吕先生复仇的人都会遭到攻击。

"哗",吕成琳先忍不住,从泥坑中坐起来,大口喘息,同时把嘴里的污泥吐出来。她浑身都是泥,头发贴在脸上,浑身冷得发颤。

靳川也翻身起来,看到矿工们已经完全消失在层层雨幕中。他在水中听不清矿工的话,以为他们还在继续搜寻,说:"我们绕路回去,免得再碰上他们。"

雨夜的空气格外冷清,天际依然漆黑一片。靳川发现吕成琳的脚步变得虚浮,摸了下她的额头,发现烫得厉害。

他心里一沉,扶着吕成琳,加快了脚步。镇子已经在视野里出现,如一头蹲伏在地平线处的巨兽。

但当他走近时,却呆住了——

这已经不是他熟悉的镇子。

火。

大雨不停,整个镇上的房屋却都在熊熊燃烧。卫兵们骑着飞行摩托,训练有素地把化学燃料洒在屋顶,这些液体遇到雨水,立刻发生剧烈水化反应,产生的高温让建材腾起几丈高的火焰,连雨水也无法靠近。

吕先生正站在飞行平台上,阴沉着脸,冷冷地俯视着燃烧中的小镇。徐老师却不知在哪里。

"我再重申一遍,交出我女儿,所有参与绑架事件的工人都来自首。"吕先生的声音从扩音器里发出来,响彻整个小镇的夜空,"不然整个镇,不,是整个暮星,我都会毁掉。"

然而,大部分的人都去了荒野营地,只有零星的几个声音响起,不是在求饶就是在咒骂。吕先生的眼镜镜片上映出跃起的火焰,顿了顿,他挥手道:"继续烧。"

"快去吧,"靳川放开吕成琳的手,"快去找你爸爸,让他住手。"

吕成琳清醒了些,问:"那你呢? 你去哪里? 你跟我一起过去吧,事情已经闹大了,别的地方都很危险。你跟我一起,我爸爸会保护你的。"

夜风吹过来,靳川的眼睛有些涩。他浑身都是泥浆,但掩不住脸上沉郁的表情,说:"我去跟矿工们一起。暮星是我们的家乡,吕先生要毁掉它,我不可能跟你们站在一边的。"

"可是——"

"走吧,你淋了一夜的雨,已经发烧了。"

吕成琳突然抓住靳川的手臂,咬着牙说:"你跟我一起走! 我了解我爸爸,他不会收手,你去矿工那边会死的。"

靳川喃喃地说了一句话。

"你说什么?"吕成琳没有听清。

"有些事,比命重要一点点,所以要去做。"

"我不管! 你救了我,我不能看着你去死。"

"滚!"靳川突然暴怒起来,反手扭住吕成琳的手臂,一脚踹在她屁股上,"快滚! 滚回你有钱老爹那里,滚回地球去!"

吕成琳从地上爬起来,眼中溢满泪水,她向回看,靳川已经跑得很远了。她踉跄追了几步,但一阵眩晕感袭上来,又倒在地上。

　　"小姐!"在飞行摩托上巡逻的卫兵及时发现了吕成琳,冲过来,将她扶起。她感觉浑身绵软,尽全力扭过脖子,但只看到一个少年的身影在又黑又浓的夜色里逐渐融化。

10

一直到黑夜将要消逝,雨停云散,天际隐透光亮,靳川才走回营地。

他无所适从地站在旷野中,晨风掠过,他身上泛起寒意。他对吕成琳说得决绝,但到底还是担心矿工们会将盛怒发泄在他身上,所以他抱住肩,不敢进去,却也不愿意离开。

这时,大批矿工从营地里走出,像褐色潮水一样朝靳川涌来。靳川后退两步,咬了咬牙,又站住不动。他闭上眼睛,等待惩罚到来。然而人潮在靳川两边分开,绕过他,向身后涌过去。靳川等了很久,也只感到无数人擦着他的身体而过,睁开眼睛,发现并没有人注意他。

矿工们面无表情,咬紧嘴唇,久未进食的脸上泛起菜青色。他们的衣着大都很破旧,陈年油污在布料上沉淀,如同岁月留下的阴翳。他们辛苦工作了一辈子,到头来却买不起干净的衣服。

"阿川,"一个声音响起,"你回来啦?"

"詹姆斯,你……"靳川看着这个多年的伙伴,鼻子发酸,"对不起……"

詹姆斯摇摇头，说："没事，都已经过去了。你看，现在你不是回来跟我们一起了吗？"

"你们这是去哪里？"

"没有了人质，吕先生迟早会进攻这里，到时候一定守不住。我们决定趁还有力气，直接去找吕先生。"

靳川这才看到矿工们手里都拿着武器——如果这些家伙能被称作武器的话。只有少数几个人拿着粒子枪或集束发射筒等小型能源武器，其他人则扛着钻头枪或者铁棍。有些人的手中甚至只拿着石块和木头。

"吕先生打开了武器库，"靳川想起昨夜看到的飞行平台和化学燃料，那是整个暮星上最高标准的作战配置，"你们这样去，是送死啊。"

詹姆斯笑道："是啊，拿冷兵器去对付离子轨道弹，对付反重力装甲车，对付电磁炮，确实是送死。可是我们没有办法了，谁都知道吕先生不会放过我们。去，还有一丝机会，不去的话，就是等死了。"

他是对的。吕先生拥有暮星的绝对管理权，即使他把暮星人全部杀绝，只要冠以平息暴乱的名义，就不会受到惩戒。说不定疆域公司高层还会表扬他镇压有方，将他直接调回地球总部。

"我跟你们一起吧。"靳川说。

他们跟在人群里，向着初升的太阳走去。

这时，一个身影正踽踽面向人群走来。是徐老师，他更瘦了，身体几乎要融化在朝阳里。他也加入了人群，随着大家一起返身向来路走去。

靳川挤开几个人,走到他身边,拉着他的袖子。

"对不起,吕先生没有听我的劝告。"徐老师苦涩地笑了,"他要除掉所有的工人。反正暮星的矿快挖完了,工人对疆域公司再也没有用处。以暴乱的借口除掉,能省很大一笔遣散费。"

"我知道,所以我们一起去保卫自己的家乡。"

徐老师摸了摸靳川的头,说:"我看到了吕成琳,她昏过去了,但是已经安全。你做得很好,老师很为你骄傲。"

靳川继续走着,身体渐渐热起来。他从地上捡了块石头,握在手里,石块棱角的坚硬触感让他安心不少。

"对了,你是不是一直很想知道我们脸上的胎记为什么一样?"

"嗯。"

"是因为变异。近几十年来,KG矿已经有挖空的趋势,整个暮星的星体结构都发生了变化,异状正在逐渐显现。今年春天,暮星没有植物生长,我研究了一下土质,才想明白我们为什么有一样的胎记。我是第一个因此而长胎记的人,你是第二个,接下来出生的婴儿中,有这个胎记的会越来越多。"

靳川讷讷地点头。这一秒,在整个成长过程中困扰他的问题就这么被解开,如此平淡,如此轻易,像饥渴的人在沙漠中跋涉良久却只看到海市蜃楼中的一圈涟漪。他觉得不应该是这个样子的,这个答案应该伴随曲折的故事,牵扯着许多人的命运,当它被讲出来时,所有人都要屏息。

他觉得要说点什么,但张了张嘴,只是道:"哦。"

"你母亲是好人,为了这件事一直受委屈。你也是。"徐老师说,"我曾跟你父亲解释过,他不听。如果我们能够活下来,他会看到越来越多的婴儿脸上都是胎记,那时候他就会明白的。"

没错,后来暮星的幸存者们在别的星球上开枝散叶。他们惊奇地发现,所有后代的侧脸上都长了一块猩红色的胎记。胎记是如此规整,像上帝在每个人的脸上留下吻痕。他们认为这是故乡在招魂。每当一整天的奴役结束后,他们在困倦中沉沉入睡,但只要摸着孩子脸上的胎记,就能在梦中回到那早已葬在火海里的故乡。

天越来越亮。

朝阳刺破云层,在所有人头顶洒下红晕,他们的脸都在绚丽的霞光中变得模糊。他们的身后,营地燃起大火,腾起的火焰如同霞光落到人间。

矿工们自己烧了营地,而他们的家已经在吕先生的愤怒中化为灰烬。他们已经没有退路。如果打赢了,可以在废墟中重建家园;如果败了,他们的尸体会埋在故乡的土里,等待来年依附在植物上重新生长出来。

镇子已经在地平线隐隐露出轮廓,一片烟尘缭绕,巨大的飞行平台牢牢地盘踞其上。卫兵们全副武装,站成队列,俯视着地面上散乱的矿工们。作战兵车飘浮在平台两侧,炮管对准地面,里面有幽幽的光亮起,如同即将噬人的野兽之眼。

吕先生已经料到这次袭击,正派了卫兵等着他们。

绝望在矿工们的眼睛里升起,但他们的脚步没有停下。

靳川抬起头,迎着刺眼的阳光看去,双日初升,流金漫天。

很多年以后,暮星的幸存者们回忆起来,都会眯着眼睛说,那天的天气其实很好。

尾 声

飞船的量子引擎缓缓地启动,整个船身都在抖,靳川也被这阵颤抖传染了。直到引擎已经稳定地承载住飞船,他的颤抖依然没有停下。

舷窗外,暮星的大地在视野里延展而去,一片破碎,浓烟滚滚。在建筑残骸里,偶尔有焦黑的手臂伸出来,无力垂着。矿工的尸体埋在下面,由于数量众多,疆域公司已经不打算清理了。

战争已经结束。

整个暮星的居民都卷入了这次起义,或者按疆域公司的说法——暴动,战火蔓延席卷,留下了难以计数的尸体。最终吕先生的卫兵凭借武器优势获得胜利,但所有的采矿设施被毁,加上KG矿已经采挖殆尽,疆域公司决定放弃这颗星球。

吕先生被调回地球总部,一如他的预想。

不过这些跟靳川没有关系了。作为未成年俘虏,他将被送到数千光年之外陌生的星球接受军事教育。等待他的,是另外一条未知的路。

他摩挲着口琴,放在嘴边,轻轻吹诵。还是那首《逝去已久的日子》,只是,教他吹这首歌的人已经在战火中死去。所有人都已经逝去。

琴声在船舱里回荡,有人轻轻地哭出声来。

飞船启动了,大地远去。靳川终于忍不住,掩面呜咽,琴声断断续续。他将要离开他的故乡,再不归来,飞船跳跃的一瞬间,不仅是永别,也是他少年时代的终结。

落雨之城

楔　子

入夜,靳川点燃了篝火。

他坐在荒野的中间,把干树枝一根根扔进火堆里。希尔星的氧气浓度高,因此每添入一根树枝,火舌就往上腾起。这寂静的荒野,黑暗如铁,只有火光如利剑一般将之劈开。

靳川一边等待,一边吹起了口琴。他知道幸存的部下们会被火光和琴声吸引,向这里走过来。即使人类的脚步遍布群星,因适应各星球的环境而变得形态各异,但对光和热的追求依然深深埋在基因里,从未逝去。

果然,渐渐有人影跌跌撞撞地走过来,围坐在火光能照到的最远处。他们贪恋着光热,却已经在战争中胆寒,畏惧在火光中暴露自己,因此如鬼影一般在边界蜷缩着。只有靳川静坐在火堆旁,不紧不慢地添着树枝。

“这场战争,我已经不想打了。死了太多的人,整个荒野上都是尸体,不管生前在哪个阵营——联盟或是叛军——死后都混在一起，连收尸的人都没有。"靳川的脸被一跳一跳的火焰照亮，脸上的猩红色胎记也随之明明灭灭，"我想回家。我的家乡原本是一个矿产星球，但它毁在战火中了，我亲眼看着火海将它吞噬。但我现在想回去。"

他的话语絮絮叨叨，但四周的人影都在认真地听。一些风从战场外刮过来，吹散了一直笼罩着的血腥味，呜呜呜，夜空响起风声。火焰向东边倾斜。

"我知道你们已经跟了我几年，在联盟边防军中，你们是最优秀的士兵。还有你——我不认识你，但你已经拿着枪对准我了。你不是联盟阵营，是叛军幸存者吧。你不要害怕，死的人已经太多，不应该再增加，跟我一起回家吧，我保证，你也会回到家。这该死的战争不知什么时候才结束，我们该逃离战场，回到家乡。"

"咚"，是武器掉在地上的声音。

一个人从黑暗中站出来，走到靳川身前，他很年轻，身上的军装表明他是叛军士兵——曾是叛军士兵。另一些人也走出来，他们身上是另一番装束，是靳川的直属部下。

这些在战争绞盘中幸存下来的人聚在一堆火焰旁，低声抽泣。

"我们回家吧。"

星历一六三七年，第一次星际战争正如火如荼的时候，一行十一人的幸存者离开布满尸体的希尔星南部战场，开始寻找回家的路。

1

　　老吉姆从他的修理铺醒来的时候,看了看天色,总觉得今天
会有什么事发生。

　　天色依旧阴沉,淅淅沥沥的雨水笼罩了南原港口,也使得四
周低矮的建筑陷入了一片烟雨蒙蒙中。老吉姆俯视这个港口小
城,视野里仅有的几条街道斜斜地延伸进荒原,几百户人家聚集
在港口周围,越往外越稀疏。与其说是城市,还不如说是一个小
镇。

　　在老吉姆久远的记忆里,南原港也曾有过风光的日子。那
时候,商客游人往来如织,各式飞船起起落落,港口彻夜不歇。
身为市长,他每天光鲜亮丽,蹈步于觥筹交错之间。但随着越来
越多的殖民星球被开发,人渐少,船渐稀,再加上希尔星也被卷
入了星际战争,战火焚烧,如今小城已经荒芜下来。要不是每个
月还有一艘货船来提供补给,港口恐怕早已经彻底关闭了。现
在,为了谋生,他甚至不得不重操旧业,开起了修理铺。

　　这苟延残喘的小城,正像是老吉姆苟延残喘的人生。

　　就在这时,他看到小城南面,雨水冲刷下的荒原上,有一队

风尘仆仆的人正走过来。

他的眼皮跳了一下。

这群不速之客有十来个人，有高有矮，胖瘦各异，但都穿着联盟陆战队军装，手里提着光子枪。尽管满面风尘，但散发着逼人后退的肃杀气场。

老吉姆心里有些打鼓，幸好他一发现来客，就派人去通知警局了。只要——只要那个人过来，就没事了。

军人们从小路走上街道，路边的人家都躲在房子里，透过门窗缝隙，打量这群陌生来客。老吉姆硬着头皮走上去，正思考着怎么开口，对方却先说话了："您好，打听一下，这里是南原港城吗？"

老吉姆打量了一下说话的人——他显然是这群军人的领头，大概二十五六岁，身形挺拔，面容是古地球时代典型的亚裔，有些瘦，但眼睛深邃。这个年轻人的头发被细雨打湿，软软地贴着，雨水流下，流经他右颊上那块猩红色的胎疤。他背上还背着一个浅灰色的背包，很陈旧了，不知里面装了什么。

"请问，这里是南原港城吗？"年轻人又问了一遍。

老吉姆反应过来，点点头说："是的。我是这个小城的市长，你们是要路过这里吗？"

年轻人看着他，似乎不相信这样潦倒的老人会是一市之长。"不。"年轻人收回目光，说，"我们的目的地是这里。"

老吉姆刚要开口，身后突然传来一声轻咳。他露出喜色，知道接下来不用自己出头强撑着了。

"南原港城欢迎任何一个路过的朋友，但它不欢迎枪。把枪收起来吧,我的朋友们。"来到老吉姆身后的是一个瘦削的青年,说话带着微笑,牙齿洁白,"你们好,我是小城的治安官爱亚纶,爱亚纶·希伯。"

年轻人冲后面的军人点点头,于是,他们都把武器插回枪套里。"我叫赵吉,隶属于联盟边防军,"年轻人说,"我们奉命来南原港驻扎,确保这个军事重地不落入叛军之手。"

"军事重地?"老吉姆像是听到了一个笑话,向四周看了看。

这个鸟不拉屎的地方,自战争开始以来,有好几支军队路过,但不管是联盟还是叛军,都对它毫无兴趣。所以希尔星虽然硝烟弥漫,南部战场更成了绞肉盘,但战火始终没有烧到这里。从什么时候开始,它居然成了军事重地?

有爱亚纶在场,老吉姆的胆子大了些,犹疑地说:"但我们没有接到通知。"

"战局紧张,事急从权。"年轻人的语气很平静。

"军队番号呢?"

"机密。"

"那可以进行基因序列检测吗?"

联盟的每个正规士兵在入伍前都进行了基因登记,军牌可以易手,但基因无从更改,只要进行基因序列对比,就能知道他们到底是不是联盟士兵。

这句话一出,年轻人身后有几个军人都下意识地伸手去摸枪柄。年轻人依旧面不改色,但语气变得有些冰冷了,"不,我们已经为战争流了太多血,不能再让探针插进身体里。"

空气突然紧张起来。

老吉姆往后缩了缩,躲在治安官爱亚纶身旁。他这时才发现,爱亚纶一直盯着年轻人看,眼神很奇怪。

天空阴沉,长街空旷,只有雨丝横斜。

爱亚纶突然笑了,这笑容像是在身体里压抑了很久,此时在脸上一层层绽放出来。老吉姆从未见他这么笑过,第一反应竟是退开两步。

"不用基因检测了,我刚刚想起来,我以前是见过这位赵吉中校的。"爱亚纶看着年轻人,笑容热切,"赵中校看上去这么年轻,就做到了中校正团,是联盟中流砥柱,身份怎么会有问题呢?"

年轻人上下打量爱亚纶,过了很久才点点头,说:"既然如此,就麻烦替我们准备营地了。"

"这个放心,南原港空房子很多。小城西面就有空宿舍,如果不嫌弃的话可以住在里面。食物会由城里提供。"

等这群人向着港西走去,走得远了,老吉姆才犹豫地问道:"他们不像是被派来驻扎的啊,你真的见过吗?"

爱亚纶一直盯着不速之客们远去的身影,直到他们完全被雨幕遮住才收回视线。

"是的,我记得很清楚,"他嘴角露出一抹玩味的微笑,"很多年前,我见过他。"

2

“我没有见过这个治安官。”

这时，他们已经住进了城西的废弃宿舍里。确认安全后，面对十双满是疑惑的眼睛，靳川才缓缓地开口。

他们从战场上撤走，离开了绞肉盘，但要逃出希尔星，还需要能进行星际飞行的飞船。他们隐瞒踪迹，跋山涉水才来到这个边远港口——南原港虽然小，但每个月会有一艘供给飞船降落，只要抢到了这艘飞船，就能回到各自的家乡。一周后，这艘飞船就会降落在港口。

这个港口的位置是靳川精心选择过的——荒僻，无人在意，防卫稀疏，是夺船的最佳地点。另外，最关键的是，这个小城落后贫穷，无钱检修，连接星域网的设施很容易被入侵。通信兵李大牙只花了半个小时，就把星域网屏蔽了，现在，小城与外界完全失联，即使发现不对，也无法求援，所以他们才敢大摇大摆地走上街头，伪装是驻扎的士兵。

但即使有这样精心的考虑，靳川也没料到会这么顺利。他已经准备好，如果小城治安官坚持核查身份，那就会发生小规模的战斗。但现在,那个年轻治安官只看了他一眼,便让他们进驻了。

"管他呢!"李大牙满不在乎地拍拍床板,一些灰尘扬起来,"可能是他看错了。哈,这样不是更好吗!平平安安熬过这几天,就能回家了。"

靳川却眉头紧锁,盯着窗外淅淅沥沥的雨。这雨一直在下,既没变大,也没有止歇的趋势。爱亚纶最后的笑容让他心生警惕,仿佛这个治安官咧开嘴,露出的不是笑容,而是森然蛇牙。

"这里不简单,大家都要警惕起来。"靳川转过身,对其他人吩咐道,"我们千辛万苦逃到这里,马上就能离开这颗战火焚烧的星球了,千万别在最后关头出了岔子。"

但这一天过得非常平静。直到傍晚,小城治安官爱亚纶才敲开了宿舍的门。

他是来送食物和被褥的。"小城太穷,这些东西比不上军备物资。"爱亚纶站在一群军汉的中间,泰然自若,"常年下雨,被子也有点发潮,你们将就一下。"

靳川点点头:"能有床睡已经很难得。"

军人们上前把食物和被褥分了,有人翻了翻物资,疑惑道:"没有水吗?"

爱亚纶拍了拍脑袋,似乎这才想到,说:"哎呀,我居然忘了送水来。赵中校,要不,麻烦你跟我回去把水运过来?"

靳川看着他,并不相信他是忘了。过了很久,靳川说:"好,我跟你回去拿水。"

"靳——赵中校!"李大牙正准备说什么,却被靳川拦住了。

靳川提上背包,跟着爱亚纶走出港口,走进一片雨幕中。

天已经有些晚了。

小城电力紧张,能开灯的人家不过十来户,昏黄的灯光在雨幕里显得很无力。已经是傍晚,一些披着雨衣的人们在街道上穿梭,行色匆匆。

"我已经在这个小城待了四年。"爱亚纶挥了挥手,拳头大小的无人机升到他头顶,喷出的气流形成透明伞面,挡住了雨水,他接着说,"我熟悉这里的一切。赵中校,你觉得这里怎么样呢?"

靳川闻言,也转头看着四周。这个小城浸没在雨和夜中,充满了一种被消融的破败感,房屋低矮,稀疏,一切都很模糊。

他摇摇头,没有回答。

他们走在街上,人们下意识地远离。爱亚纶却露出微笑,说:"多么淳朴的百姓,不是吗? 跟我在地球上见到的人完全不同。"

靳川有些诧异,"你来自地球?"

"你知道我的姓氏吗?"爱亚纶反问。

"希伯?"靳川眯起眼睛想了想。这个姓氏并不罕见,他摇了摇头。

"在地球,人人都知道希伯家族。疆域公司武器研发部门的高层全是我们家族的成员。"

靳川恍然,他知道这句话意味着什么——疆域公司的庞大已经不能用"富可敌国"来形容了,联盟的飞速发展,就是靠疆域公司推动的。据说联盟无法坐视疆域公司壮大,想逐步剪除,但疆域公司轻易策动了十几个殖民星球,所以,现在这场星际战争就爆发了。联盟想要镇压叛军,还必须求助于疆域公司——这场战争,其实是疆域公司自己在跟自己打。而疆域公司垄断了联盟的武器供应,希伯家族的强大可想而知。

"但——"靳川想了想,没把后面的话说出来。

"你是想问,为什么身为希伯家族成员,我会被派到这个边缘的星球吗?"

靳川默认,但又摇了摇头,说:"这不关我的事。"

"因为,"爱亚纶笑了,自顾自地回答,"因为这是一座可爱的城市啊,你看,民风淳朴,大家安居乐业,孩子们欢快地在街上奔跑。这样一座美好的城市,难道你不喜欢吗?"

靳川转过头,看到一群流氓在勒索商贩。一个小商贩凑不齐钱,被人围在街角殴打。拐过一个街角,他又看见几个半大男孩在欺负一个衣衫褴褛的女孩。他们从旁路过,但都没有理会,这时,其中一个男孩不长眼,跑得太快,踩出来的水花溅到了爱亚纶脸上。

"站住。"

爱亚纶的声音并不高,但男孩一听到,就像被电击了一样。他停下奔跑,哆哆嗦嗦地看着爱亚纶。

爱亚纶摸了摸脸,那滴水花已经滑落,没留下任何痕迹。但他依然用力去抹,颊上都泛红了,仿佛脏和冷已经渗进了皮肤里。男孩转头看向他的伙伴们,眼中透着求助,但男孩们不敢上前。被殴打的女孩蜷缩在街边。当男孩再回过头来时,迎来的是一记耳光。

男孩直愣愣地倒下去,压出一片水花。

"让你见笑了。"爱亚纶收回手,"这城里的孩子野,偶尔要教育。"

靳川不动声色,只道:"看来这里的人都很害怕你。"

"赵中校,你不会有什么意见吧?"

靳川摇摇头,"怎么会,这是你的城镇,我只是过客。"

悬浮车在街上吭吭哧哧地行驶,车厢里堆着盒装饮用水,也随着车的震动摇摇晃晃。靳川坐在车头,慢慢往回开。路过这条街时,被扇晕的男孩已经不见了,想来是被同伴扶走了吧。

倒是那个衣衫褴褛的女孩还蜷缩在街边。

细雨打湿了她的头发,顺着脏兮兮的脸流下来,滴落在她那瘦得吓人的脚踝上。她有一双纯黑色的眼睛,无比透亮,只是显得惊慌。

靳川路过她身边时,想了想,掏出一小块军用饼干,扔了过去。女孩立刻捡起来,撕开包装纸,一口就吞了进去。但这是压缩饼干,即使是职业军人也得小口小口地吃,此时她刚吞进嘴里就噎住了,连连咳嗽。

靳川又给她扔了一盒水,待她顺气之后才走开。但走了一会儿,他听到身后有脚步声,回头才发现,这个女孩远远地跟着自己。

她既不敢走近,也不肯远离。

雨不停地落在这个十岁左右的女孩身上,她黑亮的眼睛在雨中如同惊鸟的双翅,扑腾着。

跟了好几条街后,靳川正要甩开她,这时,一个跌跌撞撞的人影从巷子里走出来。这人明显喝多了,看到女孩后,吃吃笑着,"卷……卷卷……来接你老子……走!"说着,揪着女孩的衣服,提起来就往回走。女孩被衣领勒得满脸通红,两腿挣了挣,但换来了醉汉不耐烦的耳光,于是安静下来。

靳川站在雨里,一直看到这对奇怪的父女走远,才开着悬浮车,回到驻地。

3

乔觉得今晚有些奇怪。

她已经早早洗好了，坐在床边，淡金色的头发垂在脖子上，衬出皮肤惊心动魄的白。她知道爱亚纶最喜欢自己的脖子。有几个晚上，他什么都不干，就将她按着，吮吸她的脖颈，脖子上每一寸肌肤都不放过。他这样子像极了古老传说中的吸血鬼。事实上，乔真的担心他会一口咬下，扯断自己的颈动脉。爱亚纶干得出这种事来。

爱亚纶是个疯子。

看到他的第一眼，乔就得出了这个结论。

他初来这个城镇时，瘦瘦弱弱的，又是孤身一人，城里的流氓以为可以欺负他，但后来他们都为这个念头付出了代价。他有治安官任命书——这几乎就是一张杀人执照，乔所知道的，就有七个人死在他手里。他吻乔的脖子的时候，好几次问道："你靠近我，不怕死吗？"乔当然怕，但她更害怕一直留在这个鬼城镇里。

她是城里第一的美人儿。有一个男人为了她跳河，还有男人为了她饮弹,第三个男人没自杀——但他杀了另一个男人。这样美丽的脸不应该凋零在这终年下雨、日渐荒败的小城,它更适合去地球,去新洛杉矶,那是最繁华的都市。而这一切只有爱亚纶可以办到。

所以她抛弃了那个终日喝酒的丈夫,成了爱亚纶的情妇。唯一的问题是,爱亚纶似乎并不愿意离开这里,她见过好几次爱亚纶跟他的父亲打电话。全息影像里,那个枯瘦的老人躺在床上,嘴唇干枯如朽木,沙哑地恳求他回地球,但爱亚纶只是露出微笑,说:"再等等,再等几天我就回来。"这番话他也常常用来安抚乔,但这一等就是四年多。

但好在,爱亚纶在慷慨这件事上做得不坏。他每月定期给钱,让那个死酒鬼能继续喝酒,让她的女儿能勉强活下去——可也活不了多久了。

她摇了摇头,把那痴痴呆呆的女儿从脑子里甩出去,再次看向爱亚纶。

这个年轻人陷入了罕见的沉思。他坐在窗下,灯光照在他亚麻色的短发上,也照亮了他五官精致的脸。这张脸有一种中性的美感,现在一半沉在黑暗里,一边露在灯光下,像是写实派的油画。他太认真了,以至于对乔的诱惑都视而不见。

"怎么了?"乔把手搭在爱亚纶的胸膛上。

"你相信命运吗?"

"什么?"乔一时没有反应过来。

爱亚纶转过头来,仰视着她。从他的角度,可以看见隆起的胸部和一个勾魂摄魄的下巴。"我说,"他的手一寸寸往上,抚过乔的肌肤,"你觉得这个世界上,有上帝这回事吗?"

乔看着他,"你就是我的上帝。"

"你这张嘴啊,不仅软,"爱亚纶伸手捏住她的两边唇侧,缓缓用力,"而且甜……"

乔有些吃痛,但不敢反抗。好在爱亚纶今天还算温柔,不久就松了手。她揉揉脸,顿了顿,语气变得魅惑,"那你要不要尝尝呢?"

爱亚纶微笑,却并不解衣。"今天该是收钱的日子。"他吻别这个已经浑身泛红的女人,"不然哪有钱给你的酒鬼丈夫和病鬼女儿呢?"

夜雨未停,淅淅沥沥,靳川坐在床前,听雨至半夜。

睡意迟迟不来。这也好,因为通常睡意带来的还有噩梦。这噩梦总是千篇一律:一只手从土里伸出来,很小的手,握着铅笔。他想拉住这只手,但每次一握过去,背景就变得血红,四周充斥着尖叫、轰隆隆的炮鸣,以及黏液流出的汩汩声响。嘈杂的声音让他头晕,再回头去看那只小手,总是惊骇地发现,他握住的只是一只小小的、惨白的骨爪。

所以很多个夜晚,他宁愿不睡,也不想给这个噩梦侵蚀自己的机会。

但今晚的雨声让他莫名有些烦扰。半夜时候,他干脆提起背包,起身出了营地。雨小了很多,丝丝缕缕的,从头顶的黑暗中落下来。他记起傍晚回来时,在街边见过一个小酒吧,于是走过去,果然看到雨中有灯光在微弱地闪烁。

这个酒吧是半地下式的,一个瘸腿老人坐在门口。他拉着二胡——一种古老的乐器,嘴里咿咿呀呀,锈黄牙齿在灯光下有琥珀一样的色泽。靳川走过来时，才听清老人是在唱："在这落雨之城里，谁与谁相遇……"翻来覆去就是这两句。

靳川走进去，穿过七八张破旧的桌子和在桌边喝闷酒的粗鲁壮硕的男人，来到吧台。"一杯朗姆酒。"他说。

吧台后面是一个四十多岁的矮胖女人，身上的褐色毛衣已经很脏了，但胸口依然挤出两片白晃晃的脂肪。听到靳川的话，她脸上的肉晃了晃，鼻子从肉堆中挤出一声轻蔑的哼："没有朗姆酒。"

靳川一愣，"威士忌呢?"

她把一个大扎啤酒杯往桌上一顿，泛着黄沫的啤酒不停晃动，灯光下能看到里面满是蜉蝣一样的杂质。"只有啤酒。"她的目光掠过靳川肩上的军章，眼睛像是被蜇了一下，"不喝的话，门就在你背后。"

"那就喝这个吧。"靳川丢了几块晶片卡，上面闪烁的数字可以买走一桶酒，但他只是端着脏啤酒杯，找了个偏僻的位置坐下。啤酒很难喝，不知道放了多久，有些苦，又有些甜，喝一口舌头上能积一层渣子。但在战火中，能喝到酒已是不易，他慢慢啜上一口，想想心事。

周围的人都不说话，异样的安静在酒馆里沉淀。门口传来了瘸腿老人的吟唱：

"在这落雨之城里，谁与谁相遇……"

落雨之城，挺贴切的。

正想着，脑后传来一声呼啸，靳川下意识头一偏。啤酒杯从他耳边掠过，在墙上摔得粉碎。他没有回头，低头抿了一口，听到背后有人过来，又仰头饮尽。

"当兵的,这里不欢迎你。"粗豪的声音说,"滚吧。"

靳川把嘴里的啤酒渣子吐出来,这个动作无疑惹怒了背后的男人。一只拳头飞过来。但靳川只是侧过身,椅子随着身体的旋转,撞到了男人的小腿。男人吃力不住,没站稳,摔在了桌子上。轰的一声,桌子被压塌,男人摔在木屑纷飞中。

酒馆里所有喝酒的人都站了起来,怒视靳川。

"再来一杯!"靳川举着啤酒杯,向吧台的矮胖女人喊道。

"别喝了,牙齿没了之后,喝啤酒会很疼。"女人见怪不怪,擦拭吧台。

靳川只得把酒杯放下。男人们已经围住了他,捏着拳头,强壮的身躯仿佛一道道阴影之墙,重叠着压过来。在这些阴影中间,靳川的表情漠然,视线透过他们,看到酒馆外依旧细雨如丝。

醉酒的男人们有些拿不准,互相看看——面对他们的围攻,这个身穿军装的年轻人似乎毫不在意,眼睛压根儿就没看向自己。这更让他们生气了,上前一步,就要动手。

这时,有人在背后咦了一声,"好热闹啊。"

这声音很熟悉。靳川看向门口,果然看到爱亚纶斜倚在门边,嘴角挂着微笑。这笑容比外面的夜雨还冷。酒吧里的醉汉们像被这笑容蜇了一下,退后两步,把酒杯放下,一一出了酒吧。他们路过爱亚纶身边时,脖子下意识地缩了缩。

"抱歉,让你看到了这里不太友好的一面,"爱亚纶走过来,笑着说,"不过这里的人确实不喜欢穿军装的。"

"没有人喜欢,我也不喜欢。但戍边卫土,杀人流血,总不能穿燕尾服。"

爱亚纶点头赞同,看了看靳川肩上的背包带,说:"即使不穿燕尾服,也不用深夜还背着背包呀。你随身携带,背包里肯定装着珍贵的东西吧?"

靳川没有回答。

爱亚纶又问:"你杀过多少人呢?"

"杀人……"靳川闭上眼睛,似乎在回忆,又似乎蒙上醉意。过了好久他摇摇头,没有再开口。

"喝吧,我请客。"爱亚纶没有追问,冲妇女打了个响指。矮胖妇女搬出一个酒桶,里面是冰块和两瓶精装威士忌,倒了两杯,推过来。

靳川却酒兴已衰,摆了摆手,道声谢,离开了酒吧。

他走远之后,刚才出去的醉汉又一一走了进来,错落坐在爱亚纶身边,保持着介于警惕和谄媚之间的距离。"你为什么这么保护他?"一个络腮大汉犹豫了下,问道。

爱亚纶摇摇头,冷笑一声,"我不是在保护他。"

"那……"

"我是在保护你们啊。"

大汉们心里鄙夷,但不敢争辩,撇撇嘴,不再说话。

爱亚纶将一切看在眼里,脸上不动声色,道:"别磨叽,今天到日子了。"

男人们都从身上掏出一块晶片卡,放到爱亚纶面前。得益于联盟强大的储币能力,在战火如荼的希尔星,货币依然得以流通。这透明卡上的数字,都是大汉们从战场上搜刮、从妇孺手中强取、从行人身上偷窃,以及从明明暗暗的交易中诈得的。但现在,这些数字要归于这个年轻人。

爱亚纶漫不经心地划拉十几块晶片卡,突然,手指一挑,一块晶片卡被弹出来,落到络腮大汉身上。

"黑心康诺啊黑心康诺,我们说过,这张卡上的数字不应该小于一千五百点,是不是? 但现在这上面只有三位数,我想,你是看错了,是吧? 康诺,你看错了上面的数字,所以你粗心大意地给了我这张卡,是不是?"

络腮大汉的脸由红到白,嗫嗫嚅嚅,等爱亚纶说完之后,才道:"我这个月没有——"

"不,你有。"爱亚纶露齿一笑,牙白似雪,唇红似血,"你这个月去了三次战区,从尸体上扒下来的货物大概值三千个点,你又勒索了城里的黄皮佬、雷诺,哦,还有矮子康西一家。你挣到的,无论如何都足够了,所以你刚刚是失误,给了我一张别的卡,是吗?"

康诺低声说:"对不起,我输了钱……"

"没关系。"

"我下个月一定补上。"

爱亚纶脸上露出和煦的微笑,说:"可以啊。"他点点头,"把手放上来吧。"

其余人都露出了怜悯的目光。他们都知道爱亚纶说的没关系,并不是表示真的没关系。有一次,一个伙计把事办砸了,爱亚纶诚恳地握着他的手,一边说我原谅你,一边把十三道激光光束射进了他的肚子。

康诺咬咬牙。他的后腰上有硬物感,那是一柄匕首,他已经练习过上千次——伸手从背后拔出,匕首柄上的感应区识别他的手势,便会在0.1毫秒内喷出高温离子锋刃,扎进眼前这个危险的年轻人的胸膛。整个过程不到一秒钟。高温离子锋刃虽说不能切金斩铁,但融肉削骨还是很简单的,而且伤口会瞬间被烧焦,血不会立刻流出。现在,机会就在眼前,他有些口干舌燥。

爱亚纶依然微笑着,斑驳的光影打在他白皙的皮肤上,像是某幅古画。

康诺吞了口唾沫。匕首隐隐传来了灼热感,他的手缓缓地移动。

他把手放在了吧台上。

爱亚纶喝完一杯精酿威士忌,把玩着酒杯,然后猛地一顿,酒杯砸在康诺的手背上,同时响起了两个声音——指骨断裂声和酒杯破碎声。

康诺脸色陡白,手颤抖得像是放在了一台老式发电机的外壳上。

"用你这张卡去看看医生吧。"爱亚纶说完,把先前康诺给他的卡丢在吧台上,随同丢下的还有一个小试管。试管里是一抹红色粉末。

像鲜肉一样的红,在灯光下,每一粒粉末似乎都闪着细细碎碎的光。

酒吧里男人们顿时变得呼吸沉重,目光贪婪,死死地盯着试管。

爱亚纶缓缓退到一边,说:"吸吧。"

话音还未落,这群男人就扑了上去。连指骨被砸断的康诺,也急忙推开几个人,把头埋在了吧台上。他闻到了香甜的气息,脑袋里一阵轰鸣,忘了一切烦劳和疼痛,他的鼻孔张开如黑洞,使劲吸气。

4

靳川发现,不知从什么时候起,那个小女孩开始跟着自己
了。

他原本是在城镇街头漫游,默默记下这个落雨之城的建筑
布局。城里的人都下意识地远离他。但在所有提防的身影中,
有一个小小的影子总是不远不近地跟着自己,格外明显。从早
到晚,这个影子一直没有离开。

"你跟着我干吗?"一次,靳川在拐角堵住女孩,"别跟着我!"

小女孩扭头就跑。

后来,那几个在街头晃荡的男孩看到了她,闹着追过来,她
连忙向着靳川奔跑。男孩们看到靳川的背影,迟疑着放慢脚步,
最后骂了几句,才悻悻地离开。靳川这才明白小女孩跟着自己
的原因——跟着自己,就不会被欺负。

看来这个小女孩表面上惊惶胆怯,却并不笨。

想通此节,靳川笑笑,既然跟自己的目标无关,就由她去吧。

除了小女孩,他还遇见了另一个熟人——市长老吉姆。这
个老人似乎已经把城镇的事务完全交出去了,一心待在修理铺,

鼓捣着维修器具。靳川路过他的店铺好几次,都看到他戴着老花镜,把右手伸进感应箱里,操作台上的八条机械臂喷出光束,在一块芯片上雕刻着。但他太老了,手在颤抖,机械臂的光束断断续续,很快芯片就被烧焦了,煳味弥漫。

"光感机械臂不是这么用的,"靳川走进去,在老吉姆诧异的目光中按了几下屏幕按钮,然后断开操作台的电源,"它感应你的手势操作,但你在抖,所以要校准一下。"

他接通电源,感应箱闪烁着,重新发热。老吉姆挪了挪右手,机械臂随之移动,稳定多了。他取下烧焦的芯片,把一个造型复杂的金属元件固定上去,五指开合,八条光束在元件上汇聚,火花微微闪现。"这个……"靳川沉吟了一下,"是飞行器的制动平衡?"

老吉姆点点头。

靳川的目光在幽暗简陋的修理铺里巡视,果然看到一架小型飞行器停在角落里,不知是多少年前出厂的,早已锈蚀斑斑,比老吉姆更加老朽。

"鬼三YU98型,短途飞行器。"靳川以手掌抚开船侧的灰尘,辨认着上面已经变得依稀的文字,"四十多年前的产品了,恐怕那时候希尔星还没有改造完成吧?"

"是啊,是我的老伙计。"

"你以前是它的驾驶员吗?"

尽管对这个陌生的年轻人有些惧意,但难得提到往事,老吉姆还是摘下了老花镜,站到飞行器边上,叹道:"当年我可是改造队队长啊,联盟给拨的唯一一台飞行器就归我管。虽然它小,型号也旧,连大气层都飞不到,但每次坐上去的时候,姑娘们看我的眼光,啧啧……"

　　他絮絮叨叨地说着,干枯的眼神里流露出眷恋。靳川点点头,这确实只能在低空飞一飞,要离开这颗星球,还是得靠一周后停泊在港口的货船。

　　但这艘飞行器……靳川缓缓摸索着粗粝的船体外壳,想起了一些久远的岁月。

　　"还能发动吗?"他问。

　　老吉姆说:"最后一次起飞还是十多年前,我买不起配件,只能自己修。"

　　"我来帮你吧。"

　　接下来的好几天,靳川总是来到老吉姆的维修店,拿着工具在飞行器里面鼓捣。他极耐心,又极沉默,钻进飞行器里可以一天不说话。小女孩就蹲在修理店门口,百无聊赖地看着街上细雨寥寥,以及行色匆匆的人们。

　　爱亚纶也来过一趟,站在街中心。所有人都躲着他。他看着专注于飞行器修理的靳川,良久,微微一笑,便走开了。

　　见爱亚纶并没有表现出怒意,老吉姆悬着的心这才放下来,蹲在飞行器旁,好奇地看着靳川维修。这个年轻军官的动作非常熟稔,扳手、电焊和微操机械臂,流畅切换,把那些年久失修的零件一一拆下来,坏的扔掉,好的上油,连运行系统都能编程修正,手艺与老吉姆年轻时相比也毫不逊色。

　　所幸飞行器只是老化,并没有出现关键元件损坏,而需要更换的部件在其他废旧机器上都可以找到。鼓捣几天后,靳川试着发动引擎,整个船身竟然能微微震动,继而喷出稳定的反重力束,悬浮起来。

"有门!"老吉姆激动得一哆嗦。

靳川跳下来,说:"你要开着试试吗?"

老吉姆连忙点头,迈着颤抖的步子爬上飞行器。他坐在驾驶舱里,熟悉的感觉从早已蒙尘的记忆中升上来,他的眼睛有点儿湿润。

靳川站在外面,耐心地等待着,但迟迟不见飞行器启动。

圆穹舱门滑开,老吉姆颤巍巍地爬下来。

"怎么了?"

老吉姆张了张嘴,似乎喉咙有些哑,又咳一下,说:"我忘记怎么操作了。"

"需要我教你吗?"

老吉姆摆摆手,落寞地回到角落里坐着,"算了,一直想修好,但真修好了,又不会开了……"他又看着靳川,"它的年纪比你都大,你怎么会开?"

"以前在学校里学过。"

"哪所学校还教这个啊?"

靳川却没回答,他以手撑住悬浮平台,矫健地跃入驾驶座。飞行器在他的操作下,平稳地移向修理铺的门口。

小女孩睁大眼睛。她本来百无聊赖地蹲在门口,正用手捧水,看到靳川驾着飞行器出来,惊讶地洒落了手上的雨水。

远处,几个男孩的身影探出来。

靳川缓缓地推进操作杆,飞行器上升,渐渐升到城镇上空。透过玻璃舱门,他看到这个小小城镇匍匐在荒野之上,像是一块腐烂的癣。铅灰色的云低垂,雨丝不断地从云层间抽下,真如丝线一般,透明纤细,连接天地。

破旧的港口静静地躺在城镇南边,瞭望塔耸立着,仅有的一个停泊口像是女人干瘦的胸膛,孤单地对着天空敞开。这个港口平时都寂寥无人,只有两天后才会有一艘货运飞船停靠。

靳川的眼睛眯了起来。

他调整方向,想往回撤,不料转动太急,飞行器发出一阵颤动,伴随着一声惊慌的"哎呀"声。

有人在飞行器下面!

靳川几乎是下意识地掏出了腰侧的光子枪,随后转动摄像头,在闪动着花点的屏幕上,他看到飞行器下悬挂着一个小小的人影。

正是一直跟着自己的那个女孩。

她两手抓着船底的横杆,瘦小的身子在风中摆动。她的脸色已经泛白,可能是因为害怕,也可能是因为冷雨打在她的脸上。

靳川拉开侧面舱门,探出一只手,女孩没有犹豫,立刻伸手握住。她的身体太轻,像是雨中淋湿的风筝,划过一道弧线,落在了靳川旁边的座位上。

"你什么时候跟上来的?"靳川冷声问。

小女孩却没理他,自顾自把头贴在玻璃舱门上,好奇地看着外面的景象。低垂的云在她视野里铺开,这个城镇以从未有过的匍匐姿态呈现着,那些欺负她的男孩们站在街边,张大嘴看着空中的飞行器。她突然低声笑了起来。

靳川一愣。

"现在,他们都只能仰视着我。"她转头朝靳川说,又把脸贴在玻璃上,向街上的男孩们做着鬼脸。男孩们气得直跳,纷纷怒骂。

靳川看到她的衣服被雨浸湿,皮肤白皙得如同透明。她的头发湿哒哒地垂着,黑与白的对比,有些触目惊心。他问道:"你没有来到过高处吗?"

小女孩伸出手,指向南边的港口。这个十岁左右的孩子手指纤细,指的正是独自耸立着、插入低矮云层的瞭望塔,"我以前去爬过这座塔,他们说塔顶能穿透云层,我就往上爬,但我爬了很久很久,都没有爬上去。后来——"

靳川看着她。

"后来他们就抓到我了。"被抓到后肯定还有些事情发生,但小女孩没有再说了。

靳川一边降低飞行器,一边问:"你叫什么名字?"

"我不知道跟阿爸姓,还是跟阿妈姓,但你叫我卷卷就可以了。"

这倒是很贴切,靳川想起了她被欺负时蜷缩在街角的场景。他点点头,"我送你回去吧。"

"不!"卷卷突然紧张起来,抓住靳川的衣摆,"下去了他们会打我的。"

原来是为了躲避男孩们的欺负而逃上来的,靳川默默地想着,低头看了一眼操作面板,说:"飞行器刚刚修好,引擎动能不够,飞不了多久。"在小女孩绝望的目光中,他降落在街边,把她扔下,然后将飞行器开进修理铺,还给了老吉姆。

他出来的时候,卷卷已经被两个男孩拖着衣领,给拽到了街角。那两个孩子很高大，脸上挂着癫狂又残忍的笑容，看到靳川注视着他们，他们手上的劲松了松，卷卷立刻挣扎起来。

但靳川站在屋檐下，隔着透明且淡的雨幕，无动于衷。男孩们肆无忌惮起来，其中一个还一把抓住了卷卷的头发，将她拉进转角小巷。卷卷的身影被街墙遮住的前一瞬间，靳川看到她睁大了眼睛，乌黑的眼珠里满是惊恐的乞求。

刚回到宿舍，李大牙就把头凑过来，问道："怎么样，这几天看出什么来了吗？"

靳川坐回床上，把背上的背包取下来，放在枕边，说："大致看了下，这个城镇人口不足三千，老弱居多，武装力量只有警局的七人，算上治安官爱亚纶·希伯，是八个人。"

李大牙点点头，"八个人，还好办。"

"还有本地黑帮。"

"黑帮不要紧，"李大牙摆摆手，"我们可是正规军人，杀过人的，这种小城镇的混混还怕什么？"

靳川却眉目凝重，久久没有回答。

这时，一直坐在靳川对面床上的一个少年突然道："中校，你是去查探情形了吗？可是我听说，你带着一个女孩，飞上了天？"

靳川看向这个干瘦的少年士兵，说："阿野，你听谁说的？"

阿野扬了下脖子，说："这你就不用管了。你要记得，你是要带我们回家的，不是来这里玩的。跟这些乡巴佬还是少接触为好。"

这间宿舍里的其他人都抬起头，看着靳川和阿野。李大牙有些为难，刚要说话，却被靳川抬手止住了，说："我知道你一直

81

对我不服，我是联盟军人，你来自叛军，但我们都是从战争绞盘里幸存下来的人。我们是拴在一根绳子上的，我答应过带你们回去，就会做到。等抢了飞船，大家都能回去。阿野，你再耐心一点儿。"

阿野鼻子里哼出一口气，躺倒在床上，没再说话了。半晌，他闷闷地吐出一句："你最好说到做到。"

"别这么说，"李大牙见情形缓和，连忙说，"我们这一路行来，都是托了靳中校的福。"

"是你们联盟的中校。"阿野说。

靳川不以为意，也躺下来开始思考。这个城镇处处透着诡异，而最诡异的，无疑就是那个邪魅的治安官爱亚纶。看着他的时候，靳川总感觉是在与一条蛇对视。

他到底是谁？

显然，这个城镇里所有人都害怕着爱亚纶，就算是老吉姆，也不会跟他透露。靳川思考着，一个小小的身影突然跃入他的脑中。

第二天，靳川照例在街上晃悠，卷卷却没有跟着他了。他有些疑惑。直到下午的时候，他走到一处小巷子，才看到卷卷正蹲在巷子深处，两手抱膝，头顶是一片屋檐，挡住了雨。

他走到卷卷身前，发现卷卷脸上有几处瘀青，像是白玉里滋生出来的阴翳。她抱着膝盖，膝盖上也有伤痕。

看到靳川走过来，她抬抬头，又垂下去。

"这是你家吗？"靳川看到她背后有一扇半开的门，门内黑黝黝的，仿佛某个远古岩洞。

卷卷点点头。

"怎么不进去呢?"

"因为阿爸在里面。"

这个回答有些不明所以,但靳川想起了那个粗鲁的醉汉,也就明白了,点点头又问:"不能去邻居家吗?"

"脸上是阿爸打的,其他地方,"卷卷漆黑的眼睛看向巷子里的其他门窗,"就是他们留下的。"

靳川心里一叹,说:"我想问你一点儿事。"

卷卷仰视着他,瞳孔里倒映着靳川的脸。

"你知道爱亚纶吗?"

卷卷下意识地收了下脖子,身子也往墙壁缩了缩。靳川看到她的眼睛里出现恐惧,像是湖面泛起的冰冷涟漪。

"跟我走吧。"他说,"我去借飞行器。"

他转身往巷子口走,脚踩在积水里,溅到了他的军裤上。他走了几步,往后看,看到女孩有些迟疑地盯着自己。"来吧,"他轻声说,"我不会伤害你。"

卷卷怯生生地站起来,小跑着来到他身边,跟他一起走出巷子。这个过程中,靳川能察觉到路过的每一扇门和窗的背后都藏着窥视的眼睛。这条巷子里的人正在阴暗处盯着他,那些目光不怀好意,像冰冷的针。

靳川带着卷卷来到修理铺,尽管老吉姆不情愿,但还是让靳川把已经储能完成的飞行器开走了。城镇被雨水笼罩,一如往常的阴郁,飞行器在雨中缓缓上升,掠过这座城市。

"现在可以跟我说了吗?"靳川边开飞行器边问,"你放心,这里没人听得到。"

卷卷抬头看着他,说:"我不想告诉你。"

"为什么?"

"你昨天都不管我,我被他们欺负得这么厉害。"

靳川抬头看看,云层已经就在头顶了,光线越发幽暗。"他们为什么要打你?"他问。

"我也不知道,可能是有病吧。"卷卷对头顶黑压压的云层有些害怕,身子缩了缩,"这座城市里的人都有病。"

"这可不像是一个十岁女孩说的话。"

"我十一岁了!"

"那你为什么说他们都有病?"

"我妈妈说,这里一天到晚下雨,永远也见不到太……哦,太阳,谁都会被逼疯。"她回忆着,"对了,太阳是什么?"

"是恒星,就是放光的那种。但你妈妈说的太阳,是指地球上的恒星,我也没见过。"说到地球,靳川脸上有些恍惚,"你妈妈说得对,见不到阳光,整天都下雨,谁都会被逼疯的。"

"以前也不是这样,那时候大家没事做,都是待在家里。但自从那个……那个治安官来了之后,这里就变了。"

靳川问:"爱亚纶?"

"是的,是他。"提到这个名字,恐惧的涟漪再次在卷卷眼中泛起,她犹豫了一下,说,"他不是人,是一个恶魔。"

"怎么了?"

"他跟你一样,也是有一天突然来到这里,刚开始大家都以为他只是被派过来当治安官。有些人还想去欺负他,但那些去找他麻烦的人,有光头叔叔,身上文白龙的哥哥,还有两个我们巷子里的哥哥,后来都没有回来。我再也没见过他们。我问阿妈,阿妈让我别问。然后陆陆续续有人受伤了,有人消失了,街上的人都不敢说话了……慢慢就成了现在这个样子。"

靳川点点头。虽然卷卷说得简单,但他能想象得到,在这些稚嫩的话语里面藏着多少血腥。爱亚纶那样的人,以外乡人的身份来这里,能迅速立住脚跟,并且让这些本地人害怕他到忍气吞声噤若寒蝉的地步,一定不是靠身为治安官的威严。

"对了,他还带来了一种东西,叫红——"卷卷伸出食指,揉着太阳穴,有些苦恼地思索着,"我忘了叫什么了,就是一种红色的粉末,我也不知道是什么东西,但大家跟着了魔一样,连阿妈都……"

"你妈妈怎么了?"

卷卷犹豫了一下,"阿妈就去跟他住了,阿爸开始喝酒,开始打人……没人管我了。"

靳川不知该说什么,专心驾驶。卷卷怔怔地看着斜上方的云层,云似乎更厚了,山雨欲来的气势压迫而来。

两人陷入了一阵沉默。

想问的都差不多了,也该把她送下去了,但靳川喉咙总有点沙哑。他清了清嗓子,说:"卷卷?"

卷卷回过头,漆黑的眼眸里氤氲着光。

她眼中的光让靳川改变了主意,"你上次爬瞭望塔,是想爬到云上面吗?"

"是啊,怎么了?"

"坐好!"

靳川说完,猛一推操作杆,飞行器嗡嗡震鸣,以一个陡峭的角度切进云层。卷卷先是惊叫,然后好奇地看着玻璃舱门外,翻滚的云海在她眼中掠过。一切都是灰暗的,飞行器像是穿梭在古老的霾中,它已经很久没有这样高功率地运行了,引擎过热,尾部颤抖起来。卷卷有些紧张,但她仰头看着靳川,看到他坚毅如岩石一样的侧脸,看到他的眼神直直地盯着前方,心里安定了些。

她端正地坐在靳川身边,偶尔有一道闪电从身侧蹿过,像是惊起的电蛇。她也不感到害怕,反而看得津津有味。不知飞了多久,飞行器突然如鱼跃一样冲出了云层,她捂住了脸,因为从未见过的阳光正扑面而来。

5

飞行器悬停在云海之上。

四颗恒星排成一线,静静地停在南边天空,照得云海一片彤红。卷卷的嘴久久未能合上。

她从未这般震撼,仰着头,整张脸沐浴在红色阳光之下。跟南原港城终年不歇的雨丝不同,阳光是温热的——竟然是温热的!她闭紧眼睛,感受着这新奇的体验,像是有一只柔软的手在脸上抚摸,像是很久以前阿爸和阿妈的拥抱。那时阿爸还没有酗酒,阿妈也没有去当别人的姘头。

"你哭了?"靳川看到黄色光晕下,她的脸上有两道浅浅湿痕,"是光照太强了吗?"

卷卷摇头,脸庞轮廓闪着淡淡的光辉。

靳川抬眼看看,四轮恒星虽然不烈,也没有有害辐射,但对于常年生活在阴云之下的人来说,还是不宜多晒。他操纵着飞行器降下去,再次没入云海。

但回去就没那么顺利了,飞行器终于支撑不住,尾部打了个突,引擎运转声消失,急速下坠。

在卷卷的惊叫声中,靳川迅速地启动备用引擎,抵消坠势。飞行器一路从云层跌落,一出云层,靳川便立刻将降落伞弹射出来。云层很低,蒲公英一样的降落伞吊在飞行器上。撑开不到一分钟,飞行器就重重地落到地面。

一大蓬水溅开。

舱门被震开,靳川和卷卷跌了出来。但他眼疾手快,在空中一把抱住卷卷,以自己的臂膀落地。他的肩在地上划出半米多远的擦痕,军装被磨坏,肩头露出淋漓血肉。

"你没事吧?"他看向怀中的卷卷。

卷卷摇摇头。她只是被吓得脸色惨白,倒是没受伤,

但这一幕落在了街上那些在暗处窥视着的人眼里。

第二天一大早,靳川没有上街,在宿舍里缝补昨天被磨坏的军装上衣。他对修飞行器了如指掌,捏着针头却无处下手。其余的人都笑着看他。

李大牙刚打算帮忙,却瞥见窗子外探出一个小小的脑袋。

"嗨,中校,"他笑着说,"恐怕是找你的。"靳川抓着军装上衣,走到宿舍外,"怎么了?"

那个探头探脑的人正是卷卷,她抬起头,满脸期待地说:"再带我去飞呀。"

但靳川看到她抬起的脸,倒抽了一口凉气——卷卷的脸上不止是期待,还有可怕的伤痕。她的两个眼眶周围都是深深的瘀青,仿佛头顶的阴云沁入了她的皮肤。但这显然是两个拳头揍上去后留下的痕迹。她的脸颊也没好到哪里去,瘀青的形状甚至更复杂,有拳头的方形、巴掌形,还有一道细长而深的肿痕,

应该是鞭子留下的。这些伤痕从脸向下蔓延至脖子,更下面的靳川就看不到了,但他能想象,那场景同样触目惊心。

"你怎么了,"靳川眯着眼睛,"谁欺负你了?"

"哦,就是他们啊。"

浑身的疼痛令卷卷说话都抽着冷气,但她似乎已经习惯了这种欺辱,身体上还有对疼痛的本能反应,脸上却满不在乎。她的眼睛比以往任何时候都漆黑,靳川的脸倒映在两泉幽幽潭水里。

"你带我去飞呀,我还想照见太阳。"她重复了一遍。

但靳川看着她,脑袋里残梦涌现,那只抓着铅笔的手从土里伸出,跟卷卷的手一样,瘦弱,布满伤痕。他突然暴怒起来,直起身子,脸上肌肉抽搐,低声吼道:"我不会再带你坐飞行器了! 不能飞了,不能看到太阳了,你给我滚!"

卷卷吓到了,肩膀缩了缩。

"我说得不够清楚吗,你滚!"靳川一把将手里的衣服扔在地上,样子凶狠,声音有如咆哮,"你知道我是谁吗,我杀过人的! 我有任务,我不是来带你去玩的! 你不要来找我了!"

说完,靳川转身离开。卷卷似乎没从这突如其来的暴怒中回过神来,颤抖着,站在原地。

靳川一直走到大街上。他再次感受到了那些蛇一样隐秘的目光,从门窗后探出来,一边打量他,一边窃窃私语。他站在街心,脸上由愤怒变成冷笑,手扣在了腰侧。

他腰侧的枪套里插着一柄电爆枪。

那些不怀好意的目光像被这柄枪灼了一下,纷纷收回。

夜雨寒凉,落了靳川一身。

他从酒馆出来,漫无目的地在街上走着,冷雨好歹驱退了些许酒意,但他脑子里仍是乱糟糟的,一些久远的记忆蒙上来。他莫名狂躁,迈步疾走,脚下水花四溅。

城里分散在各处的人都悄悄看着他。他在无数道目光中行走,一反前几日的随意淡漠,浑身透着戾气。人们面面相觑,不明所以。爱亚纶站在远处高楼栏杆前,一手揽着风情万种的乔,看着在夜雨中行走的靳川,嘴角挂着意义不明的微笑。

"你在笑什么?"乔心里有些发毛。

"事情越来越有意思了。"爱亚纶说,"我很期待后面会怎么发展,不过,我感觉我出手的时候该到了。"

乔正要继续问,突然眼角一跳。爱亚纶顺着她的目光,看到了一个小小的人影。人影跟在靳川身后,为了赶上靳川的步伐,她几乎是一路小跑。

靳川听到了身后的脚步声,但他没有停。直到"噗"的一声传来,不用回头,他都知道是卷卷摔倒在泥水里了。

"你不要再跟着我!"

卷卷爬起来,后退几步,惊慌地看着大步向自己走过来的军人。

靳川一把提起卷卷的衣领,稍一用力,她小小的身体便离地而起。靳川的表情近乎狰狞,"你以后不要跟着我!我跟你不是一路人!我是带着军队来的,你跟着我,那些欺负你的人会更加欺负你!你看,你脸上的伤疤比以前更多了,你还不明白吗,傻子!"

卷卷的脸憋得通红。

"不要像个跟屁虫一样跟着我!"他猛一用力,把卷卷扔在地上。小女孩在泥水里打了几个滚,爬起来,浑身都是污水,头发凌乱,终于放声哭了起来。

靳川冷笑,甩甩手上的泥水,转身离开。

背后又响起脚步声。

"你烦不烦——"靳川怒吼,脖子上有一根青筋跳出来。

卷卷一边抽泣,一边从怀里捧出一件黑色衣服,递过来。是早上靳川扔在地上的军装上衣,她一直抱在怀里,刚才被靳川提起来时也没有放手。

"他们打我,想抢……抢这件衣服……我没有……抱紧了,补好了,没有让他们……现在被弄脏了……"卷卷吓得哭了,一边抽噎一边笨拙地解释,声音断断续续的。

军装上那个被磨坏的破口确实已经贴上了颜色相近的布料,被线头缝好,针脚绵密,几乎看不出来破损。

长街幽幽,雨丝落在这一大一小两个人周围。

靳川愣住了,随后一声冷笑,手扬起,把军服打落。雨水柔软了他的头发,却让他的眼神冷峻如冰。

看着靳川走远,卷卷的哭声渐渐微弱下来,她一抽一抽的,弯腰把军服捡起,小心叠好。衣服已经被水打湿,被泥弄脏,她抱在怀里,寒意沁进单薄的胸膛。

她也转身,走向与靳川相反的方向。那个方向的尽头,有一间逼仄的小巷和深黑的屋子,她晚上可以缩在里面睡觉。但那里也有很多欺负她的人,像一条条在黑暗中扭动的蛇,等她回去,蛇牙便张开。

夜路太长,夜雨太凉。她冷得浑身哆嗦,肩膀在雨中紧缩着。

突然，一个人影从身后冒出来，她还没来得及惊慌，手就被牵住了。那是一只粗糙有力但同时又温暖的手。她仰起头，只能看到靳川的下巴，上面有青色的胡茬，再往上看，就是不断落下雨丝的漆黑夜幕。

靳川牵着她，向家的方向走去。一路上，只是沉默，只有雨落。

他们走得很慢，到家时已是半夜。他们走进巷子，在之前卷卷蹲着的破旧门前停下了，卷卷松开靳川的手，打算走进去。

"等等。"靳川说。

卷卷不解地望向靳川。他的身影隐藏在夜色里，难以辨认。

"把耳朵捂上。"

卷卷听话地把手捂在耳朵上，睁大两只眼睛，像古地球时期的兔子。

靳川点点头，从皮带侧边抽出电爆枪，拇指按在指纹识别区，"嗡"的一声轻振，电爆枪被解锁，光子束在黝黑的枪管里凝聚成型。他举枪指天，扣动扳机。

"轰"，枪击声震碎了这个夜晚。

即使捂着耳朵，卷卷也感觉浑身一震。但靳川适时地护住了她的肩膀，并带着她向巷尾走去。

"轰……轰……轰……"

他一路走，一路向天鸣枪。

巷子里的人家纷纷亮灯，把头伸出来，想看个究竟。有性子急躁的想骂，但听到这枪火轰鸣声，也不敢开口。

卷卷看到那一排排探出的头颅，虽然看不清，但她知道总欺负自己的人就在中间。她有些害怕，下意识地挨近了靳川。靳川抓住她的手腕,走到巷尾后,又转身向巷头走去。

"轰……轰……轰……"

他们在这条巷子里走了三遍,共鸣枪三十七声。卷卷被持枪的军人牵着,在居民们的视线里来回行走,这个过程中,没人敢吭一声。

枪管开始发热了,靳川才停下来。他转头环视一周,蹲下来,替卷卷把衣领整理好,亲吻她的额头。

"从今以后,不会再有人敢欺负你了。"他说。

6

天色幽暗,空气潮湿。自傍晚开始,雨就变大,由淅淅沥沥渐至噼里啪啦,轰然砸向这座摇摇欲坠的城市。这一夜,运货飞船将停靠港口,给城市运来供其生存的物资。这一夜,一队流亡至此的军人将展开行动。

但就在军人们收拾齐备,将武器放在膝盖上,等待午夜降临时,宿舍的门被敲响了。

所有人悚然一惊,看向靳川。靳川做了个少安毋躁的手势,起身打开门。

"有什么事吗?"靳川看到门外撑伞而立的爱亚纶,眉头一皱,问道。

爱亚纶穿一身整齐的白西装,与这个破落小城格格不入。他露齿一笑,说:"噢,并没有什么正事,只是准备了些酒菜,想请中校赏脸聚一聚。"

"多谢,不过我们有个内部会议要开,遗憾不能出席。"

"我只是给中校大人践行,"爱亚纶依旧是一副人畜无害的笑脸,说,"最后一顿,还是赏个脸吧。"

靳川眼角一跳,他身后的士兵们也听到了,下意识地抓住了腿上的武器。但靳川首先冷静下来,手在背后迅速一划,令他们不要乱动,然后面无表情道:"我不是太懂治安官的意思。我们奉命来此执行秘密任务,何时撤离,连我们自己都不知道。"

爱亚纶笑笑,说:"不管怎么艰巨的任务,吃饭的时间总是有的吧。"看到靳川脸色依旧阴沉,他伸出手,拍了拍靳川的肩膀,"放心,不会耽误你们的事情。"

这句话说得有些重,别有意味。靳川强迫自己不去躲闪,任爱亚纶的手落在自己肩上。良久,点点头说:"既然盛情款待,那就却之不恭了。"他又回头对其他人道,"你们等我回来,再——再开会。"

说完,他接过爱亚纶递来的伞,旋开黑色的伞面,一起冒雨穿过长街,来到了爱亚纶的住处。

如果不是亲眼见到,靳川很难相信在破旧的落雨之城里还有这样堪称"豪华"的二层小楼。各式高档配置摆放在房间里,即使拿去地球,也是顶级配置了。还有昂贵的原木桌椅,纤尘不染,靳川抬头,看到一顶华光异彩的吊灯悬在头顶。

"陋室寒酸,"爱亚纶说,"中校不要见怪。"

靳川从惊讶中回过神来,走进客厅,道:"只是没想到,治安官的薪水这么高。"

爱亚纶看着靳川湿漉漉的鞋子踩在地毯上,留下污泥痕迹,脸上的肌肉抽搐了一下。但他揉了揉脸颊,恢复惯常的微笑,说:"见笑了,治安官的薪水当然不值一提,但所谓生财有道,总是有办法可以让自己过得好一些的。人就该让自己过得好一些,不是么?"说着,他走到客厅中央的楠木圆桌前,"请坐吧,这里食材缺乏,只做了些家乡小菜,希望还能合中校的胃口。"

饭桌旁还站在一个女人,三十出头的年纪,一袭金发,美艳动人。她身穿一袭旗袍,身段显山露水,却在旗袍外围了一件不合时宜的白色厨裙。显然,这一桌菜肴正是出自她手。

靳川看了她几眼,引起了爱亚纶的注意,调笑道:"怎么,中校对她有兴趣? 只要中校开口,今晚中校可以留在这里。我会让出这间房子。"

靳川摇头道:"不必了,只是觉得有些眼熟罢了。"

"哦?"爱亚纶笑道,"那看来中校想要的是另一个女人了,不过恕我不能办到。"他转过头,看到女人一直盯着靳川,突然站起来扇了她一巴掌,骂道,"傻站着干吗,看不到地毯脏了? 去给我弄干净!"

女人连忙去拿吸尘器,但才走了一步,爱亚纶又是一巴掌扇在她脸上。女人姣好的面容上泛起红色掌印。这一刻,她的脸跟记忆里的某张脸重合了——卷卷。她跟卷卷长得很像。

女人捂着脸,浑身颤抖,但不敢乱动,只是看着爱亚纶。"乔,乔,我的乔。"爱亚纶轻抚着她的脸,感受着女人因自己的触摸而战栗,"我说让你弄干净,是让你用吸尘器了吗?"

乔完全被爱亚纶的疯魔吓呆了,嗫嚅道:"那用什么?"

"地毯是用脚弄脏的,你就要用舌头舔干净啊。"

爱亚纶的声音很温柔,仿佛这样的话语跟情人间的呢喃一样。乔的颤抖更剧烈了,她低着头,抖如筛糠。

"怎么,不愿意吗?"爱亚纶从口袋里掏出一个小玻璃瓶,拧开,扔到地毯上。一些红色粉末从瓶口洒落,与靳川留下的泥水痕迹粘在一起,"现在呢?"

乔的眼睛死死地盯着地上的玻璃瓶,表情也变得有些扭曲,仿佛这红色粉末勾起了她身体里的恶魔。她使劲点头,蹲下来,跪行到地毯前,柔媚的身躯趴下,伸出舌头,舔着毛毯上残留的泥水和红色粉末。

靳川突然感到一阵恶心。

这里的一切都显得病态。城市常年阴沉,人们麻木而残忍,眼前更是变态到了极致。一个美丽的女人甘愿趴在地上舔舐泥土,而治安官却饶有兴致地看着。靳川忍住心头强烈的厌恶感,说:"已经很晚了,我肚子不饿,先回去了。"

爱亚纶这才恋恋不舍地把目光从乔的身上收回来,对靳川笑道:"中校别急着回去嘛,放心,运货飞船还得两个小时才能到,来得及。"

靳川眼睛眯起,针一样的目光在他身上逡巡,好半天才道:"你知道了?"

爱亚纶避开话题,只道:"所以你肯坐下来了吧。"

两人坐在圆桌两边,靳川没有动餐具的意思,爱亚纶便自顾自地拿起刀叉,将还透着鲜红的牛排切片放进嘴里嚼。肉上的血残留在他银白的牙齿上,伴着有力的咀嚼声,如同生食人肉。

"怎么,"爱亚纶微笑,露出牙齿上的血丝,"吃不下?"

"别绕弯子了,"靳川忍耐着,"你想怎么样? 现在就狙杀我吗? 或者拖延我,去通知飞船船员做好准备?"

爱亚纶连忙摆手,"哦不,我怎么会做这种事? 这里就只有两个人和一条狗,"他用下巴点了点正趴着的乔,"门外并没有我的人埋伏着。我也没有想去通知飞船船员,而且每次飞船上就来五个人,只有两件武器,你要动手,先去保卫舱。胖的那个保

97

安员你不用管,只需要搞定瘸了腿的杰克,搞定他,飞船就是你的了。"

靳川看着爱亚纶的眼睛,凭直觉,这番话并不是作伪。"为什么帮我?"他说,"我们素昧平生,我也想不到我能给你什么好处。"

"我不需要你的好处,你难道还没有看清楚么,在这个城市里,我就是国王!"

靳川皱起眉头。

"另一件事你也说错了,我们见过的。"爱亚纶放下刀叉,用毛巾擦净嘴角的血丝,"很久之前,我见过你。你第一次来镇上时,不用基因检测,我就知道你在撒谎。你绝不是赵吉,你是靳川,联盟军校1631级荣誉学员,海军工程专业,毕业后进入联盟海军七分部。"

靳川悚然一惊,立身而起。

爱亚纶依旧端坐,仿佛沉入了往事之中,继续道:"你可能不认识我了,但我记得很清楚。在1631级结业典礼上,你穿着那一年由海军军备处新改版的黑蓝色军装,肩章上用金线绣着飞船图案。你穿过战争理论学院和海军战役指挥学院阵营中间的过道,走到主席台。你一路走过去,所有人都扭过头,羡慕地看着你。尤其是女同学,都向我打听你是谁,她们看你的眼睛闪着光,像是好多星辰沉到里面……"他絮絮叨叨地说着,不知为何,眼眶里竟然泛起了一丝亮光,"校长麦肯锡教授亲自为你拨穗,并把'铁冢'型的机械外骨骼赠予你。那是当时联盟最新型的战具,所有男生都羡慕,所有女生都仰慕。但你好像并不怎么开心,你那时的表情,跟你现在的表情一样,仿佛所有的荣誉和苦痛,都不能令你动容分毫。"

靳川慢慢地坐下来,问:"你怎么知道?"

"当时我还只是大二的学生,坐在人群里,我周围全是对你的低声赞叹。他们说,你是军校最好的学生,毕业后就能进入海军指挥部,为联盟开辟疆土,军功卓越,走上名将之路。"

"当时,"靳川露出苦笑,"我也是这样认为的……"

菜已变凉,屋外雨声密集,窗子上全是蜿蜒的雨水痕迹。靳川抬头远望,透过窗子,看到浓郁的夜色正在凝聚。南边的瞭望塔已经开始闪烁着灯光,为即将到来的飞船指引方向。他突然觉得这一切都很荒诞——在本该风声鹤唳的肃杀夜晚,他却坐在摆满菜肴的厅堂里,听爱亚纶讲述久远的往事。

爱亚纶摇了摇头,恢复一贯的优雅笑容,接着说:"后来我打听过你,听说你在飞船上闹了点事,打断了右翼涡轮组组长的腿,然后驾驶战斗飞船撞向陨石带,那以后就再没听到你的下落了。你可以告诉我,你为什么要那么做吗?"

"没什么好说的。"

"好吧,那就是另外一个故事了。总之,前几天看到你突然出现在这座城市里时,我非常意外,然后便是惊喜。我一眼就认出你了,不可能错的,你的样子几乎没什么变化,只是落魄了些;你脸上的猩红胎记还在,你依然是面瘫一样的表情。真是巧合啊,这场战争波及那么多星球,那么多人被卷进来,偏偏最终上帝把你送到了我面前。"

"上帝不会这么闲,只是概率而已。"靳川默默叹息,他隐姓埋名来到这里,能躲过基因检测和编号查询,却不料,被人以最原始的方式认了出来,"那你为什么——"

"为什么不拆穿你吗?"爱亚纶说,"因为你是我少年时代的偶像啊,靳川学长!"他像是激动起来,握住刀叉,手臂上青筋暴起,"我们多少人把你当作目标,流尽血汗就是想超越你。但你毕业之后就悄无声息了,你的照片被挂在宿舍里,后来也渐渐蒙了尘。你让我们失望了!但天可怜见,毕业四年之后,你来到了我面前。你说你是赵吉,那你就是赵吉,你说你执行秘密任务,那就是执行秘密任务,我全都不在乎。我只想看看你现在变成什么样了。老实说,我很失望,神一样的荣誉学员,创下外骨骼格斗术得分最高纪录的靳川学长,终于走下神坛,成了一个只会在夜里开枪吓唬这群乡巴佬的普通人!"

他的声音充满恶意,屋外风雨飘摇。

"但无论如何,我不会拦着你。"爱亚纶长呼口气,冷静下来,"我不但不阻止你,还会帮你,因为你曾经是我的偶像。你想抢飞船,那就去抢吧,反正联盟船舶司还是会派船送物资过来。而我,依然在这座城市里。"

他让靳川过来,与其是想把过往一一说清,倒不如说是想对靳川进行最后的羞辱。曾经光辉万丈的偶像,现在落魄潦倒,仓皇逃窜。而有什么比让曾经崇拜的人不得不接受自己的帮助更令人快意呢?

靳川明白他的意图,但并无所谓,他有自己的使命。良久,他点了点头,说:"那我走了。"

"应该也不会再见了吧,靳川学长?"爱亚纶站起来,"真是寂寞啊,从此以后,我少了一个偶像。"

再多说也无益,靳川起身离开,但走到门口,看到依旧趴在地上舔舐红色粉末和泥土的乔,又站住了。"她,"他犹豫了一下,

"她是人,不是猪狗,你其实可以不必那么轻贱她。"

爱亚纶一愣,继而露出标志性的优雅微笑,说:"靳川学长对我的管理方式,有意见?"

"我说过,这是你的城镇,我只是过客。"

"那就做过客该做的事情吧,飞船快来了。"爱亚纶不再理他,低头看着乔,嘴角扬起,"来,爬过来,乔。我的乔,爬过来。"

乔听话地爬到爱亚纶脚边。

"看看,多么乖巧的狗啊,只要给一点红虫,就能永远低下头。"他弯下腰,抓起乔的头发,把鼻子埋在里面,深吸口气,"乔,我知道你想离开南原港,去地球,但我喜欢这里,这里是法外之地,没有该死的联盟律法,我就是国王,所以你就要永远待着,作为一条狗待着。不止是你,这里所有的人,最后都会跪在我脚边。噢,当然,包括你那个病快快但长得还不错的女儿。"

李大牙不停地张望着外面,等得心焦,终于看到了靳川的身影。他没有撑伞,浑身湿透,脸上的表情有些不对劲。

"怎么了?"李大牙问,"那小子叫你过去,不会是有什么陷阱吧?"

靳川摇摇头。

"那今晚……"李大牙见他神情恍惚,试探着问。

"今晚?"靳川回过神来,说,"哦,抢船。还是按照原计划,再有半个小时飞船就来了,我们可以出发了。"

夜雨如瀑,他们穿行在漆黑的街道上,步伐整齐而轻盈,如一队幽灵般迅速移动。雨水从他们脸上滑落,流过冰冷的枪管。夜幕到了最深沉的时候,大雨没有减弱的趋势,浓云集卷,偶有雷鸣自远处传来。

港口悄无声息，连个守卫都没有。他们快速潜行至港口，在靳川的指示下，分布在各个暗处。但他们等了许久，飞船却迟迟不来。

"不会是那小子耍了什么诡计吧？"李大牙抹了把脸上纵横流淌的雨水，喃喃道。

靳川心里也有隐隐不安，正要说话，远处云层突然透出一片亮光。

"来了！"有人兴奋道。

的确，云层中的光晕越来越明显，那是有飞船正在迅速切开云层，降落下来。"中校？"李大牙说，"什么时候动手？"

但他没有听到回应。

"中校？"他转过头，发现靳川虽然看着云层里降下来的飞船，但目光有些空洞，像是在出神地想着什么，"中校？"

靳川转头，"怎么了？"

"飞船来了。"

"噢……准备动手。"过了一会儿，靳川又说，"飞船一落下来就动手，哦不，等它停下来，有人出来后立刻冲上去。"

其余人都点头，只有李大牙有些不放心，低声问："中校，怎么了？是哪里出了问题吗？"

靳川说："没什么。归途的最后一段了。"

李大牙重重地点头。飞船已经从云层里露出身影，是一艘中型货运飞船，配备了超光速引擎。李大牙的眼睛亮了起来——船身右侧的引擎，不仅仅是联盟高精科技的凝结，更是他回家的希望。他按住胸前的口袋，那张有老婆孩子的照片紧贴胸口,在这雨夜里似乎微微发热。

"上!"

随着靳川的一声低喝,四人从暗处涉水而出,弯腰直奔飞船开启的舱门;另三人则绕到侧面,背靠船壁,凝神警戒;两人在雨中架好狙击枪,在激光准心里,死死盯住即将从舱门里出来的人。靳川和李大牙则在远处俯视全港情景。

但事实上,他们的谨慎是多余的。这次夺船比想象中要顺利得多,除了保安室一个瘸腿的保安员试图抵抗,但被阿野制服外,几乎没有遇到阻碍。士兵们把五个船员捆绑住,扔在港口卫生间里,然后脱下面罩,脸上满是雨水和笑意。

"报告中校,一切顺利。"他们在通讯模块里说道,"请登船,我们要回家乡去了!"

李大牙轻快地回应了一声,起身便往港口走,走了几步,回头发现靳川还站在原地。

"中校,走啊。"

狂风骤雨,豆大的雨点冲刷着靳川。飞船前灯的散光扑在他脸上,照亮了那块猩红色的胎记。他的眼睛有些发直,漫天风雨和焦急的战友虽然落在他眼里,但显然,这些并不是他视线的焦点。

"中校!"李大牙有些着急,声音大了些。

靳川回过神来,却没说话,视线逐一掠过李大牙、士兵们和在雨中安静蹲伏的飞船,最后,他看向身后的黑暗城市。这一刻,熟悉的幻境在雨夜里跋涉而来,雨消失了,飞船消失了,他能看到的只有一只从战火泥土里挣扎而出的手,很小的手,握着铅笔。他伸手去拉,握住了冰冷的手。这一次,手没有变成白骨。

他有些惊喜,往上拽,拽出来的却是一个有着乌黑眼珠的小女孩。

"叔叔……"这个女孩细声细气地说。然后,雨幕再次笼罩,她的脸像蜡像一样在雨中消融。

靳川伸出头,喃喃道:"不要死。"

所有人都不明所以,互相看看,脸上都是疑惑。

"你们等我四十分钟,"靳川咬紧牙,转过身,"如果我没回来,你们就开船走。跃迁引擎会把你们送回家乡。"

他摘下通讯模块,扔在雨水里。同伴们焦急的呼唤和询问都被雨水淹没了。他快步跑向城里,在雨中撞开一条路径,很快身影就被夜色吞没。

7

小巷，只有雨滴冲刷。

即使对这座落雨之城来说，这样的暴雨也很罕见，加上排水系统老化，地上积水已经漫过脚踝。这一晚总有些不祥的感觉，人们蜷缩在家里，等着雨声。没有人在巷子里走动。

除了这个踏雨而来的军人。

靳川直奔巷子底层，一脚踹开屋门，里面只坐着一个醉醺醺的男人。他揪住男人的衣领，问道："卷卷呢？"

"卷卷……"男人念叨了几遍，似乎想不起这个名字是谁。他伸手想去拿桌上的酒瓶，被靳川一把打下来，酒瓶破碎。随着破碎声到来的还有靳川的一击重拳。

男人抬眼看着靳川，呵呵傻笑。靳川不多废话，抓着他的头发，按住脑袋往桌上狠砸，直到桌角见红，才问道："卷卷呢？"

"啊……卷卷，"男人终于回想起这个名字代表了谁，突生勃然怒气，爬起来要打靳川。但靳川只一挺膝，他便又疼得弯腰惨呼，"妈的，我家的事情，你来管什么！你是谁！我才是她爸爸！"

"没有人像你这样当爸爸的。"

男人吭哧喘气，又扑了过来，嘴里骂道："你懂——你懂什么！她生了重病，活不了多久！她妈妈跟了别的男人！看到她，谁还能……"靳川稍微侧身，男人狠狠地扑到地上，撞得头破血流，"你有什么资格说我，你这个从战场里回来的魔鬼！"

靳川终于不耐烦了，一脚踏在他脸上，冷声道："她在哪里！"

男人不答，手在地上使劲扒拉着，一张摔在地上的磁显相片被他拉到怀里。这是一张全家福合照。年轻的男人和女人，以及一个襁褓里的婴孩。两张绽开笑容的脸和一双对这个世界充满好奇的乌黑眼珠。男人把相片贴在脸上，发出了呜咽声，像是被堵住了嘴一样，沙哑难听。

过了一会儿，他说："她被黑心康诺带走了。"

"在这落雨之城里，谁与谁相遇……"

瘸子老头坐在酒馆门口，拉着二胡，在屋檐下依旧咿咿呀呀。靳川从他身边走过的时候，他抬了下眼睛，目光又低落下来。

今夜酒馆里倒是冷清，只有黑心康诺坐在吧台前，一边往嘴里灌啤酒，一边往门外看。他在等待爱亚纶。卷卷蜷缩在他脚边，脸上又多出了两条伤痕，小小的身子瑟瑟发抖。

看到靳川从门口进来，黑心康诺愣了一下。

"叔叔！"卷卷探出头，惊喜地叫了声。

靳川走过来，拉着卷卷的手，说："别怕。"

"喂！"康诺见自己被无视，一股怒火升起，去抓靳川的肩膀，"你干什么！"

但他的手刚伸过去，就被靳川扣住手腕，继而觉得身体凌空飞起,视野里景物像电影快镜头般晃动,只听"砰"的一声,便不省人事——他被靳川过肩斜摔,晕厥过去。

卷卷有些害怕,退缩了几步。

靳川蹲下来,耐心地说:"别怕,这是坏人。"

卷卷点点头,补充说:"嗯,很坏。他抓我,帮那个恶魔杀了好多人。"

"但他现在晕过去了,不可怕了。"靳川拍了拍康诺的脸,看到他腰侧的匕首,解下来,插到自己腰间。这个平日里凶狠野蛮的粗鲁男人一声不吭。他转头向卷卷微笑,"不信你试试。"

卷卷将信将疑地碰了碰康诺的额头,见没有反应后,大胆去捏他的鼻子。她笑了起来。

"你看到没有,他不可怕。没有什么值得怕的。"靳川让自己的声音轻柔起来,"你听我说,卷卷,你相信我吗?"

卷卷点点头。

"那我现在带你走,好不好?"

"去哪里?"

"去哪里都可以。卷卷,你不是还想再见到阳光吗? 这颗星球上的阳光都太暗,我带你去看真正的太阳,在地球,升起来的时候整个海面都是金黄色的。"

"什么是海?"卷卷问道。

"就是很多水汇聚在一起,一眼看不到头。跟这里的水不一样,这里的土太松软,水流进地下后,会被地热蒸发,又循环成雨。但在地球,水是可以储存在一起的,无边无际,天空都会倒映在海水里。"

"叔叔见过吗?"

"没有……但我的老师告诉过我,他的话不会错的。还有其他星球,每一颗星球都可以去看。"

卷卷想了想,点点头。

靳川拉着她的手,站起来,刚要转身,却愣住了。

爱亚纶不知什么时候,已经站在了门口。

他依旧是斜倚着,夸张地拍着手,"哎呀哎呀,瞧我看到了什么——拐带小女孩,这可违法啊,我作为这座城市的治安官,可不能袖手旁观。"

卷卷一看到爱亚纶,便吓得颤抖,抓紧了靳川的下摆。靳川轻轻地拍了拍她的头,说:"别怕,没事的。"

"怎么会没事呢?"爱亚纶语气变冷,笑容阴寒,"你哪儿都去不了。你要待在这里,卷卷,你要像你的妈妈一样待在这里。你的妈妈已经没有吸引力了,所以你要接替你妈妈的工作,你知道吗——虽然你也活不了多久?"

靳川捂住了卷卷的耳朵,看向爱亚纶,道:"别说了,我要带她走。"

"不,你带不走!"爱亚纶吼道,白皙的脖子上暴起青筋,"这是我的地盘,这里的一切都是我的! 我是国王!"这个从来优雅、有条不紊的年轻人,此时像一个真正的暴君,眼睛里充满血色,愤怒如狂。

"你拦不住我的,让开。"

爱亚纶狂笑,在笑声中一步步退出门外。

靳川牵着卷卷,也走到门口。雨水密集地从屋檐下滴落成帘。透过雨帘,他看到破败街道上影影绰绰地站了不少人。这些人大都比较面熟,是曾经在酒馆里见到的黑帮醉汉们,他们站在雨中,穿着透明雨衣,手里拿着改制激光武器,对着靳川虎视眈眈。

一共九人。

靳川的视线一一扫过,心里记下数字,对卷卷道:"别担心,我们能出去的。"

他的声音有一种莫名的安全感。卷卷点头,然后退到瘸腿老人身旁。

"没想到,"靳川把一直以来背着的背包解下来,"最后还是要用到你。"他把背包反向背在胸前,背带系在后背上,动作很轻柔,但街对面的爱亚纶看到他这个动作,眼睛突然一亮。

靳川按下了背包顶端的某个按钮,只听咔嚓之声不绝,背包里似乎有齿轮转动,四只机械臂从背包四角伸出来,沿着靳川的手脚攀爬,并在关节处弹出套环,牢牢固定。套环内侧的传感贴片紧紧贴在靳川的皮肤上,从此刻起,肌肉的每一丝颤动都会由传感器转化为电信号,在线路里传递。这些机械臂由高强度合金塑成,但在夜色下显得颜色暗哑,外壳也分布着不少坑坑洼洼,像是弹孔,又像是刀剑留下的。

"铁冢……"爱亚纶喃喃念叨,突然兴奋起来,"在军校时就一直听说你创下的外骨骼格斗术高分纪录,过了两年才被人超越,现在终于有机会见识到了!"

靳川晃了晃手臂,适应着金属贴身的感觉。这种感觉已经久违了。这些年来南征北战,铁冢替他一次次将死亡拒之门外,也帮他一次次将死亡送给别人。他以为远离战场,可以不再使用它,但现实总是不尽如人意。

他把手指伸进机械指套里,五指逐一捏紧成拳。"嗡"!铁冢的动力引擎启动,外骨骼的线路里,巨大的能量涌现。下一刻,他的身影蹿了出去!

地上只留下一个裂开的脚印。

"中校怎么还不回来?"李大牙看着飞船外的大雨,焦躁地念道。

阿野也不安地走来走去,突然停下,咬咬牙道:"已经过了一个小时,按照中校的吩咐,我们走吧!"

李大牙吼道:"不行!我们要等中校!"

"你以为他是去干吗了,他是想去带那个小丫头走!"阿野大声说,"这跟我们的原计划不符,是自己找死啊。那个治安官,我打听了一下,全城都是他的人!"

"那我们也不能丢下中校!"

其余人则互相看看,目光里各有意味。他们在战场劫波里相遇,被尸堆里的篝火吸引,只是在回家的期望下才凝聚在一起。现在,有了飞船,回到家乡近在咫尺,谁都不想为了他们的长官留下。尤其是阿野,他甚至是来自敌对阵营。

"投票吧。"阿野环视所有人,"赞成留下的举手。"

李大牙咬牙举手。

过了好半天,只有这一只手举起来。

铁冢型的机械外骨骼由军方研制,专门用于辅助单兵作战。一旦连接,外骨骼系统与肌肉系统能够实现完全同步,由运动神经元传达大脑的命令,几十上百倍地增加靳川的运动能力。现在,他以极高的速度移动着,一滴滴雨水被他撞得粉碎,漫天雨幕因他的移动而短暂地出现了一条曲折的通路。

他先是凭借高速动能,连撞三个黑帮分子。这些重达百公斤的人体像是突然被星球引力抛弃了,在空气中横摔出去,啊呀惨叫着,撞上了街道两旁的楼屋墙壁。其余人迅速反应过来,有一个人刚刚举起枪,但靳川的拳头已经挥舞了过来。这是一记直拳,金属拳套在动力系统加持下,直接撞到了枪管,枪管破裂;拳头再进,持枪的人吃不住力气,手一软,枪斜飞出去;拳头没停,打在他手腕上,咔擦,骨骼破碎声响起;拳头最后落在了他肩上,他像风筝一样飞了出去。

"妈的,小——"有人喊道,但后一个字还没出口,就戛然而止。因为靳川的拳头已经撞破雨幕,如木槌一般砸到了他脸上。他一声不吭地倒下去。

枪声响了起来。

付出了五个同伴的代价之后,混混们终于有了开枪的机会。但靳川似乎背后长了眼睛——铁冢确实有全景扫描功能,屈膝斜跳,脚下机械板的引擎矩阵协同发力,让他像炮弹一样跳到街对面的墙壁上,躲过了激光束的轰击。

其余人则追着他的残影射击,但只在街面上留下了一连串的焦灼痕迹,根本追不上高速移动的靳川。他跳到墙壁上,又反弹射回,黑豹一般扑倒了三个混混。三个脑袋撞到地上,三柄枪无力跌落。

只剩下最后一个混混了。

眨眼间同伴全部倒在地上,他有些懵,拿着枪不知所措。他看着从地上缓缓站起来的靳川,后退两步,突然扔下枪往外跑。但没跑两步,只听一声轰响,他背后出现了一个焦黑的洞,扑倒在地。

"哎呀,"爱亚纶皱皱眉,把手上的枪扔掉,"居然失手了。"他又看着街中心的靳川,满意地拍拍掌,"真是厉害啊,九个大汉,就被你这么简单地解决了。厉害,不愧是靳川学长,荣誉学员!"

"你现在还不开始跑吗?"

"我为什么要跑?"爱亚纶像是听到了荒谬的话,在雨中哈哈大笑,"在这里,我就是国王!"

"现在不是了!"靳川脸上雨水横流,他没有去抹,而是开始奔跑。铁冢全功率运转,机械骨骼越来越快,让他整个人如同全速前进的坦克,裹挟着巨大无匹的势能。他奔到爱亚纶身前,一拳轰出,拳头刮起的风甚至让雨滴也汇聚成流,在空中如同透明水蛇,噬向对面单薄的青年。

但下一秒,他愣住了。

他的拳头停顿在爱亚纶面前。

爱亚纶站在原地,用右手掌接住了靳川的拳头,缓缓用力,将靳川平移着推开。他的手上是由无数致密合金碎片组成的拳套,他的背后,不知何时也固定了四条湛蓝色的机械臂,紧紧地贴在身上。

"铁冢第七代?"靳川终于变色。

"是啊,"爱亚纶反扣住靳川的手臂,逐渐加劲,脸上表情狰狞,"学长,我跟你说过,两年后你的外骨骼格斗术纪录才被人超越。"

他迈步,错身,用肩撞击靳川下腋,然后屈膝,挺肩。

靳川被凌空摔倒,在街上滚了几圈才停下。

爱亚纶扭了扭右肩,一阵咔嚓声响。他对这记过肩摔十分满意。他看着艰难地从地上爬起来的靳川,咧嘴一笑,露出雪白牙齿,"但我忘了跟你说,打破这个纪录的人,"他的笑容似乎有些羞涩,"是我。"

夜已经深了。

卷卷感觉有些冷。她躲在屋檐下,看着大街上的打斗,有些为靳川担心。她身边的老人还在拉二胡,咿咿呀呀的歌声被雨声和打斗声掩盖了。街边人家的窗都紧掩着,没有亮起一盏灯,但人们应该没有睡着。他们战战兢兢躲在窗下,等待这场深夜恶斗的结束。

也有几个人大着胆子凑到窗前,悄悄观望。他们慢慢放下心来——因为那个外来的军人,已经快要输了。

的确,这已经是靳川第七次被摔倒了。

他再次爬起来时,身上的机械外骨骼已经残存不堪,胸前的动力输出装置不断闪着火花。他用右臂支撑着,发现右手的外骨骼已经严重变形,没法感知右臂肌肉的运动了。血从肩上流下来,又迅速被雨冲淡,混入地上的积水里。

"哈哈哈,右手都没了,我看你怎么打。"爱亚纶狂笑,他的头发在雨中散乱,软软地贴在头皮上。他也受了些伤——下腹中了靳川的一次轰击,但那时靳川的铁冢已经没多少力气了,只是有些疼,其余的攻击则被背上的铁冢七代给吸收了。经过疆域公司武器部门升级过的铁冢七代,在性能上完全优于初代,遭受那么多次攻击也只是有些迟滞。

靳川摇摇晃晃地站起来,又摔倒下去。他脸上的雨和血混在一起,看不清表情,但他的眼睛是明亮的,死死地盯着爱亚纶。

"我有些搞不懂,你明明可以坐飞船走——这样对大家都好,为什么还要回来呢?"爱亚纶一指角落里的卷卷,"为了带她走吗? 可是你知不知道,她有重病,所以她爸妈才不要她,所以其他人才欺负她。你就算带她走了,她也活不下去,她就该死在这座城市里!"

靳川没有回答。

爱亚纶冷笑,"好吧,随你的便吧。反正现在你也要死了。"他突然又烦躁起来,"真是搞不懂,为了救一个生了重病的人,把自己的命搭上,值吗!"

"有些事情……"靳川的声音虽然微弱,但坚定如小锤,敲打着一滴滴落雨,"比命重要一点点,所以要去做。"

爱亚纶勃然大怒,"好! 那就把命给我吧!"

他上前一步,打算踩碎靳川的头,但刚迈出步子,便听到空气中有异动,身影霎时间消失,又出现在街道另一侧。

他刚刚站立的石板路面上出现了一个小小的凹槽。这是被聚能束击中的结果。白烟从凹槽袅袅升起,又迅速被雨水浇没。

爱亚纶向街尾看去,只见十个人影迅速跑过来。有人扶起了地上的靳川,道:"中校,我们来接你了。"

靳川勉强凝定心神,看到这十张面孔,有李大牙,有阿野,都是自己从战场里带出来的士兵。这个时候,他们应该登上飞船,踏上归途,却又返身来到了这条危险的街上。

"小心……"他喘息道,"这个人,很可怕。"

"没事,我们比他人多!"李大牙满不在乎地说。

十米之外,爱亚纶从惊疑中回过神来,爆发了可怖的愤怒。"你们! 你们不是应该逃走吗,为什么回来! 这样一个废物,值得你们付出生命来救吗!"他狂叫着,机械五指一把抓住腰侧的口袋,连布料带里面的玻璃瓶都一把撕扯了下来。他手臂高举,捏碎玻璃瓶,里面的红色粉末倾倒下来,全落在了他脸上。

不知是不是错觉,这种红色粉末像是有生命一样,落在爱亚纶脸上后,竟像是蠕动着钻进了他口鼻里。

他的五官扭曲起来,眼睛变得血红,喘气加重。

这是靳川第二次见到这种粉末。第一次时,它令乔甘心趴在地毯上舔舐泥土,这一次,让本就疯疯癫癫的爱亚纶彻底陷入了疯狂。

"都死吧!"

随着一声尖锐的叫喊,爱亚纶在空中划过一道残影,一名军人还不知道怎么回事,头部就被重拳击中,脖子处传来断裂声,然后直挺挺地栽倒下去。

军人比混混们的反应速度快很多,立刻举枪射击。雨幕中立刻掠过无数道明黄色的聚能光束,但爱亚纶的神经系统似乎被那红色粉末推到灵敏的极致,与铁家七代完美契合,鬼魅般移动,躲开了一道又一道攻击。他一边躲避,一边从容不迫地以手刀砍击,轻则令人骨折,重则直接砍进身体里,带出一道血痕。

卷卷从屋檐下挪了出来,站在街心,四周枪火纷飞,但不知是巧合还是有意,所有的攻击都避开了她。她像是误入了某幕剧的舞台,其余人都在按照剧本卖力表演,没人理睬她。她有些茫然。

但好在这幕剧快要结束了。

军人们逐一倒下。

阿野一边咒骂一边追着爱亚纶射击,手里的枪管几乎射出了一连串的光束。"去你妈,去你妈,这么——"他的脖子突然爆出一蓬血雾,摔倒下去。他挣扎着看向港口方向,喊了句什么,但声音消融在雨中,谁都没听清。

李大牙目眦欲裂,他是通信兵,手里没有武器,只得怒吼一声,扑了上去。爱亚纶检测到他只是血肉身躯,索性停下,让他抱住。

"哈哈哈,真是有趣。"爱亚纶把右拳垂到腰侧,猛地前击,打中李大牙的小腹。因为被抱住,所以他只能在极短的距离出拳,但铁冢在肘部设有推进器增加短距爆发力,所以李大牙只挨了几拳,就小腹裂开,嘴角淌血,软软地倒下来。

"你看,跟着你的人全都死了。"

"你会偿命的……"靳川嘴唇颤抖,挣扎着爬到李大牙身前。

"这是我老婆……这是我儿子……"李大牙满手鲜血,哆嗦着从胸口兜里掏出一张照片,手一软,照片落在水里,"帮我……帮我……"

靳川凑近去听,但等了很久也没有听到后面的话,李大牙已经没有了呼吸。他把地上的照片捡起来。

"喂,别看了,你自己也要死了。"

爱亚纶正要继续讥讽,地上的靳川突然暴起,向自己合身扑来。他身上的铁冢已经只剩下微弱动力,而且不能驱动右侧机械臂,只以左手攻击,因此被爱亚纶从容挡住。

大雨如瀑,在两个以死相搏的男人身上冲刷着。爱亚纶狞笑,缓缓扭动靳川的左手,铁冢七代强大的驱动能力使得靳川的左侧机械臂扭曲断裂,火花从线路里爆出来,又立刻湮没在雨中。失去了机械臂的保护,靳川的左臂也发出了骨折的咔咔声。

但爱亚纶突然觉得有一丝不对劲。

靳川的脸上满是血和雨，也有痛苦的皱眉，但他的嘴角是在笑的。靳川在笑……见鬼，爱亚纶心里一阵发毛，这真是罕见的事情，这个面瘫居然笑了。

"你笑什么!"爱亚纶手上加劲，问道。

"噗"。

漫天大雨中，突然有一声轻响。这响声太过轻微，本不应该被爱亚纶听到，但跟这声轻响同时传来的，还有小腹的灼痛感。他低下头，难以置信地看着自己的腰侧——一支匕首正插在自己的腰上，高温离子锋刃从匕首柄前端探出，切断了自己的脾脏。

而握着匕首的是靳川的右手。

靳川早就解开了右侧机械臂的固定环，当他被爱亚纶扭住时，右手从机械臂上脱离出来，握住从黑心康诺身上缴获的匕首，捅进了爱亚纶的肚子里。

靳川抽出匕首，又捅进去，高温让爱亚纶的伤口迅速焦黑。空气里弥漫着一股难闻的味道。

"我不……"爱亚纶嘴角流血，牙齿也被染红了，"我……不甘心……"

靳川退后两步，看着爱亚纶委顿在雨中，"没什么不甘心的，外骨骼格斗术真正要倚靠的，不是机械臂，而是自己。外骨骼永远会升级换代，但操作意识，只能在血与火中习来。"

可惜这个道理，爱亚纶已经没有机会明白了。

卷卷哆嗦着走过来，蹲在靳川身旁。

靳川虚弱地躺着,铁冢外骨骼无力地脱落,雨水灌进了他嘴里。他流了太多血,下意识地大口吞咽雨水。这时,一只小而柔软的手落在他脸上,他便安静下来了。

"你没事吧,叔叔?"

"有点儿疼。"

"哦……忍忍就不疼了。他们打我的时候,我就是这样想的,很快就不疼了。"

"嗯。"

沉默了一会儿。雨声减弱。这场大雨终于显出了疲态。

"这个恶魔,好像没有动了。"

"嗯,他不会再起来了,卷卷,不会再有人伤害你了。"

"你真厉害!"

"我其实也疼……"

"你需要看医生吗"

"这里有医生吗?"

"本来有一个,但被你打得昏死过去了。"

"我只打了混——医生也混黑帮?"

"是啊,鲍勃叔叔白天看病治人,晚上敲诈勒索。"

"那应该挺挣钱吧。"

"叔叔,那你现在怎么办?"

"我要回家。我的人都死了,我本来想把他们带回家,但现在只剩我一个人了。我要回去,我终于可以踏上归途了。"

又沉默了好一阵。靳川等了很久,没有听到卷卷的回应,睁开眼睛,在微弱的视线里,他看到卷卷似乎在咬着嘴唇。

"你不高兴了?"

"你骗我……"

"哪里骗你了?"

"你说要带我离开这里的。"

"可是恶魔已经死了,不会再有人伤害你了。你的父母还在这里,这是你的故乡,你要留在这里。"

"我生了病,很快就会死,他们不会管我了。阿爸打我,阿妈,那个恶魔欺负我的时候,阿妈就在旁边看着。我不会原谅他们的。还有,我想在死之前,看看你说的那些景象,真正的太阳、大海,还有好多别的星球。"

"别这么说,你不会死的。"

"反正他们都说我活不长。"

"放心,我不会让你死的。"

"嗯嗯,我相信你。那你要带我走。"

"我再想一想。"

雨停了,靳川睁开眼睛,这座永远下雨的城市终于有了云散的时候。夜幕中有三轮月亮。他挣扎着爬起来,向躺在地上的士兵尸体们点头致意。他默默地念着什么,卷卷听不清。

"走吧。"他说。

尾 声

爱亚纶没有死。

他的铁冢七代被匕首割断了线路,肠子从腰侧的伤口流了出来。但他倒下的时候,不断地告诉自己,不能昏过去,不能昏过去,睡着了就再也醒不过来,所以,哪怕意识昏沉,哪怕血流如涌,他都紧紧咬牙,一直保持着清醒。

终于,靳川和卷卷的絮絮叨叨结束了。他们走远了。

天哪,你们怎么这么多话……太好了,你们走吧! 他心里想,等我恢复过来,哪怕你们在天涯海角,我都要找到你们,杀死你们!

这个想法支撑着他,让死亡一直只能在他周身徘徊,却不得近前。

靳川和卷卷的脚步声远去之后,他缓慢地睁开眼睛。不用刻意压制呼吸了,他喘着气,解开了背后铁冢七代的固定环,试着爬起来,但没有力气。他又躺了一会儿。月亮真圆。咦,奇怪,这座城市里居然可以看到月亮? 终于恢复了些气力,他解下衣服,包裹住了腰部。肠子不会乱晃了。

120

接下来,只需要一点简单的外科治疗……他抽着凉气,爬起来,心里已经开始想象抓到靳川后如何折磨他了。哦,那个卷卷,也不能放过。就算她那时候死了,也要把她从坟墓拉出来。决不能放过!

他站起来,准备往家里走,这时,突然愣住了。

因为,街两旁一直紧闭的门扉,一扇扇打开了。每一扇门后面都走出了人,走到街上,走到爱亚纶身边。人们围在他身边,都沉默着,表情也看不清晰。

"你们这些……你们干什么……"爱亚纶艰难地环视一圈,突然感到了一丝寒意,他的嘴唇颤抖起来,拼命说,"你们让开!"

人们没有动,像黑色的雕像一样站立。

"你——你让开!"爱亚纶踉跄走到一个老妇人身前,推嚷着,但老妇人纹丝不动。这个女人的脸有些熟悉。他突然想起来,老妇人的儿子——那个带着羞涩笑容的年轻人,被自己亲手埋进了城西荒坡。

她旁边那个独眼男人也不陌生,爱亚纶记得,自己曾经把烟头烫在他的眼球上。还有后面那个脸上有疤痕的女人,路灯旁那对哀恸的夫妇……

"你们这群……这群贱民,混蛋,你们让开,我还没死,我家是疆域公司……"他胡乱地挥舞着手,怒气勃勃地骂着。人们依旧沉默地看着他。过了一会儿,有人往前走了一步,接着,像是被传染了一样,人群向内合拢。

"滚啊——"

在被愤怒的人群淹没前,他有生以来第一次,发出了惊恐的尖叫。

洛城故人

楔　子

　　许麻子下班回家,觉得身体有点儿不对劲。

　　是痒,从血液里升起来的痒,在身体里涌动着。他不停地挠,但怎么也止不住这种痒。他躺在床上,手臂都挠出了血。他回忆着今天的一切——早上吸了点儿粉,然后去实验室上班,下午他照例在那些没有腿的怪胎身上发泄了一下,一切正常。

　　难道,是红虫粉出了问题?

　　想到这里,他心里暗骂,妈的,那些家伙肯定又在粉里掺了杂!

　　他身上的痒更加剧烈,如同月夜潮涨。他爬起来,在抽屉最里层翻找,找到一个小试管。透过玻璃,他看到了那些细微的红色粉末。他的呼吸顿时粗重起来,手也在抖,连忙拔出试管塞,往手里倒了一点儿,然后整个鼻子都埋进了掌心。

　　他贪婪地吸着。

　　某些东西进入了他的身体,在鼻腔里攀爬,穿过黏膜,进入

123

血管,然后顺着血管在全身游走。他失去了所有力气,瘫软在床上,痉挛一样抽搐着。巨大的快感正在他身体里涌动。有那么一瞬间,他以为自己要死了,他希望自己就这么死过去,死在天堂里。

但他终究还是醒过来了,或者说,他血液里有什么东西苏醒了。他的眼睛红得可怕,仿佛血马上就要从瞳孔里滴出来。

他表情麻木,把所有的钱都揣在兜里,出门而去。

半个小时后,在空无一人的天台上,他找到了那个人。他把钱都递给对方。

"这是干什么?"对方说着,露出了嘴里黑色的牙齿,如同被漆刷过,"我不卖虫,你要买,就去堕落者酒吧找小托尼。"

"这是定金。帮我取一个……一个东西。"许麻子指向下方,机械地说着,"去下面,把这个东西拿上来。带几个人,你一个人扛不动。"

对方把他递来的那一摞晶片卡打开,发现了一张纸条,上面是两串数字,代表了坐标。

"记住,无论发生了什么,"许麻子补充道,"带上来……要快。"

对方走后,只剩下许麻子站在天台上。晚风吹来,他的身体微微晃动,踉跄地走到天台边缘。风更大了,远处的市中心灯火辉煌。他吃吃地笑起来,往前踏了一步。

天台离地面九十五米,中间没有遮挡,所以,当行人发现他时,他们只看到一摊破碎的番茄。

信息终于发出去了。

他躺在幽深管道里,长长地吐出一口气。

接下来,就是等待。

希望他们快点儿来,至少在那个怪物找到自己之前……

1

新洛杉矶的夜,燥热退却,凉意开始蔓延。三十五层楼的窗外,夜风透进来,在吕成琳皮肤上掠过。她感觉有些冷,缩了缩肩膀。

原来已经十一点了。

不知不觉又熬到深夜。她环顾四周,同事们也都哈欠连天,满脸疲态。脸上长满雀斑的查尔斯吞吞吐吐地说:"总监,要不……"他犹豫了一下,"今天先到这里?"

"不行,今天一点儿进展都没有。"吕成琳也感到一阵疲乏,但咬咬牙,拒绝道。

所有人都看过来。这个项目组有三十多人,年龄普遍偏大。看着吕成琳的时候,目光里有沉甸甸的压迫。吕成琳差点儿向这些目光屈服,但一想到仲裁委员不怀好意的目光以及父亲失望的表情,就咬住了嘴唇。

"好了好了,"出来打圆场的是王泽岩——项目组的副总监,他露出一贯温和的笑容,轻拍吕成琳的肩膀,"大家都很累了。先休息,明天再早一点儿来,现在导管技术已经成熟,是'华佗'

产生位移的数据分析量加大,人受得了,电脑也不行。你也很累,别强撑了。"

有人给台阶下就好办了。吕成琳冷着脸,不说话。同事们纷纷收拾东西,从办公室离开。王泽岩路过吕成琳身边时,刻意放轻了步子。

"你也回去吧,"王泽岩劝道,"休息一下,这里我盯着。"

"你不走吗?"吕成琳有些诧异。

王泽岩揉了揉太阳穴,眉眼里透着疲惫。他摇摇头说:"这里总得有人盯着。我留下,要是有什么进展,随时通知你。"

他身后可以看到新洛杉矶华灯璀璨的夜色。吕成琳突然感觉到累极了,项目遥遥无期,下属不听使唤。她垂下头,王泽岩适时地前进一步,用肩膀抵住了她的脑袋。他的个子很高,肩膀宽阔,枕在上面有一种奇怪的安全感。吕成琳几乎就要睡过去了。这些年来,王泽岩就是这么一直默默给她支撑。她就这样站着,斜靠着,过了好久才感觉头脑清醒了点儿,闷闷地说:"我是不是对他们太狠了。"

"不是。"王泽岩柔声道,"是对你自己太狠了。"

"可是仲裁委员会那边……"

"没事的,'华佗'这样的项目,哪能这么快就完成?仲裁委员会没那么着急,或许他们表面上会很着急,但心里都清楚。"

吕成琳点点头。天色确实不早了,她披上外套,离开了办公室。空荡荡的电梯把她从三十五层高空运下去,她困倦至极,打了好几个哈欠。电梯门打开,刚走出去,她就看到前台小姐正在和一个衣衫褴褛的男人吵闹着。

"哎呀你等了整整一天了,都说了吕总监不在办公室,你回去吧!"

男人大大咧咧地把手拍在前台柜子上,说:"你看你长得这么漂亮怎么尽说假话? 我跟你们吕总监关系好得很,穿一条裤子长大的,你替我通报一声就好了嘛。"

"这么晚了,你再不走我要叫保安了啊——"前台正作势要呼叫保安,却见吕成琳皱着眉走过来。

"怎么回事?"吕成琳问。

前台凑过来,小声地说:"这个人脏兮兮的,带着个小女孩,下午就过来说要找您。他说他是您的老乡。我一看就不对——他哪像在地球上长大的啊,就给拦住了。这下好,他倒真赖皮,赶都赶不走,一直拖到现在……"

吕成琳顺着前台的手指,看到角落里正坐着一个小女孩,十二三岁的样子,又瘦又白,软软的头发耷拉下来。女孩看上去很困,坐在墙角,头靠着墙壁睡着了。她的头和墙之间垫了一件叠好的灰色外套,看上去很破旧,显然是这个邋遢男人穿过的。

"我不认识他,叫保安吧。"虽然心疼这个乖巧的女孩,但她也讨厌男人说话的那股子流氓劲儿,想了想还是不要找麻烦,便说道。

前台点点头,按下了警铃。

这时,男人"咦"了一声,盯着吕成琳看了好几眼。"你是——成琳?"他疑惑道。

"呵! 你不是说是老乡吗,见面了都不认识?"前台冷笑。

"成琳! 是我,是我啊,"男人咧开嘴,喜笑颜开,"我我我,你不认识我了?"他站得很直,但满面风尘,头发都是油垢,也不知道在哪儿摸爬滚打过,衣服上粘着一些洗不干净的污迹。他试图把手伸过来,指甲里还残留有黑色的泥。

吕成琳皱着眉退开一步。

所幸这里是疆域公司的总部大楼,保安们效率很高,闻声便动,此时一拥而上,把男子架住。他挥舞手脚,大呼小叫。在一旁打着盹的小女孩都被吵醒了,揉着眼睛,看到这边的乱局后,撇了撇嘴。

唉,只可惜这个女孩儿了,摊上这么个爸爸……吕成琳心想,转过身,往大楼外走去。

"喂喂,你不记得我了,"男人被保安们牢牢按住,使劲伸着脖子,"我是你老乡啊,小时候在暮星——哎,别扯裤子——我叫靳川啊,你记得吗?"

吕成琳停了下来。

夜风一下子大了,从门口卷进,吹乱了她的头发。

夜幕中,细雨开始落下。

看着对面的父女,吕成琳下意识抱住手臂,不知如何开口。好在靳川眉飞色舞,根本不知尴尬为何物,喋喋不休道:"这么多年没见,你还是这么漂亮,跟小时候一样!刚刚听前台说,你才二十八九就成了负责大项目的大总监,噢噢现在应该叫吕总了,吕总前途无量啊!小时候看吕总,就觉得吕总肯定比我们都有出息,果不其然……"

吕成琳只觉得这番话听起来格外刺耳,浑身不适,便打断靳川的絮叨,说:"这是你女儿吗?"

靳川连忙点头,拉过女孩,说:"是啊,哈哈哈,你看长得乖吧。"又低头对女孩说,"卷卷,叫阿姨。"

"阿姨。"名叫卷卷的女孩脆生生地喊道。她的脸色在灯光下有些泛白。

靳川呵呵一笑,又开始絮叨:"吕总应该也结婚了吧,哪个哥们儿这么幸运娶了你,肯定有福了!你看看你,多精致呀,哪像我们,糙得很。看,你的手指也接好了,一点儿伤痕也没有,啧啧,疆域公司的技术……真是厉害!"

吕成琳突然有些恍惚。

过了十几年,这个男人突然出现,似乎一切都没有变,还是那样瘦削的面孔,脸上的红色胎记跟记忆完全吻合。但似乎什么都变了,她记得靳川还是少年时,眼中常会出现一丝近乎忧郁的迷茫,但现在他的眼睛里只有世故和油滑,他的脸上只有风尘和污迹,还有贱兮兮的谄笑。他手上还牵着一个小女孩。

"找我有什么事情吗?"她不想继续这种交谈,打断道。

"噢噢,忘了说了。"靳川拍了拍脑袋,"我想请你帮个忙。"

这种套路,一点儿都不出吕成琳的预料。她心里默默叹口气,说:"你需要多少钱?"

"三千——噢,钱?哈哈,不是不是,吕总误会了。我是想请你帮个忙,我要出去几天,想把卷卷托给你照顾。"

真是莫名其妙!吕成琳心里一股无名之火升起,这叫什么事嘛,一个十多年未见的人,突然牵着女儿来自己面前,让自己照顾这个陌生的孩子!万一是个熊孩子怎么办!最好还是拒绝他吧,别惹麻烦。她心想着,抬起头。她看到了靳川的脸,跟多少个梦里出现的少年一模一样。她最后说:"好吧,交给我吧,你什么时候回来呢?"

"应该很快的。卷卷身体不好,麻烦你了。"

后来,靳川摸了摸卷卷的头,说:"老爸要出去几天,你就跟着这位阿姨。要乖,别捣乱,别弄脏阿姨的家。"

"好啦好啦,你早点儿回来。"卷卷拉了拉靳川的衣角,"别再受伤了。"

"哈哈,老子命硬得很,不会轻易出事的。"靳川一阵大笑,抽出了衣服,裹上之前给卷卷垫脑袋的外套,匆匆走进夜色里。

"哎!"吕成琳轻喊了一声,但靳川已经被夜色完全吞噬,她只能牵起卷卷的手,"走,我们回去吧。"

2

"来了来了,"靳川跳上车,车厢里没开灯,只有两个模糊的身影,他连忙赔笑说,"对不住对不住,有些事扯住了。你们知道,我的女人缘……"

"闭嘴!"有人低喝道。

靳川不满地咕哝一声,便没说话了。车厢里一片沉默。

这是一辆老式磁感家用轿车,车顶沿着磁吸轨道,绕新洛杉矶内环,向城外驶去。扩建后的洛杉矶非常大,以磁感车的速度,也花了两个小时才到出城关口。

"打起精神来!"先前那人喝道,"要出城了。"

"好了好了,老牙鬼,梦都给吵没了……"靳川打着哈欠,向车外望去。灯火辉煌的城市已落在远处,此地位于城郊,有些荒芜,能看得到隐约的星星。靳川仰头望了一会儿,叹口气。

"靳哥,你叹个屁的气啊,这一笔能挣不少呢!"另一个一直蹲在角落里的人笑道。这是一个矮小的青年,不但矮,而且瘦,嘴唇透着锈红色。

"那是那是,嘿嘿,我说罗杰老弟,"靳川连忙点头,抽出一支烟,点燃递过去,"你靳哥我可是走南闯北的人,待会儿下去了别怕,跟着靳哥就行。"

"熄了!"老牙鬼再次喝骂,"想找麻烦吗?"

靳川只得把烟收回来,吹了吹,收进口袋。"这可是好东西呢,别浪费了。"他嘀咕道。

磁感车的速度降了下来。

磁感轨道共有二十层,每层两米,抽屉一样叠在一起。车子都是靠磁力悬浮在空中。老鬼牙这辆车在二号轨道运行,此时,出城检查岗伸出探头,嗡嗡嗡地在车外壁掠过。靳川都能感觉到射线穿透了自己的身体,不由暗骂一声。

车里虽黑,但没有违禁物品,因此检查岗很快便放行了。

老鬼牙又开了一段,四周彻底荒芜,磁吸轨道也到了尽头,便停下车,回头道:"下来!"

三人都下了车。老黑牙吐了口唾沫,掏出两条黑布,递给靳川和罗杰。他们用黑布条蒙住眼睛,由老黑牙带路,靳川的手搭在老黑牙肩上,罗杰跟在靳川身后,深一脚浅一脚在郊外跋涉。他们离城市越来越远,像是黑夜里的幽灵,直到东方微白,才走到目的地。

这是一个荒废的飞船港口。也不知废弃了多少年,人影全无,低矮的起落坪已经倾倒,舱室锈蚀斑斑,地面水泥剥落。

老牙鬼轻车熟路地带他们到了一个隐蔽舱室。里面坐着一个瞎眼老人,一动不动,仿佛睡去,又像是死了。老牙鬼也不说话,用脚跺了三下,老人这才伸出枯槁的手,摸索着拉开一扇铁板,露出里面黝黑的洞口。

"小心,要爬下去了。"说完,老牙鬼当先一步顺着往洞里延伸的梯子爬下去,另两人则小心探着脚步,一步步倒着往下爬。

"咚",洞口的铁板被瞎眼老人关上。

黑暗笼罩了他们。

"好了,可以摘了。"

靳川一手扶着铁梯,一手扯下黑布,骂咧道:"这里乌漆麻黑的,跟戴上眼罩有什么区别……我说老牙鬼啊,我俩跟你干这票,脑袋挂在腰带上,命都豁出去了。要是这票顺利,下次就不用戴眼罩了吧?"

罗杰也跟着起哄,老牙鬼却冷哼一声,并不回答。如果他们熟悉老牙鬼,就知道不会有下一次了——老牙鬼做事,从来不用同一批人。也正是这种谨慎,让他能一直在黑暗里存活。

铁梯似乎无限长,深入幽深狭窄的隧洞里。梯阶之间的焊接也很简陋,每一次脚踩在上面,都有吱吱呀呀的声响。他们摸索着往下爬,一直没有尽头,都疑心快要落入地狱了。很久很久,老牙鬼的脚才踩在实地上。

这里已经狭小得只能容人勉强站立,四周都是紧实的泥土,一股腥味弥漫。老牙鬼艰难地蹲下身子,往前一蹿,钻进了一个更小的甬道里。

原来这里只是一个拐点,还有漫长的路要走。他们像虫子一样在甬道蠕行,也不知过了多久,才突然感觉身边变得松阔,可以勉强蹲行;再行几步,终于可以站直身子了。

前方有光,微微照亮了这个巨大的地下空间。

这完全是一座地下城市,与地面上的新洛杉矶不同,这里空无一人,只有纵横密布的金属管道。靳川所处的地方是一面巨型墙壁中段的缺口,他仿佛是卡在悬崖中间的植物,随时会被风吹断,落入崖底。前方都是一根根一米口径左右的圆形管道,此时正值凌晨,能听到管道里传来的轰隆隆声响。这样的管道数以千万,一排排伸出去,又一排排横过来。而光来自于管道外壁每隔十米就嵌着的灯管,还有偶尔来回巡逻的飞行摩托。

罗杰是第一次跟下来,见到这番宏伟景象,张大了嘴。

作为疆域公司的总部所在,新洛杉矶城的地底几乎被挖出了与地上城市相同大小的空间,用以承载城市所需的排水、垃圾处理、物流运输,以及几乎不可能会用到的空防工程。这样的工程量也只有疆域公司才能负担得起。为了保证安全,城市里每一个进入地下城的通道都有严格安检,没有疆域公司的批文,任何人不得下来。

所有通往新洛杉矶城的货物,和从城里运出来的物品,都要通过这个巨大无匹的管道运输系统,所以,像老牙鬼这种发现了秘密通道的人,就成了黑市里抢手的“地鼠”,可以带人悄悄进来,顺走值钱的货物。

老牙鬼来过好几趟,盗走过古字画、机密文件和一块据说是能指向外星文明的古老星盘。他们甚至还偷走了一艘小型飞船——把它拆解成零件,一块一块运上去。那一单生意是疆域公司的对手委托的,想了解疆域公司的最新型飞船,盗走技术。但这家企业对着飞船零件研究了半年,却根本无法搞清它的飞行原理。

此时靳川看着密密麻麻的运输管道,打了个哈欠。罗杰从震惊中回过神来,说:“老牙鬼,我们要偷哪根管道里的东西?”

老牙鬼指了指下方。

“是什么东西啊,”靳川问,“值钱吗?”

老牙鬼伸出左手手掌，又加上右手的两根指头，"这个数。"

"七万联盟点？一般啊。"

"只是定金。"

靳川顿时脸都笑烂了："不愧是老大啊，这么大的单都能接。我说，给多一点儿嘛，我保证不偷懒！"

老牙鬼打量着他，半晌，呸了一声，"你小子真是贪钱如命啊，小心哪天死在钱上面……也行吧，只要你不偷懒，给你十五万。"又转向一脸兴奋的罗杰，"你就十万吧。"

两人激动万分，撸袖子卷裤管，小心翼翼地走上了管道，然后顺着灯管的电缆往下溜。每根管道的间隙是三米左右，他们得抓紧电缆，两手互换，才能将身体下放。这种方式极耗体力，爬几根管道就得休息一会儿，还得躲避掠过来的飞行摩托。所幸老牙鬼早有准备，除了让他们带工具，还带了些食物和水，可以补充体力。

"靠，要下到什么时候？"靳川叫苦连天。他的衣服已被汗水浸透了。

罗杰看了看手表，也抱怨道："外面已经天亮了，我们要不休息一会儿吧。"

老牙鬼冷冷道："不行！我们得赶紧下去，下到最底层，不然就晚了。"

"什么货这么着急啊，还不能等？"靳川骂咧着，继续下爬。这个地下城足有近千米深，他们爬到最底层时，已经是上午十点多了。他们的脚终于又踩在坚实的土地上。

老牙鬼掏出一张纸，念叨道："是X1041和Y9090……"这两个数据是管道的纵横编号，他凑到管道近前，仔细辨认，

"X0919……这根是 X0937……"他边数边走,步伐加快,靳川和罗杰也赶紧跟上。

十多分钟后,老牙鬼终于找到了编号为 X1401 和 Y9090 的管道,面露欣喜,哧溜一声爬上去。这根管道里静悄悄的,显然没有运送货物。

"来,拧开这段。"他对靳川和罗杰吩咐道。

"好嘞!"靳川摩拳擦掌,掏出背后绑着的扳手,和罗杰一起把这一段管道外的螺丝给一个个拧下来。螺丝落在地上,叮当作响,他乐呵呵地说,"听到没,这叮叮当当的,就是钱进袋的声音啊。"

半小时后,螺丝拧光,这截四米长的管道发出一声"咿呀",向下滑落。

老牙鬼一直阴沉的脸上终于露出紧张之色。他推开靳川,将头探进管内,看到圆形金属管的内壁正躺着一个灰色的物件。

"果然没骗我……"他喃喃道,继而振奋起来,说,"进去,给我搬出来!"

靳川躬着腰,走到里面。借着管道外的昏暗光晕,他看清了这个灰色的物体。他终于明白为什么老牙鬼说不能等了。

这是一个人。

一个饿昏了的男孩。

3

幽暗的会议厅,一个个全息影像被投射到长桌旁的座位上。这些人中有男有女,脸上表情不一。长桌最顶端,坐着一个模糊的黑色身影,看上去像男性。可能是投影探头的帧度被刻意调低,他的影像隐隐地波动着,仿佛湖面上的倒影。

"各位,请原谅。"坐在长桌次席的高挑女人说道,"我知道大家业务繁忙,如果没有必要的话,我也不愿意打扰大家。"

"知道就好!爱丽丝,在座的可都是公司高层,开这个该死的会议前,有人正在赴宴,有人尚且熟睡,还有人刚刚泡到了女明星,却还没来得及脱完衣服就被抓过来开会⋯⋯"有着五层下巴的肥胖男人不满地说。

"很显然,我就是那个倒霉蛋,所以我现在光着上身,希望能够被理解。"长桌的尾端,一个赤着上身露出精壮肌肉的光头男人接道。

"安德森,我为你感到羞耻。"光头男人右侧的干瘦妇女面露鄙夷。

"如果你看到我的下半身,恐怕就不会这么想了。"

"闭嘴,这个仲裁委员会的成立并不是为了看你们互相调戏的。"

"哟,这时候你倒是会说话了。罗伯特,你掌管财务,有本事你说说,仲裁委员会的钱流到哪里去了?"

"每一项支出,都有记录可查!"名叫罗伯特的肥胖男人愤怒起来。

"那上个月的五亿,真的是用于购买设备了吗? 你的第七个情妇多出来的房子,难道是她在快餐店打零工买的吗?"

"是的!"

"昨晚她在床上可不是这么告诉我的。"

"……"

高挑女人拍了拍桌子,"请安静!"

争吵声仍在继续。

"X?"高挑女人扭头看着桌首的人影。

黑色人影身子微微前倾,屈指在桌面上敲了敲。

敲桌声并不大,但满会议室的喧哗就像是被斩断了一样,立刻消失。所有人都转头看过来。他们的视线看不清人影的长相,那像是一个纯黑色的幽灵,盘踞在桌子前端。

"诸位,"这个被称为 X 的人影开口了,声音沙哑如刀刮瓷片,"他逃走了。"

倒抽凉气的声音从每一张嘴里发出。

"他?"光头男人坐直了,"你是说,亚当?"

X 似乎不愿意多说,微微后仰。他身边的高挑女人爱丽丝则点点头,说:"是的,我们的亚当,从伊甸园里逃走了。"

"怎么逃的? 那可是伊甸园啊,谁能进去? 谁能出来?"

"是毒蛇引诱了他。我们的毒蛇,红色的毒蛇。但怎么逃出来的并不重要,重要的是他不在了,这个项目出现了裂缝。"

"我们需要立即进行风险评估。"有人说,"爱丽丝,你负责伊甸园,如果出事,你要负全责。"

"我知道,我并没有打算逃避责任。"

又有人急切地问:"其他的亚当呢?"

"死了。"爱丽丝说,"他们纵火,然后投进火海。我们的保安来不及阻挡。"

"亚当都死了? 那我们的实验岂不是功亏一篑?"有人喃喃道,"这么多年的心血,难道要重来一遍吗?"

"不必,亚当并不是关键,如果有必要,我们可以立刻补充亚当,关键是那条引诱他的毒蛇。毒蛇能够打开神域,它还活着。"

会议桌的中段响起声音:"公众知道了吗?"

爱丽丝正要回答,桌面上再次响起了敲击声。所有脑袋再次转向桌首。X的身影凑近了些,但依旧模糊不清,"停下争执吧,事情还没有严重到能够影响你们这些人屁股下的座位的程度。"

显然,所有人都忌惮着他,停止了说话。

沉默了一会儿,有人鼓起勇气问道:"X,那你说,现在该怎么办?"

"吩咐下去,暂停数据分析,同时,派出——"X的声音停顿了一下,继续道,"派出赤魔,抓住那条毒蛇。"

"赤……"有人迟疑道,"X,现在还没有必要派出赤魔,听我说,我们可以派保安去——"

"散会。"X并没有耐性听完,轻敲桌面。他的身影淡下去,像是沉进水底的幽灵,再也看不见。

余下的全息影像则呆坐着,面面相觑,在视线中交换着信息。他们的表情,有的沮丧,有的兴奋,更多的则是恐惧。

吕成琳看着电话里投影出来的王泽岩,仍是不敢相信。

"什么,今天放假?"这已经是第三次重复询问了。

王泽岩温和地笑笑,并没有不耐烦,"是啊,仲裁委员会传下来消息,说是最近逼得大家太紧,让大伙儿休息休息。"

"别人信,阿岩,你会信吗?"吕成琳低声地说,"仲裁委员会那群人眼里从来只有钱,会这么好心? 是不是出什么事情了?"

"我也不太清楚,早上起来就收到了内部邮件。"王泽岩左右看看,压低声音,"但我听说是出了乱子。"

"什么乱子?"

王泽岩耸耸肩膀,"我没打听出来。不过这样也好,你太累了,确实需要休息几天。"

挂电话之后,吕成琳依然怔怔地,思索是不是自己负责的哪个环节出了问题。但除了进展缓慢,并无疏漏,项目绝不至于会停工。正想着,卧室门打开,一个穿着宽大睡衣的小女孩走了出来。

"早上好。"女孩说,然后转身去浴室。

吕成琳这才记起昨晚发生的一切。也好,她靠在沙发上想,不去上班的话,正好帮靳川照看一下他的女儿。他的女儿……她有些怔怔地想。

照顾小女孩,她对此毫无经验,想想就头皮发麻。她宁愿去独自面对一群不怀好意的商人。但好在,卷卷也压根儿不需要她照顾。卷卷有着这个年龄不应该有的安静,她洗漱完后,就乖乖地坐在餐桌前,既不埋怨,也不兴奋,只是睁大黑溜溜的眼睛,看着吕成琳。

吕成琳连忙做了早餐。两人隔着桌子吃饭时,吕成琳不知道该说什么好,有些尴尬,倒是卷卷小口小口地吃着三明治,突然说:"我不是他的女儿。"

卷卷说这话时是低着头的。但显然,这句话是说给吕成琳听的。

"啊?"

"他没有结婚,我是他收养的。"卷卷吃完三明治,抬头看着吕成琳,"但他对我很好。"

"哦……"

"所以你应该放心一点点了吧。"

吕成琳被这双纯黑色的眸子盯着,下意识地想躲开。"跟我没关系啊,"她罕见地有些结巴,"他、他结不结婚,是他自己的事情啊。"

卷卷点点头,便没说话了。

整个上午,卷卷都坐在沙发上,看着电视里的儿童节目。吕成琳站在窗前,悄悄地打量她,觉得这个女孩真奇怪,一会儿冷静洞察,眼里像是沉淀了无数岁月;一会儿又会被《猫和老鼠》的单调追逐逗得直笑。

"你要看电视吗?"卷卷发现她一直偷看自己,问道。

"不了,你看吧。"

"嗯。"于是卷卷又继续看简陋的二维动画。

后来她看累了,蜷缩在沙发上沉沉睡去。吕成琳给她盖上了毛毯,自己则坐在一旁发呆。其间卷卷在睡梦中咳嗽了一阵,吕成琳连忙轻拍她的背部,拍了好久,卷卷才重新恢复平稳睡眠。

但卷卷醒来之后,吕成琳又立刻跟她拉开了距离。这种芥蒂一直持续到晚上。卷卷洗漱完,穿上了吕成琳的睡衣。睡衣的下摆垂到地面,遮住了她的脚。吕成琳蹲下,替她把睡衣卷起来,碰到了她的脚踝,手指传来一阵冰凉。

"他在这里只认识你。"卷卷突然开口。

吕成琳抬头,正好与卷卷平视。她正视这双漆黑的眼睛,说:"他应该有别的朋友吧,他这样油滑的性子。"

"其实他以前不这样的。"

"嗯。"吕成琳想起了在那颗荒芜星球上的时光,"他以前不是这样。"

"刚见到他时,他可沉默了,整天在街上走来走去,但是不说一句话。可是后来,阿爸被抓住了。那些士兵说,阿爸是逃兵,犯了渎职罪。他们把阿爸关了起来,关了两年多,出来就变成这个样子了。"

吕成琳恍然大悟——联盟与叛军之间的战争是一年多前结束的,结束后重新审理了许多军事案件,靳川应该就是在那时候被平反,放了出来。"他被抓到的时候,你在干吗呢?"

卷卷撇撇嘴:"我被带到收容院了,那里可无聊了,每个人都面无表情,也不会跟我说话。我在里面待了两年,以为永远也出不去了的时候,阿爸来了。"她的神情一下子缥缈起来,仿佛在追忆,"我记得很清楚,那天我正蹲在树下数着蚂蚁,阳光很好。每一只蚂蚁身下都带着一小团影子。阿爸突然就笑嘻嘻地出现了。他嚼着草,站在我身前,说我过了两年怎么没变化。但他变化太大了,他之前总是不高兴的样子,也不爱说话,现在却有说不完的话,自己一个人也能自言自语说半天。有一次我半夜醒来,看见他对着阳台的玉兰花啰唆了两个多小时。"

"不知道他在监狱里经历了什么……"吕成琳叹了口气。

卷卷也不再说话了,赤着脚,踩在光洁的地板上,回到了床上。吕成琳则半躺在沙发上,有一搭没一搭地看着电视。昨晚她们就是这么分房睡的,保持着礼貌而生疏的距离。

但今夜,吕成琳看了很久的电视,一直心不在焉。夜深了,她关了灯,抱着被子躺下。她租的房子靠海,在夜里能隐约听到海浪的声音。她数着浪潮声,始终睡不着。她突然起身,也赤着脚走进卧室,跳到床上。

卷卷还没有睡着,在微弱的光亮里,睁大眼睛看着近在咫尺的吕成琳。

"跟我说说,"吕成琳抱住这个有些冰凉的小女孩,把脸贴在她的额头上,"多说说阿川的事情。"

4

地下千米,穿着白色病号服的男孩正在狼吞虎咽。他吃得太急,噎住了好几次,只能大口灌水,然后继续吃。

"你慢点儿,"靳川有些看不下去,去拍他的后背,"别呛着。"

他的手拍下去,但男孩闪了一下。靳川一愣,"嚯,动作够快啊!看样子吃饱了啊,小朋友。"刚刚那一瞬间,男孩的肩膀已经晃到了侧面,没有被靳川拍到。

"别碰我。"少年终于吃完,用拇指细细地把嘴角的碎屑擦掉,舔舐干净,"走吧,带我上去。"

老牙鬼却没动,脸上阴晴不定。

罗杰问道:"你叫什么名字?"又转头看着老牙鬼,"老大,你没说这次是个人啊。"但看老牙鬼的神色,似乎连他也是刚刚知道这次要偷运的是人,不是货。

男孩不动声色,只道:"我的名字不重要,我是不是人也不重要,收了定金,带我上去就行了。"

"我们连你是谁都不知道,不——"罗杰的话没说完,就被老牙鬼打断了。老牙鬼点了点头,"走吧。"

"我走不动。"男孩坐着没动,视线在三人之间来回扫视,突然一指靳川,"你背我。"

"嘿,你个小瘪犊子,这么远的路,你让老子背着你?万一摔下去了怎么办?不行,你自己走!"

男孩突然掀开罩在身上的宽大病号服,面无表情道:"我没有腿。"

病服之下,露出了他畸变的双腿——但那又不能称之为腿,因为实在太小。他的腰部以下,两条不足二十厘米长的腿暴露在空气中,有膝盖,有脚掌,但腿比靳川的拇指还细,膝盖只有指甲盖大小。这两条腿,仿佛受了某种魔法,被等比缩小。

"你背他。"老牙鬼只看了一眼,转身便走。

靳川骂了一句,不情愿地去背男孩。这个孩子看上去有十二三岁,在背上却轻飘飘的,感觉不到几两肉。靳川先是一愣,心里默默叹息一声,便不再骂了。孩子不重,爬起来倒也不是很吃力,只是速度慢了些。

顺着圆形管道往上爬,中间休息了一次。休息的时候,罗杰一边喘着气,一边从兜里掏出一个塑料瓶。

"干什么!"老牙鬼一伸手打在罗杰脑袋上,"这就忍不住了?收起来!要吸出去吸!"

靳川闻言望去,只见罗杰闷闷不乐地把塑料瓶收回口袋,他眼尖,看到透明塑料瓶里面装着一小撮红色粉末。

"这是什么啊?"他问,"神神秘秘的。"

"好东西呢,吸一口,就能去看天堂是什么样子。"罗杰拍了拍口袋,"不过天堂的门票可贵得很。"

老牙鬼呸了一口,说:"说得这么好,呵,不就是毒品吗?罗杰,我跟你说,你辛苦挣的钱,别全搭进去了,省点下来养你那瞎眼老妈。"

罗杰不愿听这种话,低头咕哝了句,就不再说话。靳川正要再问,突然看到一旁坐着的男孩眼睛眯起,似乎在深思,便问道:"咦,你也知道这玩意儿?"

男孩翻个白眼,并不回答。

休息一会儿,四人恢复了些力气。老牙鬼先向上爬,身子刚探出去,罗杰就忍耐不住,迅速从兜里掏出塑料瓶,拧开后,凑到鼻子前猛吸一口。他闭上眼睛,手紧紧攥住裤腰,身上像遭了电击一样颤抖。这种景象持续了几秒钟,他才睁开眼睛,眼神迷离。老牙鬼催促的声音传下来,罗杰恍恍惚惚地又往上爬。

靳川有些担心,刚要提醒罗杰留神别摔下来,却见到男孩压低眼睑,嘴角勾出一丝意味莫名的笑意。

"你笑什么?靠,你搞得神叨叨的,收起你的笑,不然你自己爬上去!"靳川一阵烦躁。

男孩抬起头,已经恢复了面无表情的常态,伸出两手。靳川无奈地背着他,开始向上爬。

此时已经到了下午,管道里轰隆声不绝,显然,新洛杉矶城的运转到了一天中的峰值,这些纵横交错的运输系统承载着巨大的物流压力。他们爬上管道,身体下能感到剧烈的颤动,金属管也因货柜摩擦而发热。

"靠,好烫。"靳川刚爬上一根管道,感到掌心灼热,连忙把手收回来,使劲吹气,"爬不了!嘿,老牙鬼,休息一阵吧。等到了晚上,货运少了点儿,再爬吧?"

罗杰连忙赞同。他刚吸了那红色粉末,说话都有点打结,干脆爬到管道的一端,靠着墙壁喘气。

老牙鬼正在犹豫,忽听靳川背上的男孩高声道:"不能停!我们要赶紧出去!"

"嘿,你说话真不腰疼!"靳川气不打一处来,转头骂道,"趴在我背上舒服得很,有本事你下来爬啊。嘿,把你个小瘪犊子的细皮嫩肉给烫焦!"

"我的腿不能走。"

"那你就老实趴着,别说话!"

男孩扭过头,看向罗杰。不知道是不是错觉,靳川隐隐看到男孩的双眼里闪过了一丝红光,但因为男孩在他背后,没看清楚。他正要转头,远处的罗杰突然站起来,说:"对啊,我们应该继续爬,早点儿出去,早点儿就能完工。"

他说这话的时候,语气有些机械。靳川骂道:"刚刚你可不是这么说的,脑子热晕了? 不行,我走不动了,我得休息,等到晚上再走!"

男孩说:"不能停下来! 我给了钱,你们要尽快带我出去。"

"嘿,就凭你给的七万联盟点,这点儿钱,就想让我们把命卖出去?"

男孩却没说话,抬头看着老牙鬼,说:"我只给了七万吗?"

老牙鬼挪开视线,不与他对视,说:"走吧,忍一忍。不过,"他死死盯着男孩,"出去之后,得加钱!"

"快点儿出去就行。"

靳川虽然满心不情愿,但还是背起了男孩。老牙鬼的嘴里是黑色的牙齿,但他更出名的是黑色的心。靳川刚在黑市里找活干时,有人把他介绍给老牙鬼,那人就小声跟他说,老牙鬼是惹不得的。不仅仅因为老牙鬼掌握着唯一一条进出地下城的通道，更是因为他心狠手辣——据说以前有人在地下城里跟着老牙鬼偷货，不听话，非要多带一箱工艺品，劝阻无用之后，被老黑牙从百米高的管道上给踹了下去。

他们顶着管道的炙热，一路上爬。这一番攀爬耗时费力，偶尔有飞行摩托驶过来时，还得停下，紧贴管壁，忍着炙热，让摩托过去。每当这时，靳川就会感觉到背上的男孩颤抖地抓紧了自己的衣服。到下半夜时，才爬了数百根管道。到这里众人真的累了，瘫在管壁上，死活也起不来。好在此时已是夜深，管道里的运输不像白天那样频繁，温度从金属管里退了下去。他们便占了三根管道，小心倚靠墙壁，各自休息。

男孩见再也驱使不动他们，便不说话。

幽深的地下城里，除了轰隆之声，也有不知何处灌进来的风，呼啸往来。头顶的巡逻人员偶尔扔下几件杂物，在管道上碰来碰去，叮当作响。

每次有声音响起时，男孩都会立刻坐起，惊慌地环视四周。但四下里，只有一根根管道横贯在视野中，管壁的灯发着昏黄的光，四周空间一片明一片暗，更显得幽深。

"别担心了。"睡意袭来，靳川迷迷糊糊地说，"这么晚了，巡逻的人早就睡了。"

"不是巡逻……"

"那是什么？"

男孩摇摇头："算了，你不懂……"

这一夜平稳过去。第二天上午，他们把最后一点儿食物吃完后，再次出发。如果顺利的话，到中午应该就能爬到进入地下城的那道缝隙了。他们不再言语,闷声上爬,终于那道小洞隙已经在上方十几根管道处遥遥在望。

"咚!"

一声闷响突然传来,在这地下空间里远远荡开。靳川正惊疑着,他背上的男孩突然脸色惨白,抓紧靳川的衣领,说:"快,快上去!"

老牙鬼循着声音传来的方向看去,只见灯光幽暗,空气有些浑浊,像是起了雾一般,根本看不清。"不像是巡逻队啊……"他疑惑道。

"别待着了,"男孩的声音带着颤抖,"快上去,不然就来不及了!"

他的恐惧感染了其余人,虽然不知道发生了什么,但靳川猛一蹿,顺着灯管线缆爬到了头顶的管道上。老牙鬼和罗杰也连忙跟上。

"咚!"

"咚!"

"咚咚咚!"

闷响声越来越急,初时尚在百米外,只几下便逼到近处。一道红色幽影迅速地在阴暗空间里掠过。靳川待要细看,目光已经捕捉不到那道影子了。"别看了,快爬!"男孩急切道。

"行了,别揪我头发,我这发型可是花了——"

靳川的话还没说完,就听到身后传来了一声惨叫。是罗杰发出的。靳川转头,只来得及见到罗杰的身体像风筝一样摔出去,落入了幽暗的空间。而一道红色人影掠着风声,迅速逼过来。

凭着本能,靳川一手拉着线缆,身体腾空,两脚连踹,正中人影。红影的方向倒转,被踢到斜下方,立时被幽雾吞没。

"那是什么?"靳川只觉得两腿被震得酥麻,一直打颤,那道红影掠来的速度可想而知。

老牙鬼趴在管道上。刚刚罗杰跌出去的时候,他伸手去抓,但只能碰到罗杰的指尖,眼睁睁地看着他落入深渊。此时他站起来,怒气勃勃,一把揪住男孩,吼道:"刚才那东西是什么?"

靳川后退一步,让男孩脱出老牙鬼的手掌,说:"冷静点儿。"

"当务之急,就是跑掉。"男孩冷声说。

"那东西不是被我踢下去了吗?"靳川朝下看了看,只见一片昏沉沉的暗,"应该爬不上来了吧?"

"你不懂,那是赤魔,不可能——"

话音未落,风声又起,影子再次从他们脚底的管道下翻了上来,像血色潮涌一样笼罩了他们。

5

按照卷卷给的号码,吕成琳拨了好几次,但都没有接通。通讯模块提示,对方不在服务区。

"咦,阿川去哪儿了?"她嘀咕道,"怎么电话也打不通?"

卷卷倒是一副见怪不怪的表情,说:"早习惯了。他出去忙的地方多半都没有信号。有一次还在海里待了几天,就为了给人捕一种怪鱼。还有一次是为了一个悬赏,去云梦野找人,整整消失了半个月。"

"那好吧,也只能等他自己回来了。反正今天也不用去公司。卷卷,姐姐带你去买衣服吧!"吕成琳突然兴奋起来,"我加班很久了,自己都没买过衣服。"

显然,八卦和购物是深藏在女性基因里的需求。前者拉近了她们的关系,后者驱使着她们立刻出门,去往市中心的商场。开车驶出时,卷卷把头枕在吕成琳腿上,吕成琳拍拍她,扶她坐好,系上安全带。

一整天,她们都是在购物中心度过的。两人先是横扫童装店。卷卷看着衣架上一字排开的精致衣服,不敢上前。吕成琳鼓励道:"去试试啊,觉得好看的,姐姐都给买下来!"

"姐姐你有钱吗?"

"姐姐工资很高的!"

"唉,万恶的资本家……"卷卷做出叹息的模样,"那好吧,那我去试试。"

卷卷试的每一件衣服都异常好看。她本来五官娟秀,皮肤白皙,头发柔顺如瀑,穿上白裙便像高贵的公主,套上运动服后又飒爽如健儿。吕成琳只觉得她每一次从试衣间里出来,都漂亮极了,连声说:"买,买,买!"一个上午她就给卷卷买了十几套衣服,堆成了小山,让商家给寄到家里去了。

但下午逛女装店时,卷卷却没有报以同样宽容的眼光。比如吕成琳穿一身荧光的连衣裙,走出试衣间后,卷卷便皱着眉说:"你身材还是可以,但这件衣服太亮了,走路的时候衣服上的荧光亮起来,有点儿浮夸,不符合你这个年纪的女人。"

"你说的是什么话?"吕成琳有些恼怒,"什么叫我这个年纪的女人,我比你大不了几岁好不好。"但还是走进试衣间,换了另一套衣服,浅灰色连帽衫加紧身牛仔裤,看上去性感、活泼。

"不行,"卷卷摇摇头,"你腿细,但屁股不太翘,牛仔裤穿起来不好看。姐姐你以后多锻炼啊……"

吕成琳面红耳赤,慌忙抱起一堆衣服又走进试衣间。接下来,不管她怎么换衣服,都会被卷卷说出缺点来。卷卷的话虽然不留情面,但胜在审美雅致,总有几分道理,她也就忍了。

到了傍晚,吕成琳总算找到一件让卷卷觉得满意的衣服。那是一身简单的套装,白色衬衫和黑色半身裙,配一双鱼嘴高跟凉鞋。刚开始吕成琳一走出试衣间,站在镜子前,还不等卷卷开口就摇了摇头,想自己常年出入疆域公司办公室,早已习惯于穿着干练的职场装,这种小清新的风格果然不搭。正要进试衣间换掉,身后的卷卷突然叫住了她,说:"你等等,转一圈我看看。"

吕成琳依言转了一圈,裙摆微微扬起。

"不错嘛,挺好看的。"卷卷难得地微笑起来。

"我从来没穿过这种风格的衣服。"吕成琳怀疑道。

"真的好看啊,你的气质很适合。"

"我才不适合呢!"吕成琳摇头,"这种文艺范儿的衣服只适合十七八岁的小姑娘穿吧,反正我怎么也不会穿的。"说着就要进试衣间换掉。

卷卷"哦"了一声,小声嘀咕道:"可是阿爸喜欢呢……"

吕成琳站住了,顿了几秒,又不屑道:"他喜欢关我什么事!"

时候不早了。离店的时候,服务员问道:"没有找到喜欢的吗?"

吕成琳面无表情地指了指货架,说:"这件,这件,还有这双。"她手指着的,正是白衬衫、黑色半身裙和鱼嘴高跟凉鞋。"打包,结账。"她又低头看着卷卷,"你什么话都别说,闭上嘴!"

卷卷颇欣慰地点了点头。

吃过饭后,两人回到家。吕成琳在门锁上输入了虹膜,卷卷打了个哈欠,困倦地说:"累了。"

"那我们早点儿休息。"吕成琳说。

自动门打开,屋子里的灯被卷卷按亮。吕成琳提着服装袋进了家门,刚要说话,突然听到卷卷"呀"了一声。

顺着卷卷的目光,吕成琳看到了一个干瘦的老人。这个老人不知道什么时候进了吕成琳的屋子,灯也不开,沉默地坐在沙发上。他的头发已经全白,但短而干练,眼睛微眯,透出来的目光犀利如鹰隼。

"吕先生,"吕成琳上前一步,"您什么时候来的?"

老人却对她视而不见,锐利的目光只盯着卷卷。他浑身散发着强大的压迫感,那是只有多年在名利场间游走,长期手握权力才能养成的,连那略沙哑的呼吸声都带着威慑。

在他的注视下,卷卷后退一步,然后,再次打了个大哈欠。她拉了拉吕成琳的袖子,说:"我先去睡觉。"说完便径直走进卧室。

"吕先生,您来干什么呢?"吕成琳赶在老人发怒之前问道,"怎么不跟我说一声呢?"

"我来看自己的女儿,还要预约不成?"吕先生冷哼一声,指了指沙发边堆积如小山的购物袋,"这些是你买的?"

这些正是吕成琳给卷卷买的童装。想来是快递员送到家门口,敲开门,被吕先生签收了。她有些窘迫,硬着头皮道:"是的。"

"如果我没有记错,你的年纪应该穿不了这种衣服了吧?"

"是的。"

"所以,这个小女孩是谁?"

"一个朋友的孩子。"吕成琳想了想,又补充道,"您应该不认识。"

吕先生不动声色地盯着她,没有说话。吕成琳只感觉到山一般的压力传过来。她害怕被对面的人这样看着,从童年到青春期,再到参加工作,不管她做了多少准备,成长了多少,一碰到吕先生这样威严的目光,就会败下阵来,不由自主地将所有的秘密说出。这简直是一种无声的暴力。也许正是因为长期专注阴沉地看着别人,透支了精力,吕先生才会未老先衰,才五十出头便露出老态。

但这次,吕先生很快就收回了目光,身体在沙发上挪了挪,换了个舒服的姿势,说:"'华佗'项目现在怎么样了?"

"从昨天开始就停滞下来了,"吕成琳低声地说,"在此之前,一直不太顺利。'华佗'项目的宗旨是利用纳米机器在体内作业,修复人体机能,治愈病症。但人体太敏感,异物反应明显,所以我们尽量把机器的口径缩短,目前能做到的极限是百分之一纳米级别。这些名叫华佗的小机器能欺骗人体的免疫机制,但移动能力又成了问题,所以我们参照细菌类生物的鞭毛,设计了游动刷……"

在她说话的过程中,吕先生一直微眯着眼睛,像是睡着了。但他那枯瘦的、有节奏地敲击沙发边缘的手指表明,他正在聆听,在思考。

吕成琳说完之后,有那么一阵子,客厅里陷入了沉默。她不敢打断吕先生的思考。事实上,所有疆域公司的员工都知道,在吕先生思考的时候说话,近乎找死。他所负责的生物工程研发部,权力仅次于董事局,经常满屋子高层领导开会时,一旦吕先生闭上眼睛,屋子里就会立时鸦雀无声。

"姐姐,我饿了!"一声充满稚气的喊声传来。

吕成琳吓得心往下沉,转头看去,只见卷卷穿着睡衣站在门口,一边揉眼睛,一遍撇着嘴看过来。她悄悄地看了眼吕先生,见他没有发作,连忙过去,拉着卷卷来到冰箱前,低声说:"里面有吃的,饼干、爆米花,还有可乐。"

"可是晚上不能吃太多甜食,"卷卷大声地纠正,"姐姐你晚上吃这些会发胖的!"

吕成琳直听得心惊肉跳,不敢回头看吕先生,忙说:"你小声点儿。"她看了眼冰箱说,"那你喝牛奶,可以吗?"

"不能空腹喝牛奶的!"

吕成琳心里连喊姑奶奶,急忙在冰箱里翻了翻,找出一盒牛奶和无糖饼干塞在卷卷手里。卷卷这才进了卧室。吕成琳轻轻地把门合上,退回沙发上,准备迎接暴风骤雨,却意外地发现,吕先生并没有露出怒容。

"嗯,"吕先生已经睁开了眼睛,干瘦的嘴角咧了咧,"你做得不错。停工不是你的错,明天再去盯着就好。"

吕成琳一愣。

自她懂事以来,得到吕先生夸奖的次数,实在屈指可数。无论怎么努力,只要吕先生过问起来,最后给她的都是劈头盖脸的一顿喝骂。

她对于这种喝骂已经习惯,只能驱使自己更努力地去工作。她年纪轻轻,就成了五星项目的负责人。但这还不够,因为"华佗"项目的仲裁委员会成员个个都是公司高层,仲裁委员会的领头人——那个代号为 X 的神秘人——据传正是吕先生。所以她需要做出成果来证明自己。

"也别太累,"吕先生站起来,身子晃了晃,但很快稳住,"要注意身体。"

吕成琳送他到门口,外面夜风大了起来。高楼林立,每一扇窗子里都透着灯光,看久了,恍惚间会觉得是一栋栋发光的蜂

巢。半空中交错的轨道，车辆在其上汇聚，车灯撕开了夜色，像
是光之河流。

　　吕先生的车停在街对面，司机早就等在车窗旁，看见吕先生
出门，连忙弯腰。吕成琳送到这里，也就止步，刚要转身，听到身
后传来声音："什么时候想好了，还是回去住吧。你的房间没有
动过。"

　　"谢谢吕先生，不过在这里挺好的，可以安心工作。"

　　"在公司你叫我吕先生就好，"吕先生看着她，顿了顿，"在外
面，你可以叫我爸爸的。"

　　"好的，"吕成琳微微低头，"我知道了，吕先生。"

6

"敢打老子,找——哎呀。"

靳川抚胸而退,只觉得喉头一甜,舌尖已经能尝到血腥味。那道影子太快了,简直像是红色的闪电,幸亏靳川身体里还留着格斗的本能,勉强躲开和格挡了几次——但每挡一次,都感觉是钢铁撞过来,身子被震得发麻。

"这是什么东西!"老牙鬼掏出背后的扳手,试图朝红影挥过去,但只听"铿锵"两声,简直像是敲在了金属上。

红影被敲中脑袋,暴躁地发出一声怒吼,猛扑过来。老牙鬼眼睛一闭,拼了老命,使劲跳到隔壁的一根圆管上,抓住了灯泡电缆。

红影一扑不中,落到两三米远处,蹲伏着。

这时,他们才得以看清这个红色怪物的长相。

它确实是怪物,类人形,手臂粗壮,腿上隐隐可见隆起的肌肉,却浑身都是红色毛发,乱糟糟地垂下来,仿佛一只被血染红的狂躁猩猩;它身体上的另一个特征,是大量与血肉掺杂的金属。它的关节由铁红色的金属螺栓铆接而成,脚掌的毛发间,也

159

能看到锃亮的铁板，连喉咙也是半机械半有机体。它的脸被毛发遮住，看不出五官，只有一双比毛色更加血红的眼睛露出来。目光凶狠，直欲择人而噬。

"妈的，"老牙鬼只看了一眼，就头皮发麻，骂道，"怎么回事？一会儿一个畸形，一会儿又来个怪物！"

怪物似乎能听懂他的话，低嚎一声，蹿了过来。但在它蹲伏的时候，靳川已经看到它前肢腋下没有金属接驳，便抓住一根液压剪，身子一矮，堪堪擦着管道滑过去，将液压剪的前端插进了它腋下。他能感受到怪物肌肉的坚硬，剪子尖端插进去两厘米，竟被肌肉夹住，寸进不得。

饶是如此，怪物依然疼得尖啸一声，一拳砸下。靳川急忙挪开身子，"咚"，铁管外壁被砸出一个拳印。怪物两腿横踢，这次靳川闪躲不开，正中小腹，只觉得小腹几乎要裂开，身体撞到墙壁上，又觉得后背要裂开。

老牙鬼挥舞着扳手冲将上去，但没几回合就被打得满嘴是血，手几乎都抓不住扳手。

怪物的速度和力量实在太过可怕，不消一会儿工夫就让靳川气喘连连，血流如注。老牙鬼更无还手之力。

男孩看着怪物一步步走过来，脸色惨白，两手撑着后挪。空气里响起牙齿打颤的声音。"你杀了我吧，"他厉声说，"我不会跟你回去的！"

怪物回之以低低的咆哮。

靳川想站起来，但胸膛一阵剧痛，提不起气力，又坐倒在墙边。老牙鬼则迅速后撤。男孩完全暴露在怪物的目光中。它的手已经伸了过去，尖锐的金属指甲上，寒光流转。

就在这时,身后传来嗡嗡震鸣,随之响起的还有两声喝止:"你们是谁?在这里做什么?"

震鸣来自飞行摩托,说话的,是两个巡逻员。

此处的打斗声终于把他们吸引过来。但他们看到怪物时,也吓了一跳,其中一个慌忙掏出电击枪,朝怪物射击。地下城的巡逻队,不能配备杀伤性武器,电击枪也只是小功率的,但电离子弹射上去,一下子让它浑身的毛发直立。

也就是在这一瞬间,靳川看到了它的脸——眼、耳、口、鼻俱全,虽然脏污,但分明是人类。

还未等他细想,怪物嚎叫一声,转身跃起,直扑飞行摩托。它的速度太快,如惊鸿,如闪电,一个巡逻员只觉得眼角一花,身体就出现了一个大洞。空中血雨洒落。摩托失去控制,打着转儿,在圆管之间撞来撞去,巨响不绝,最后摩托车轰然跌落。

另一个巡逻员惊骇地掏枪连射,电离子弹连续在怪物身上爆开,它的毛发如同疾风中的密集野草一样忽起忽立。子弹并不疼,但电流似乎让它体内的机械部分产生了迟滞感,速度慢了下来。

巡逻员连忙调转摩托,想绕开管道,但刚启动,就感觉摩托一沉。

怪物抓住了摩托的底盘,虽然慢,但依旧用力地撕裂了金属,然后抓住巡逻员,按下他的脑袋。

"求求你,不——"

"咔嚓。"

怪物把软绵绵的巡逻员尸体丢下,转过身,突然发出了一声响彻整个地下空间的嚎叫。

靳川、老牙鬼和男孩,已经不见了。

他们屏息凝神,藏在下方十几根管道处的侧壁旁,小心把身体藏在黑暗里。

四周一片幽静,只偶尔有"咚咚咚"的声音响起,那是怪物在管道间跳跃、寻觅。他们不敢说话,一阵心惊胆战中钝响声渐渐远去。

"妈的,总算走了……"靳川长舒一口气,转头看着男孩,"这是什么怪物啊,人不人鬼不鬼的,浑身杂毛,身上又有铁,靠,打在身上疼死了!"

"这是赤魔,半机械半生物,据说是由活人转化,本来应该还在秘密研究中,没有投入应用。"男孩喘着气,小声地说。

"那它怎么出来了?"问话的是老牙鬼,声音阴沉。

男孩转过头,却没回答。

老牙鬼一下子怒气冲冲,上前揪住男孩的衣领,低吼道:"你说不说?!你不说的话,我现在就把你扔下去,省得再招惹那什么赤魔!"

男孩直视这个黑道流氓的眼睛,丝毫没有惧色。倒是靳川拦在中间,说:"老牙鬼,你发什么疯!他不过是个小孩子!"

"小孩子?"老牙鬼冷笑道,"你知道这个小孩子干了些什么吗?!这单生意,是第十五大街的徐麻子委托的,他只不过是一个小保安,但是出了二十五万联盟点当定金,还承诺后面再给一百万!先不说一百万,单这二十五万,他妈的,可能是许麻子的全部家当了吧。更奇怪的是,我答应之后,就听说他跳楼自杀了。这单生意从头到尾都透着不对劲!现在又出了这么个怪物,不问清楚,恐怕我们怎么死的都不知道!"

靳川转头看了男孩一眼,只见他两手撑在管道上,手掌瘦得几乎只有骨头,脸色更是惨白,不由一叹,道:"不管怎么说,现在应该想办法逃出去,逼他也没用啊。"

老牙鬼挣了一下,但意外地发现手被箍紧了。他恼怒地看着靳川,这个一贯听他指挥的男人,表情竟透着某种坚毅,难以撼动。他愣了愣,冷哼一声,松开了手。

长夜已逝,头顶一片昏暗。"似乎没人了,"他说,"我们爬上去吧。天马上要亮了,巡逻队的人过来,恐怕要遭。"

他们小心向上爬,爬过几根管道。靳川的手刚搭上新的一根,却感觉软乎乎的,不似冰冷的钢铁。他往上一瞧,顿时抽一口凉气。

一具死尸横躺在管道上。

那是罗杰的尸体。他被赤魔从上方的管道端下来,胸腔当场就凹陷进去了,头又在钢铁外壁上撞来撞去,颅骨早已碎裂。他的一双眼睛睁大,眸子里满是血红,像是两片沉聚了无数腐烂尸骨的血色沼泽。

"唉,"靳川试着让罗杰的眼睛阖上,但抚了几次都没用,叹息一声,"我说老牙鬼,要是出去了,罗杰这份钱,得给他老妈吧?"

"哼,等我们出去再说吧。剩下的钱可得全靠你背上这位财神爷!"

"小祖宗,"靳川边爬边向身后说的男孩说,"你说你身上就一件病号服,哪来的钱啊?是不是存卡里了?说好了,今儿我们豁出命把你救出去,钱不能少了啊!"

"你闭嘴,快点爬就是了。"男孩道。

"放心,不会——"

话音未落,一声巨大的"咚"声自斜下方响起,红影再度袭来!它潜伏在管道的阴影处,等到他们爬过再暴起攻击。这个时机把握得无比准确。以它的速度,靳川来不及转身,老牙鬼也躲不开,前者会被洞穿胸膛,后者的脑袋会被踩碎。

靳川听到背后的风声,暗暗叫苦,这时,他背上的男孩突然浑身一颤,尖叫了一声。不知是不是错觉,靳川看到背上红光一闪而过,与此同时,一直趴在管道上的罗杰——准确地说,是罗杰的尸体——突然四肢一振,如猎豹跃起,自下而上扑在了赤魔身上。

"吼!"

一声惨呼传来,却是罗杰尸体的手掌,插进了赤魔的小腹。赤魔怒嘶一声,方向调转,撞到了右侧的管道上。它低吼着,想把身上的尸体扯下来,但男孩在靳川背上颤抖得更厉害了,随着他的颤抖,尸体艰难而缓慢地将僵硬的手掌插进去,血顺着指缝流出来。

赤魔和尸体纠缠着,从管道上滚落,摔入千米深的深渊。

老牙鬼惊魂甫定,往下探了探头,确认赤魔已经摔了下去,又缩回头看着靳川。

"怎么样?"

"掉下去了,这样应该活不了了吧。"

"刚刚怎么回事?"

老牙鬼摇了摇头。

靳川满腔疑惑,"罗杰明明死了,怎么又能动,还帮我们把怪物打下去了?"

"你确定罗杰死了吗?"

"如果这都弄错,我就真不用混了。"靳川忙说,"我都摸到他的脸了,冰凉冰凉,僵硬僵硬的,眼睛都闭不上,要说这还没死,我把脑袋砍下来。"

"但他确实又动了……"

两人说着,疑惑的目光对在一起,又同时移向一旁的男孩。

男孩往后挪了挪。

老牙鬼正要说话,头顶突然传来一阵摩托的嗡嗡声。他向上看了一眼,骂道:"不好! 是巡逻队,出来找被杀的队员了!"

此时已经是清晨,虽然在地下城里感觉不到黎明喷吐,但他们也知道白天一到,巡逻队肯定会彻底搜查。他们一旦被巡逻队抓到,这单生意泡汤不说,以前偷运的事情积累起来,也够判好几年了。

老牙鬼焦急地左右看看,突然看到不远处的墙壁上也有一道小缝隙,连忙跑过去。这道缝隙跟他们潜进来的秘密通道类似,也很狭窄,堪堪容人。老牙鬼敏捷地钻进去,发现缝隙只有两三米长,不是通道。

"我要躲进去,"靳川蹲下来,扶着男孩的肩膀,"你就留在这里,待会儿巡逻队会发现你,你跟着他走就是了。他们不会伤害你的。"想了想,又补充道,"看在救了你的份上,帮个忙——别告诉巡逻队我们躲在这里。"

男孩摇摇头,说:"不,我要跟你们一起躲。"

"可是……"

"巡逻队是疆域公司的人,我要是被他们抓住,跟死了也差不多。"男孩低声说,"你带我出去,我可以再给额外的一百万联盟点,只给你。"

一百万……

这个男孩衣衫单薄,身体畸形,无论如何也无法跟这么丰厚的金钱联系到一起。但他的语气如此笃定,眼睛也发着光,诚挚地看着靳川。

"你说的,"靳川吞了口唾沫,"当真?"

"我绝不骗你!"

靳川一把将他抄起,也跟着钻进那道缝隙。三个人塞在缝隙里,严严实实的,彼此的姿势都很别扭。但外面是来往的飞行摩托。他们都忍耐着身体的不适,一句话都不说。

这道缝隙藏在两根管道的中间,管道的阴影投下来,正好将之遮挡住。巡逻队的飞行摩托掠过了好几次,但都没有发现这里藏着的三个人。

"靠,怎么回事?"有队员骂骂咧咧,"吉米和小秦的夜班上得好好的,怎么就把摩托给撞毁了呢?"

"怪的是,人还都不见了!来来回回找了一天都没找到,不会是把摩托撞了,就悄悄跑了吧?"

前一人想了想,说道:"我看不像,要是跑,他们肯定要回城里。地下城的守卫这么严密,他们可没本事悄悄回去……唉,这里太大了,还是慢慢找吧。实在找不到的话,明天再申请,多派些人手下来。"

交谈的声音远去。

缝隙里,靳川和老牙鬼的眼睛在黑暗中对视——巡逻队的人竟然没有找到尸体,恐怕是被赤魔给藏起来了。这么说来,赤魔居然还没死？

"不是藏起来，"男孩小声说，"是吃了。赤魔能直接进食有机质，汲取营养。"

话音未落，老牙鬼两肩一耸，身子在狭小的空间里挪动，猛然一脚抵住靳川的胸膛，一手扼住了男孩的脖子。

"老牙……"靳川只觉得喘不过气来，身体被牢牢抵在墙壁上，动弹不得，艰难地开口道，"你干什么？"

"妈的，我们落到这番田地，都怪这个煞星。老子一定要搞明白！"

男孩被牢牢扼住脖子，顿时满脸通红，大口吸气。他那两只细小的腿徒劳地挣扎着。"我……我，"他从牙缝里挤出几个字，"我叫亚当，编、编号是0764……你松一些……"

老牙鬼的手略微松了松，问道："你来地下城干什么？为什么又要我把你救出去？"

"我不是从上面下来的，"亚当喘了口气，表情闪过一丝哀恸，"我就是来自于地下城。"

老牙鬼一愣，说："什么？"

"我是在地下城里长大的。"

"不可能，这里全是管道运输系统，除了疆域公司的巡逻人员，其他人都不能下来。你难道是吃钢嚼铁长大的？"

"这里除了运输系统，咳咳，还有……实验室。"亚当的声音带着一丝颤抖，仿佛提到这三个字，恐惧就趁机蔓延了上来，"就在你们救我的那根管道里，在它的尽头往下，地下城更深处的地方，就是地狱，就是实验室，就是我长大的地方。"

靳川一时也愣住，忘了挣扎，"什么人会在地下城里修建实验室?"

"我也不清楚。从我在试管里诞生开始,就只看得到雪白的墙壁,和戴着口罩穿着防化服的人。"外面的声响渐渐停歇,飞行摩托上的巡逻员已经收队了,也许很快他们会带来更多人;管道运输的轰隆隆声响也轻了许多,这标志着夜晚的到来。男孩一边回忆,一边说,"我一生下来腿就是这个样子,像肉瘤一样垂在腰下,根本无法承重。他们为了防止我逃跑,所以故意修改了我的基因,让我长成了这副可笑的模样。"

"他们? 他们是谁?"靳川问。

"他们从来没说过。他们只做两件事——在我的身体里灌红色的试剂和无休止地给我做智商测试。那些红色试剂简直是魔鬼的唾液,注射进身体里的时候,像是有火在血管里燃烧。最可怕的是那个叫 X 的人,他会打开我的脑袋,直接把试剂浇在大脑脑干上,你无法想象那种滋味,像是硫酸——"

老牙鬼手上加劲,恶狠狠道:"现在没人关心你的实验感受,我只想知道,他们为什么要抓你? 还有,罗杰的尸体,是怎么回事?"

亚当吞了口唾沫,说:"抓我,当然是为了让我回去,我现在是唯一成功的实验案例。他们在我身体里灌的红色试剂终于有了反应。"

靳川把老牙鬼的脚挣开,揉了揉胸腔,问道:"什么反应?"

"我也不是很清楚,"亚当迷惘道,"但我身体里面,好像住了另外一个人……他就住在我的血液里,平时不声不响,透过我的眼睛,沉默地看着一切。但偶尔,他会操控我的身体,去做一些……做一些我不愿意做的事情。"

"比如控制尸体?"老牙鬼道,"你以为你真是巫师啊,能让尸体动起来?"

"不是尸体,是尸体里的红虫。"

靳川的脑海里闪过罗杰悄悄吸食那塑料袋里的红色粉末的画面。

"不知道为什么,我对红虫有一种感应,不,是他。"他说话的时候,眼睛里隐隐泛起红光,仿佛身体里真住着一个鬼魂,"所有在血液里游弋的红虫,都能听从他的指挥。你们称之为罗杰的人虽然死了,但血液没有完全凝固,那些红色的虫子还能游动,所以——他,我身体里的他,能激发罗杰的最后一丝潜力。"

老牙鬼鼻子喷出一口气,显然并不相信亚当的这番话,但他眼睛一转,咧开嘴唇,露出黑色的牙齿说:"也就是说,那个怪兽的目标是你,你要是死了——"他猛地使力,虎口若钳,死死夹住了亚当的脖子,另一只手从背后掏出了什么,只见到幽黑空间里,一抹亮光闪过。

"不要!"靳川惊呼一声,直扑过来。

但已经来不及了。"噗",一声闷响响起,血腥味立刻充斥了这个小小的空间。

亚当的腰部插着一柄匕首。

"那你就死在这里吧,"老牙鬼狞笑道,"死在这里就安静了,就没人给你注射什么试剂了!"他把匕首抽出来,打算再补一刀,但这时靳川不知哪来的力气,用手肘击开他的腿,同时向前扑出一步,手指若鸟喙,啄在老牙鬼的手腕上。这两个动作连贯又迅捷。老牙鬼还未明白怎么回事,腿便已经酸麻了,匕首也脱手而出。

靳川扑到亚当身前，只看了一眼，便撕开身上的衣服，绑在亚当腰间。

老牙鬼揉了揉腿，骂了一声，说："你救他？妈的，我们差点被他害死了！他不死，就是我们死。"他把头伸出缝隙，探了几眼，"好像没人了，我要回去了，早知道就不该接这要命的生意。"

靳川没理他，把亚当腰上的布条系好。生命正迅速从这个男孩身体里流失，他眉头上沁出了汗珠。

"愣着干吗，走啊！"老牙鬼不耐道，"你想死在这里？你忘了你还有个女儿等你回去？"

听到"女儿"二字，靳川一愣。

"走，我们一起出去，这一单也不算白干，二十五万联盟点，罗杰五万，你十万。你女儿治病的钱也就应该凑够了。"他一边说着，一边往外四顾。这个幽寂的地下空间藏着无数危险，他需要身手敏捷的靳川的帮助。

卷卷的脸在靳川脑海掠过。

他的手一松，男孩倒在缝隙墙边，疼得闷哼一声。

"对不起……"靳川低声说，然后转过身子钻出了缝隙。他跟着老牙鬼一道，向头顶的管道爬去。

他们的脚步声本来就轻，走远之后就再也听不到了。男孩捂着肚子，但仍然止不住血渗过指缝，将病服浸染得一片深黑。

原来，只能到这里了。

他准备了那么长时间，付出了那样的牺牲，最终却只能走到这里。他没有逃出这片永远幽黑的地下城，没有去人间一趟，没来得及看一眼太阳。

"呵……"他嘴里发出奇怪的声音,不知是叹息,还是在苦笑。

有些冷。他蜷紧了身子。

这时,脚步声传来。

是赤魔吧。它的鼻子比野兽还要敏锐,闻到自己的血腥味,定然会顺着气息,在黑暗里爬行,一步步靠近自己。

男孩的手在地上摸索,在一片血泊中摸到了那柄被靳川撞飞的匕首。握住匕首柄,男孩的心里莫名就安定一点了——就算不能争取自己的生,至少能决定自己的死。

脚步声近了,一道黑影钻进缝隙。

男孩一咬牙,匕首倒转,刺向自己的喉咙。但缝隙里随之响起了风声,那道黑影比他更快,闪电般夺走了匕首。

男孩感觉自己被抱了起来。

"别怕,"黑影喘息着,"我带你上去,我会带你离开这里。"

7

查尔斯打了个哈欠,端起杯子,进茶水间倒咖啡。

一个小女孩正坐在咖啡机旁边,见他进来,把手伸出。

查尔斯愣了愣,四下看看,然后试探性地把手里的咖啡杯举了举。小女孩点点头。于是他把杯子递过去,小女孩按下开关,黑色咖啡的细流精准地倒进杯子里。"拿好,"女孩说,"有点儿烫。"

查尔斯接过杯子,抿了口,果然有些烫,但口感醇厚,远胜往昔。"哟!"他喜笑颜开,说,"公司终于舍得请服务生了?我就一直说嘛,我们这种从事重型脑力活儿的就需要有人端茶倒水送咖啡!"

他正要走,小女孩把手伸出。"噢噢,瞧我的礼貌去哪里了?"他连忙从口袋里掏出一张晶片卡,输入了十个点,然后递给女孩,"拿好,你的小费。"

"谢谢哥哥!"

"哈哈,你个小鬼头,嘴很甜啊。"查尔斯正要上前去摸女孩的头,突然从玻璃门的倒影里看到一个人正站在身后,连忙低头,灰溜溜地转身回到工位。

"姐姐,你看我今天上午,"女孩快乐地扬起了手中的晶片卡,"比阿爸都挣得多呢!"

吕成琳无奈地靠着玻璃门,说:"叫你在这里休息,怎么给人倒起咖啡来了?公司不允许雇童工。"

"放心啦,他们都挺喜欢我的,不会告发你。"

吕成琳今天要来上班,不放心把卷卷一个人丢在家里,便将她带到了办公室。卷卷刚开始还在茶水间里乖乖休息,但很快就开发了替人倒水收小费的业务。这种见缝插针的本领,想来是跟靳川学的,吕成琳想到此处,笑了笑,上前拍了拍卷卷的脑袋,"再等下哈,待会儿中午我叫好吃的上来。"

但卷卷逐渐觉得无聊起来,没过一会儿,就溜出了茶水间,在办公室里转悠。这里本来是疆域公司的机密办公室,所涉的"华佗"项目更是重中之重,旁人不能进来。但卷卷长得乖巧可人,一双眼睛乌黑澄澈,加上又是吕成琳带进来的,其余人便也就睁一只眼闭一只眼,既不驱赶她,但也不跟她说话。

唯一的例外是一个高瘦的年轻人。

卷卷晃到这个年轻人背后,看到他桌上的名牌上写着"王泽岩"三字,后面写着项目副总监,应该跟吕成琳一样,也是这个办公室的负责人。似乎感觉到了卷卷的靠近,他转过身,温和地看着她。

"嗨,小朋友,"他小声说,"你在看什么呀?"

卷卷好奇地看向他身后的全息屏幕,只见上面闪烁着密密麻麻的小红点,便问:"这些是什么啊?"

"看不懂了吧,没事儿,叔叔告诉你——"

"不是叔叔。"卷卷睁大眼睛,认真地说。

"……好吧,哥哥告诉你,"王泽岩的手再挥了挥,电脑感应到他的手势,上面的影像顿时移动,缩成全景图像,可以看到是一个由无数光点组成的人体模型,"这可是高端科技!你看这些点,别看它在显示屏上这么大,但其实你肉眼都看不见,它比纳米还小!你不知道纳米是吧,就好比你的头发,你看它这么细,但一纳米只有这根头发的五万分之一。不过你别因为它的个头就小瞧它,要是项目成功了,你就知道它的厉害了!"

"不就是纳米机器人吗,早就研究出来了嘛。"

"这可不是纳米机器人那么简单。"王泽岩正色道,"早期的纳米机器人只能用于医疗,定点清除癌细胞什么的,而且最小的都有4纳米,简直是野蛮又粗暴。而我们现在研究的这些'华佗',缩小到了百分之一纳米,而且工艺复杂,是磁性纳米机器人,每一个机器的身体里都有精微计算机,灵活得很。它能够根据程序,在身体里移动,修复神经,运输小分子……"

"好啦好啦,"卷卷听得无聊,敷衍道,"那你好好加油吧。"

王泽岩噎了一下,下意识地去看吕成琳。隔着几个办公座位,吕成琳冲他露出一个歉意的微笑,他便点点头,摸了摸卷卷的脑袋。

卷卷又转到另一个人身后,发现他做的事情跟王泽岩也差不多。红点在全息屏幕上每一次移动,都会生成数据,而电脑则立刻将数据记录下来。她还看到屏幕上有编号、脊柱、血管、心肺……想来应该是纳米机器人正在人体里运作,而其运动造成的影像则实时反馈到电脑上。

看了一会儿之后,卷卷打了个哈欠,回到吕成琳身边,说:"姐姐,我饿了!"

吕成琳忙说:"已经叫了外卖,马上就送上来了。"

卷卷走到窗子前,踮着脚,望着玻璃外的街道。"咦?"她突然把脸凑到玻璃跟前,定定地看着楼下。

"怎么了?"

"我看到阿爸了。"

"谁?"吕成琳过了一秒钟才反应过来,"靳川?"

远处的王泽岩突然一愣,扭过头来。午间的阳光从窗外照进,勾勒出他棱角分明的五官轮廓。

卷卷点点头。

吕成琳连忙凑到窗前,但这里是三十五层的高楼,俯视下去,只能看到半空中流水般的车来车往,和地上如蚂蚁般密集挪动的人群。"你能看到吗?"她说,"在哪里呢?"

"已经走了。"

"啊?"

"他冲我招了招手,就走了。"

"他不是应该来接你吗?"

卷卷把脸贴到玻璃上,阳光舔舐她的脸庞,隐约看得到细细的绒毛。她轻轻哈气,说:"我也不知道,他只是冲我笑了笑。他可能有别的事情要做,让我再等一下。"

吕成琳再次眯起眼睛,仔细在街上的人群中巡视,但她眼睛都酸了,也没办法在这样远的距离外看清人脸。她转过头,对卷卷说:"卷卷,这是三十五层高楼,你看得清吗?"

"我看不清,但能感觉那就是阿爸。"

吕成琳叹口气,抱住了卷卷,"你别担心啦,我知道你很想念靳川,他也肯定很快就会来找你的。再等等,好吗?"

卷卷点点头。她像是突然失去了兴致，垂着头，连吃饭都是无精打采的。整个下午，她就蜷缩在沙发上，眼睛闭着，头发垂落到脸颊，衬得脸色更白，发色更黑。她轻轻地呼吸着，薄薄的嘴唇如鱼一样轻轻开合。

吕成琳知道她是想念靳川了，叹息一声，也就让她安静休息。倒是王泽岩路过沙发的时候，看卷卷横躺着，便脱下了外套，轻轻盖在了她身上。

临近下班时，吕成琳收到了王泽岩通过私人频道发来的消息。

"今晚一起吃个饭吧？"

吕成琳看着这几个字，有些发愣。

王泽岩并不是第一次约她吃饭了。他对她的好感，不仅是她，整个办公室都心知肚明。她也默默接受他的好意，偶尔同他去吃晚餐，忙里偷闲一起去看一部不咸不淡的电影。每次王泽岩都会安排得很好，食物都是她喜欢吃的，电影也经过了精挑细选，约会过程中举止得体，既礼貌，也不显得冷淡。偶尔，她被送回家后，会问自己：要不，就是他了吧？

是啊，等得太久了，就是他了吧。自己还能等几年呢？

她身边的追求者从来没有断过，但这些年来，她鲜少搭理过他们，偶尔的几次恋爱也都很短暂。她提不起劲去维系感情。这两年工作变得繁忙，就更习惯独自一人了。只有夜深人静，梦到那个吹着口琴的少年时，才知道自己心里一直有个挂念。

一个解不开的结。

但她也知道，联盟疆域亿万光年，星海茫茫，几乎是不可能再见到他了。

所以她开始慢慢接受王泽岩的靠近。

王泽岩没有吕成琳这样的背景,是一点点打拼,靠自己的努力从外围杀到实验室中层,跟她成了同事;更巧的是,他的童年也在暮星长大,和她一样对那颗遥远的星球保持着近乎眷恋的感情;他在工作上像鹰一般奋进,好几次开会时锋芒毕露。但每次跟她在一起,他都温和又善解人意,就像是一只把刺指向所有人,但唯独对她亮出了柔软肚皮的刺猬。

他简直是上天亲手打造的齿轮,无比契合地嵌入她的人生,让她缺失的生活得以完好运转——尽管有了那么一点遗憾。但她决定忘掉这个遗憾。对于命运,往往只有低头。

然而,就在她要接受这个永远温和永远微笑的男人时,靳川回来了。

她曾经无数次幻想过与靳川的重逢,乘飞船时她会想靳川是不是在也在这艘船上;在餐厅吃饭时会幻想靳川也坐在附近的某个桌子;甚至走在街上的时候,也偶尔四顾,看会不会在街的尽头见到那个少年的身影。但她无论如何也没有想过,他会这么突兀地出现,还牵着一个孩子的手,油嘴滑舌地跟前台姑娘斗嘴。

想一想她就觉得生气——凭什么!凭什么隔了十多年,他变成了这副模样,还能让自己已经趋于平静的生活再起涟漪?

吕成琳转头看着熟睡的卷卷,那股恼怒又无声无息地熄灭了。

她默默地叹息,在通讯模块上回复道:"今晚有事,改天吧。"

几米之外,王泽岩的头微微低下,看到了消息,他有些发怔。黄昏的光照在他脸上。

吕成琳突然有些不忍。

"是要照顾小孩子么?"过了一会儿,王泽岩又问。

"是啊。"

"带上她吧,我定了中国菜,她应该也会喜欢吃。"

吕成琳抬头看去,王泽岩也抬起头,隔着半个办公室的黄昏光晕,他笑了笑。

笑容有些无奈,像是在祈求。

"好吧,那你先过去,我带卷卷随后就到。"

下班后,王泽岩先离开,吕成琳撑了个懒腰,见卷卷仍然在沙发上睡着,身上还盖着王泽岩的外套。想来王泽岩是怕打扰到她休息,只穿着衬衫就出去了。真是细心的男人,吕成琳心里有轻微的触动。她走过去,把外套掀开一角,轻轻捏了捏卷卷的脸蛋,笑着说:"小懒虫,起来啦,我们去吃好吃的!"

然而卷卷一动不动。

一朵不祥的阴云掠过。吕成琳把卷卷翻过来,这才看到,她嘴角沁出殷红的血迹。

王泽岩一直等到深夜。

他很早就订下了这间餐厅的座位,靠着窗,能看到落日在城市边缘徐徐地下降。他喜欢看斜阳的光照在她的侧脸。她的样子本来就很好看,脸侧的曲线像是微微起伏的山峦,被黄昏的光浸染过后,更显出一种柔媚的美感。好几次,他看着她的脸,就像是沉进了某种带着春天气息的旋涡,久久不能言语。这是他少有的失态的时刻。

往常吕成琳答应他的邀约后,会准时来到。他还准备了几个笑话,吃饭时会用到。他也喜欢看吕成琳笑的样子,像是看着柔软的山峦轻轻舒展开来。

但吕成琳迟迟没有出现。

服务员过来了好几次,为他添了茶水。这是顶级餐厅,服务员自然不会驱赶他,但他们的眼神里还是透出了奇怪的意味。王泽岩歉意地笑笑,叫来菜单,随意点了几盘点心。

他看着窗外,夜幕已经沉降,黑暗像发酵了一样在这座城市里四处滋生。黄昏的时候,他能从窗外看到匍匐的城市景象,现在,他只能看到自己的脸。这张脸上没有表情。

他从来不会催促吕成琳,但现在已经很晚了,他忍不住掏出通讯模块,拨通了吕成琳的号码。他只能听到占线的忙音。他又给吕成琳发了询问消息,也一直没有回复。

可能在赶来的路上吧,他想。

他继续等,窗外越发黑暗。深夜的新洛杉矶却并没有因为黑暗而沉寂,飞行器亮起了灯,行驶的时候曳出了一道道流光。低空轨道如一条光之河流,一座座高楼大厦也开始发光,它们的整面侧墙都是显示屏,播放着各种各样的广告。

这座城市此时才真正苏醒。

但这些热闹都是别人的。他呆呆地看着,他对面的座位空空如也。

再后来,连空中的飞行器都渐渐稀少,喧哗声变淡。夜晚显露疲态。

"先生,不好意思,"服务员靠近,小声说,"我们要打烊了。"

王泽岩回过神来,看了看通讯模块,没有未读消息。桌上的点心丝毫未动,对面的椅子在朦胧灯光下,有一种清冷的质感。

"嗯,"他低着头,无声地笑了笑,"那结账吧。"

8

"你还撑得住吗?"靳川用布条绕过亚当,在自己胸前打结,系紧,"我们马上就要出去了,留着你的小命,出去见识一下花花世界!"

亚当被牢牢地绑在他背上,有些昏沉不醒。他的头枕在靳川右肩,发出含混的声响,像是回应。

靳川开始往上爬。这一次,他爬得更加小心,生怕撞到亚当的伤口。不一会儿,他的额头开始冒汗,手臂也渐渐颤抖。长时间的饥饿已经夺走了他的力气。深夜里,管道运输的功率降低,他们爬过好几条管道,才偶尔有一条在运输货物,震颤起来,发出"嗡嗡"的声响。

"你睡着了吗?"靳川边爬边问。

"没……"

背后突然又响起了风声。靳川心里暗骂一声,但好在这次早有准备,不待赤魔袭来,便拉着电缆一晃,躲了开去。赤魔掠过,但前肢也抓住了一根电缆,在空中晃着。

赤魔与靳川隔着三米的距离,在空中对视。

它眼里浓重的残忍，让靳川不寒而栗。他正要向上逃走时，突然看到赤魔身后亮起了几个光点。

光点越来越近，原来是七辆飞行摩托，上面各有一个巡逻队员。

赤魔也听到了摩托破空声，手上用力，悬着的身子缓缓旋转，对巡逻队员发出了低吼。

"什么东——"

话未说完，赤魔便扑了上去。巡逻队员举枪便射，但他们配备的武器只能减缓赤魔的速度，对它没有杀伤力，不一会儿，便死的死伤的伤。

一辆失去主人的飞行摩托打着旋儿，朝靳川撞来。靳川抓准时机，猛地跳到摩托上，连忙调整方向，向上驶去。借助反重力引擎，他们上升的速度快了许多，巡逻岗遥遥在望。

但亚当抓紧了靳川的背，说："别去巡逻岗……不能被疆域公司抓到……"

靳川停下摩托，悬在空中，左右看了看。四周的管道里响起了轰隆隆的货柜传输声。"妈的，只有这样了！"他把摩托开到管道近处，掏出扳手，快速地扭着一截管道外的螺丝。他面色焦急，一边拧一边往下看，赤魔正在跟巡逻队员厮杀，远远传来了惨呼。他拧完一颗，就调整摩托的位置，又继续拧。他太用力了，扳手差点从螺丝上脱了手。

几分钟后，他拧完了这截管道两端的螺丝，使劲一蹬。"轰"，几百公斤的铁管从下落去，他来不及往下看，便带着亚当跳进了管道口。

管道里比外面更加幽闭，而且充斥着令人欲呕的机油味。

靳川呼吸几口,就呸一声,吐出口唾沫。亚当在他背上,头轻轻垂着,嘴里发出轻微的呓语。

"喂,你可别睡着啊,"靳川边爬边说,"你可是答应了我,出去了之后给我弄一大笔钱啊。老子就指着你了,你给我清醒一点,马上就能出去了。"

"出去,"亚当轻声道,"外面的世界……"

"是啊,出去就能看到外面了。外面比你待的这个地底下可有意思多了,霓虹灯,天上地下都是车,有太阳,有海洋,还有年轻漂亮的女孩子。嘿,你长这么大,没见过女孩吧,我跟你说,那些小姐姐们,可漂亮了。"靳川加快了速度,呼吸开始艰难,每一次吸气都感觉到肺部被捏紧,但他依旧絮絮叨叨地说话,"我还有个女儿,跟你差不多大,哦,可能比你小点儿,长得可爱极了,你待会儿见到了一定会喜欢的。不过我丑话说在前头啊,你可不能打她的主意。你们要是都成年了,我就不会管,但你们还是小孩子,所以只能当朋友。你们会成为好朋友的。"

亚当点点头:"嗯嗯……我还没有过朋友。那、那我待会儿见到她,给她什么见面礼好呢……"

"没事儿,给我钱就行。"

"谢……"亚当吞了口唾沫,喉咙一片火烧般的灼痛,"谢谢你……你帮我跟她问好吧。"

"问好这种事,得你自己来啊。哪有男孩子第一次跟女生问好,要别人代劳的?太失礼了!你挺住,我们马上就到了。"

亚当昏昏沉沉,过了好久才"嗯"了一声。

靳川心急如焚,手脚飞快地在管道里爬着。一些铁屑插进了他的手掌,膝盖也被磨破了皮,但他顾不得疼,拼命爬向远处的光亮。

"你知道吗,我杀了人……"亚当突然直起脖子,说,"我杀了好多人,我不配见到阳光了!"他的声音沙哑又激动,"我注定了要烂在黑暗里,你把我放下吧,放在这里,我不敢看到光啊……"

这已经近乎胡话了,靳川心里更是焦急,说:"你别说了,给老子闭嘴,烦死了!"

"我要说!你不懂的,我不知道你非把我带出去,是为了钱还是可怜我,但你不明白我做了什么,我杀了人啊。那个替我雇佣你们的人,长满黑色麻子的保安,他总是趁实验结束,把我送回房间的时候,用他那双长了茧的手羞辱我。洗澡的时候,我把皮都搓破了,也不能擦掉那种粗粝的茧在皮肤上刮过的感觉。所以,知道他吸食红虫来上班后,我除了命令他在外面雇佣地鼠,还在他脑袋里种下了自杀倒计时。红虫操纵着他,把全部积蓄交出来当了定金,然后驱使他从高处跳下……"

靳川的脚步停了停,但没说什么,又继续走。

"还有,我杀了我的同类……"

"别说了。"靳川说。前方的光亮已经不远了,他已经可以看到一台台金属货柜,在磁悬浮作用下,沿着竖直管道向上滑。

"不,如果我不告诉你,可能就再也没有人知道真相了。我的编号是亚当0764,也就是说,在我前面还有763个克隆体。我们都被关在棺材一样的房间里,每天等着做实验。我们从来没有见过,来自不同的胚胎,但因为这个实验,彼此有微弱的感应。在我们黑暗的意识海洋里,他们知道我想逃走后,都纷纷微笑。"亚当带着哭腔,声音尖利,"你不懂我们的那种交流。我们是潜在意识海洋里的眼睛,隔着幽暗海水,彼此隐约能够见到。

他们支持我逃走,我能看到他们的眼睛在海水里发光,也能感应到他们的悲伤。为了让我走,他们纵了火,火在实验室里蔓延的时候,我看到一双双眼睛在海洋里熄灭,但剩下的眼睛还是在跟我道别,希望我能逃到外面,替他们看一眼世界。我逃到管道里的时候,这片海洋里已经没有了眼睛,我的同伴们全被烧死了。但他们死前,每一个人都跟我道别,你知道吗,道别啊!他们说0764,出去看看吧,0764,再见了,0764,再见了……"

靳川瞄准时机,跳到一台货柜上。他已经很小心了,但还是让背上的亚当震了一下,刚刚还愤怒悲怆的述说,仿佛火焰在风中骤灭,变成了游丝般的呻吟。

"没事吧?"靳川稳住了身子,问道。货柜载着他们向上升去。头顶有一轮光亮,那是晨光喷吐,黎明照耀。天已经亮了。

"对不起……"

"什么?"

"你的钱,我可能给不了你了。"亚当艰难地说,"还有,你要小心我身……身……"他的声音开始嘶哑。

"嘿,想赖账不是?没门儿!你给老子活着,你看,我们马上就能出去了。世界就在头顶,你抬一下头就能看到。"

可是亚当已经抬不起头了。他脑袋垂着,眼睛里闪过红色光芒,很久很久都没有再说话。

货柜呼啸着,冲出了竖直管道。晨光扑面而来,这一刹那,有一阵红光从亚当身体上透出,随即隐没。靳川感到浑身一阵莫名的冰冷,打了个冷战,他反应过来后,把亚当放下来,说:"你看,我们已经出来了,这就是外面的世界。"

外面的世界光辉明亮,黎明穿破云层,高楼在红色光晕中笔直刺向天际。无数辆飞行器在高高低低的轨道上行驶,晨风里有尘世的喧嚣。

但亚当的头歪在一旁,眼睛再也没有睁开。

9

　　吕成琳在病房外醒来时,天已大亮,阳光把整个走廊照成模糊的一团。病人和医生,还有穿着各色衣服的家属在走廊里走来走去,每一张脸都消解在光晕里,看不分明。有那么几秒钟,吕成琳是发愣的,脑子里全是一团黏稠的糨糊在晃。然后她才记起自己出现在这里,是因为昨晚送卷卷过来。

　　她从长椅上跳下,推开病房门。卷卷正躺在素白的病床上,露出小小的脑袋,眼睛眨巴眨巴。看到她进来,卷卷笑了笑,"姐姐,我正想你呢,你就出现了。"

　　吕成琳问:"你现在感觉怎么样?"

　　"要是旁边有商场,我还能跟姐姐逛一天街。"

　　"别开玩笑!"吕成琳有些气恼,但看着卷卷的脸有了些血色,心里的石头总算是放下了,"你昨晚可吓死我了!"

　　昨天她发现卷卷晕倒在沙发上,嘴角还淌出了血,吓得立刻给医院打电话。但正逢下班高峰,城里高高低低的轨道被堵得严实,救护车的司机不敢脱轨飞行。吕成琳连着打了一串电话,好不容易托人申请了紧急行驶令,司机这才驾着飞行救护车离开空轨,在高楼间穿梭,来到医院。不巧的是医院又爆满,竟然没有空病房了,她问遍了所有人,最后不得已给吕先生打了电话。吕先生在电话里沉默了几秒,随后挂掉。吕成琳把手机扔在一边,果然,不到半个小时,一间单人病房就被腾了出来。医院最好的医生也被调过来,给卷卷检查和输血。等卷卷稳定下来时,已经是凌晨一两点了。她担忧了一晚上,一松懈下来,便靠着长椅沉沉地睡去。

"没事儿,老毛病了。"卷卷用背抵着床头,坐起来,"我想回去了。"

吕成琳拉了拉她的被子,盖到胸口,说:"别瞎说,我们还得等医生的检查结果。"

"我早就知道了,多发性硬化。"

吕成琳心里咯噔一声。她学的虽然是生物专业,但也接触过病理学,知道多发性硬化基本属于绝症,现代医术已经精进至此,但依然无法修复那些因白质炎性脱髓鞘病变而逐渐坏死的神经。但她看着卷卷满不在乎的表情,心里又松了些——这小丫头,古灵精怪的,指不定又是在骗自己,就像昨天中午她说在街上看到了靳川一样。

吕成琳索性不搭理她,坐在床头,一边抚摸卷卷的脑袋,一边掏出了通讯模块。昨天太慌乱,没来得及查收信息,现在一打开,就看到王泽岩的未接来电和信息。

"对不起,昨天有点急事。"她不想说话,便发送文字消息。

消息刚发过去,就收到了王泽岩的回复:"没关系。"叮,第二条又到了,"你的事情解决没有?需要帮助吗?"

"不用了,已经没大碍了。"

"嗯,那就好。"

吕成琳还是觉得愧疚,又道:"抱歉放你鸽子了,你等了很久吧?"

"没有啊,我看你没来,就回家去了。还来得及看八点档的综艺节目。"

她这才松口气,回复道:"那下次我请你吧。"

"好啊。"

这时,医生走进房间,面色凝重。他手里拿着雪白的化验单,卷卷看了他一眼,低头玩被角。

吕成琳连忙问:"怎么样了,结果出来了吗?"

医生点头,看了下专心把被角缠在手指上的卷卷,叹息一声,又转头对吕成琳道:"吕小姐,我们还是出去说吧。"

吕成琳满心疑虑地跟出去,到了走廊,医生把化验单递给她,说:"吕小姐,不知道这个小女孩跟你是什么关系,反正……你要做好心理准备。"

吕成琳接过化验单,满纸的数据令她莫名焦躁,她翻了翻,在最后一页看到了确诊结果——

多发性硬化晚期。

她的手抖了抖,深吸一口气,强令自己冷静下来,问:"医生,这个结果没弄错吧?"

"吕小姐放心——"医生自知口误,连忙打住,"不是放心……我们也非常遗憾,但这个结果是准的。吕先生打过了招呼,所以我们调用了最好的设备和医生,检测出来的结果不会有错。"

"那现在怎么办?"

"从检测结果来看,她已经被治疗过很多次,否则早就撑不住了。但现在已经到了晚期,脏器开始衰竭,大面积坏死,很难回天了。除非——"

"还有疗法吗?"吕成琳的手攥紧了化验单,急声道。

"病变已经遍布大脑白质、脊髓和脑干了,加上多发性脱髓鞘斑块非常大,又在侧脑室关键位置……"医生看着吕成琳,从厚镜片里射出的悲悯目光照在了她脸上,良久,他再次叹息,"别冒风险了,好好过完最后一段日子吧。"

医生走后,吕成琳在病房门口站了很久。她心里有些空落落的。阳光扑在身上,却觉得冷。她告诉自己这并不关自己的事情,卷卷是靳川的养女,自己只是代为照顾几天。有好几秒,她差点说服了自己,但几秒后,空落落的感觉还是笼罩了她。

她失魂落魄地走进病房。卷卷仍旧兴致勃勃地玩弄被角,抬头看了她一眼,撇撇嘴,说:"现在你知道我没骗你了吧?"

吕成琳张了张嘴,却终是没有说出话来。她走过去将卷卷抱住。

卷卷安静地靠在她怀里,过了很久,打了个哈欠,说:"姐姐,我想回家。"

"好的,"吕成琳轻声说,"我们回家。"

她们到家时已经是下午了。充沛的阳光笼罩着她租的这间房子。

卷卷倒是一切如常,坐在沙发上看动画片,不时被逗得笑起来。倒是吕成琳,一会儿去厨房做饭,做到一半就停下来,拿着拖把清扫房间,又半途而废,最后她坐在卷卷身边,陪卷卷一起看动画片。卷卷的头发被风吹着,落到吕成琳脸上,凉凉的。

她看着旁边的小女孩,有些哀戚。

卷卷撑个懒腰,看着窗外。风带来了海的味道。她突然笑了,说:"姐姐,带我去看看海吧。"

"你身体——你能走得动吗?"

"放心啦,走几步没问题的。"

于是吕成琳牵着卷卷的手,走出屋子,向着不远处的海滩走去。这是一个阳光充沛的下午,卷卷把手搭在眼眶上,才看到碧波万顷的海面。她们慢吞吞地走着,穿过了海滩外低矮的别墅群,路过一块块发黄的草坪。几个孩子在草坪上荡秋千,棕榈树随着他们的晃荡而抖动枝条,看到卷卷路过,他们停下来,邀请卷卷加入。卷卷礼貌地拒绝了,继续牵着吕成琳,走向海滩。

临近黄昏的海滩很是热闹,衣衫清凉的女孩们欢跳着打排球,近海处有人在游泳,还有几个人提着相机,专注地拍摄海面上扑腾着翅膀的白色海鸟。而海鸟头顶,是铺展开去的绚烂云层,云层由一小块一小块的云朵组成。夕阳透过云朵的缝隙,将金丝一般的斜晖洒下来。

"把鞋脱了吧,踩在沙子上,很舒服的。"

卷卷听话地脱下鞋子,赤脚踩在沙子上,感觉到沙子还残留着太阳的温度。她觉得很舒服,每走一步,都会在沙滩上留下小小的脚印。她一直走到海边,潮汐漫卷而来,将将覆盖她的脚踝。

有点儿冷,又有点儿痒。她呵呵地笑出了声。

吕成琳牵着她,在海水与沙滩的边界上慢慢地行走。她们没有交谈,周遭的欢声笑语变得不真切,仿佛阳光能穿透其余人的身体,海风能吹淡他们的影子。只有吕成琳和卷卷依然能在夕阳和海风中行走,像是走在金黄色的油画里。

这时,卷卷停下了,看着前方。

"怎么了?"吕成琳问。

"阿爸回来了。"

顺着卷卷的目光看去,果然,她看到了一个熟悉的身影。那一刻,所有人都消失了,只有那个身影孤子地站在海边。一缕阳光穿过云缝,落到他身上,照亮了他疲惫的笑容。

10

靳川浑浑噩噩地走在街上。他身上很冷,即使炙热阳光笼罩全身,血管里依然像渗入了冰碴子。他拢紧衣服,步履踉跄,人群摩肩接踵,好几次差点把他撞倒。

走了很久,他才缓过劲来,能够感觉到阳光渗进肌肤的热量。他找了家简陋的面馆,大口嚼食,连吃了四碗,每一碗的汤都没剩。他结了账,站在街头,看着沸腾的阳光和人群,终于有了重回人世的庆幸。

"滚开!"一个肥胖的中年男人推开他,嫌恶地骂道。

不知为何,靳川能够感觉到中年男人的身体里有密密麻麻的细小虫子在蠕动。

他从恍惚中回过神来,想起卷卷,抬眼望去。疆域公司的办公大楼耸立在远方,比附近的高楼大厦都要高出一大截。它是新洛杉矶的地标,是俯视整个西海岸的巨人。

靳川逆着人群走过去,走到大楼外侧。他之前就是被这栋楼的前台给拦住的。人流淹没了他,他努力抬起头,视线一层一层往上爬,在第三十五层楼的玻璃窗后面,他看到了卷卷的脸。

卷卷也看到了他。

隔着这么多人和车,离得这么远,但他们就是互相看到了。卷卷的身影映在玻璃上,脸色苍白,有那么一瞬间,她跟亚当的形象重合了。

靳川突然一怔。

背上有些沉重,仿佛那个单薄的男孩再次趴在上面,支着脑袋,想看到外面的世界。

他突然不再颤抖,扬起手,冲卷卷挥了挥。卷卷点点头。他便转身,淹没进了人群。

黑暗如铁,在天地间凝结。夜风都变得迟缓。远处的城市也沉在一片幽暗中,偶尔有光闪过,但隔得太远,只如星子眨眼。

靳川在这片城郊的草地上站了很久。这里正是几天前老牙鬼带他和罗杰去地下通道时,从磁感车上跳下来的地方。他慢慢原地转圈,四野的黑暗将他围绕,大概转了七八圈之后,他停下来,从兜里掏出一根黑色的布带,蒙在眼睛上。

他伸出一只手,像是搭在了前方某个看不见的人的肩头。他闭上眼睛,呼吸尽量放缓,脑袋里的思绪逐渐清空,只剩下那天晚上摸黑行走的记忆。那本是极浅极淡的回忆,但在冥想之下,回忆慢慢被感知。

风、草、虫鸣、眼前的黑暗,都跟那天一模一样。

过了很久,他迈出一步。

然后,他的步伐就再也没有停止。他严格重复着那一晚的动作,每一步都无比吻合。他的视觉和听觉都被放空,只有整个身体的感知被调动。他走在深夜的郊野,一步一步,像是行进在浓雾中。他的脚一会儿踩在泥上,一会儿踩到了野草,后来脚下渐渐变硬,是到混凝土路面了。

过了很久,他才停下。他开始大口喘息,额头的汗已经浸湿了布条,又顺着脸颊流下来。他颤抖着将布条从脑袋上扯下来,发现自己现在所处,是一个废弃港口的小舱室,非常隐蔽。而舱室里面,正坐着一个瞎眼老头,此时头微微歪着,一动不动。

靳川喘匀了气,走进舱室,用脚在地板上跺了三下。

老人的头动了动,花白的头发摆动着。他摸索着拉开一块地板,露出里面黑黢黢的密道洞口。靳川并不多说什么,弯腰钻了进去。

他顺着密道进入地下城,在管道中跳跃,下到最底层,找到了编号 X1041 和 Y9090 之间的管道。之前被他们卸下来的那截管道已经被装好了,但还是用螺丝连接的,可以拧开。他把螺丝一个个拧下来,进入管道,然后踩着空洞的回音,走向管道深处。

这根管道比其他管道要长,似乎一直伸入了墙壁内部,到尽头时,还有一段向下的阶梯。靳川没有犹豫,有路便走,仿佛一直深入地狱。过了阶梯,还有一个十字路口,他每个方向都试了试,最终才在右侧找到了一扇门。

这是一扇合金的门,银白色的光辉在门上流淌。门边本来还站着一个大汉,但还没来得及叫喊,就被靳川击中脖子,晕厥了过去。

靳川取出他的磁卡,插入门侧的吞卡口。

"滴!"

这一声轻响回荡在幽静的走廊里。靳川突然战栗了下,吞了口唾沫。

门一推开，一股焦臭的气息顿时扑面而来。

靳川回到新洛杉矶时，已经是下午。他先是去了疆域公司大厦，前台小姐认得他，但帮他查过之后，告诉他，吕成琳今天没来上班。于是他按着前台给的地址，找到了吕成琳的家，家里没人，他迈着迟缓的步子，来到海边。

果然，在海边，他看到了牵着手漫步的吕成琳和卷卷。

海水起伏，冲上了他的小腿。浩瀚海面上，金色波光晃荡不休，他深深地呼吸，略带咸湿的海风终于驱散了心里郁结的闷气。

吕成琳牵着卷卷，大步地走到他身边。

"你去哪里了？"吕成琳一整天都在为卷卷担忧着，看到靳川之后，先是一阵放松，然后愤怒便从身体里升起来了，"你怎么回事！隔了十几年，你突然不声不响地出现，把一个小孩丢给我，然后就又消失了！你知不知道昨天晚上我多害怕！没人教过你礼貌吗，你这样打扰了我的生活！"

靳川默默地听着，没有反驳。

这个反应出乎吕成琳的预料。她噎了一下，后面的话便骂不出来了，只能哼一声，转身就走。

靳川上前一步，抓住了她的右手。

吕成琳感觉手上有些发麻，像是轻微的电流从靳川手上传了过来。她拼命挣扎，一边捶打靳川，一边喝骂道："你干什么！你真以为你是流氓了？你信不信我报警，松开！还不松是不是，哎，疼！还有，你一见面就说我二十八九岁，我明明只有二十七岁半！你才二十八九！在暮星的时候，你还踹过我的屁股，讨厌你！你以为是谁，所有人都应该帮你吗？走开！"

靳川靠近他，握住她的手。她只能在他胸膛上捶着，力气越来越小，最后她的左手落在了靳川肩上，轻盈得像是一只精疲力竭的蝴蝶。她的骂声也渐渐变低，成了某种呢喃，一出口就被风吹散。她低着头，刘海垂下来，表情恢复了娴静。

这样过了十几分钟，等他们都安静下来的时候，太阳也黯淡了。他握着她的手，另一只手牵着卷卷。他们一起慢慢地走在这金色沙滩上。这是新洛杉矶的黄昏，这座被称为天使之城的城市蒙上了黄金的色泽，硕大的落日垂在云海之间，海水也变成了一摊涌动的液体黄金。天上的云层已经开始分裂，破碎成棉絮一样的形状，缝隙里的光线被一缕缕回收。他们手牵手走向南边的沙滩，都没有说话，走了大概十分钟后，路过几个正在用沙子堆堡垒的小孩。小孩们的头发软软湿湿地搭在脖子上。这时，太阳的最后一轮金边也沉进了西边天空，海水一瞬间便变成了幽蓝色。西海岸的夜晚终于来临。

红　虫

1

灯红酒绿,群魔乱舞。

这间酒吧名叫堕落者,位于第六大道的地下,到凌晨时,终于迎来了第一波高潮。乐队在声嘶力竭地嘶吼,音乐大到能从肉体里震出灵魂来,激光灯下,一张张癫狂的脸孔被照亮。年轻的男女们在舞池纵情摆动身体。

小托尼穿行在这迷幻的场景中。他很瘦,像是行走的骨架,所以能够在舞池肉体的缝隙中穿梭。他边走边小声喊:"新到的货,不掺杂,够劲儿……"但人们都沉浸在音乐和身体的颤动中,一圈转下来,没一个人搭理这个瘦猴。倒是路过几个女孩身边时,他在她们的屁股和腿上狠狠揩了把油,总算有所收获。

他从舞池里退下来,在散客区游弋。幸运之神终于眷顾了他,几个似乎来自比弗利山庄的公子哥儿冲他点点头,他掏出几根塑料试管,公子哥儿则拿出闪烁着联盟点数的晶片卡。他们的手压低,以洛杉矶街头经典而复杂的碰拳手势,隐秘地完成了交换。小托尼抽抽鼻子,继续寻找客人。

"嗨,哥们儿。"他推了推一个坐在吧台前喝闷酒的男人的肩膀,"一个人喝酒有什么意思,来点儿这个吧,顶级货,纯度高,一口就上天堂——噢,你是亚裔,我说的天堂不是去西天的意思,是爽到爆。"

男人低头把啤酒喝完,抹净嘴角,歪着头看他。

小托尼突然有点儿后悔——眼前这个男人,衣着寒酸,面容落魄,连喝酒也只能喝最便宜的黑啤酒。唯一显眼点儿的是他右侧脸颊上猩红色的六边形胎记,在迷幻灯光下像是某种邪恶的图腾。

"噢,那你继续喝吧。"小托尼说,"喝完了早点儿回家,免得被老婆打。"他耸耸肩,为这种失败者感到惋惜。但他刚要走,就发现肩膀被人按住,抬起头,男人的脸凑了过来,小声说:"告诉我,你的货是从哪儿来的?"

"什么意思?"

"你手里的货,"男人的手缓缓下移,捏住小托尼的手,一点点把塑料试管从他手里抽出来,放在吧台上,"是谁给你的?"

试管里洒出一小撮红色粉末,激光灯照在上面,像是暗金色木质吧台上流出的一摊血。

"嘿,找茬是不是!"小托尼手上吃痛,后退一步,"警察?"

男人眼睛微眯,"你还有三十秒回答我的问题。"

小托尼混迹街头已久,磨砺出了眼光,很快便看出这个男人不像是警察。他疑惑道:"难道你是冈萨雷斯的人?你们这群墨西哥佬,抢生意抢到这来了?不知道这里是谁的地盘?"

"二十秒。"

"你带了多少人?"男人的镇定让小托尼感到不安,他警觉地向四周察看,但周围一切如常,人人都沉醉在狂热的气氛里,于是放下心来,"妈的,你一个人就敢来这里砸场子。"

"只有十秒了。"男人拿起酒杯,另一只手伸出,把小托尼的手臂按在吧台上。小托尼想挣扎,但后腰被男人的膝盖磕了下,顿时麻了半边身子。

"妈的,你放开老子!"小托尼骂了声,又朝后面叫道,"吉尔、胖罗刹,帮我!"

"我数五下,你告诉我货从哪儿来的,五,四——"男人猛地将酒杯砸在小托尼的手背上,酒杯破碎成渣,小托尼的手背上至少有三根骨头被砸断。

"啊!"

一声惨叫响起。整个酒吧的人都安静了,但一瞬间的沉寂过后,他们爆发出更猛烈的欢呼,继续狂舞乱蹈。舞池几乎沸腾。

"你、你还没有数完啊!"小托尼死命挣扎。

"三、二——"男人面色不变,拿起吧台对面的小麦啤酒杯,再次砸下。这一次,小托尼的手背被玻璃碴儿刺得血肉模糊。

这边的乱子吸引了酒吧保安的注意。两个身高体壮的大汉走过来,高大的身影几乎将靳川笼罩。"怎么,搞事情?"一个大汉说。

"是啊是啊,快帮我! 这个狗娘养的,想抢我生意!"小托尼的声音又急又尖,"吉尔,我每个月付给你们钱,可不是为了让你们看着我被欺负的!"

"放开他,然后跟我出去。"另一个肥硕的大块头保安把手放在男人肩膀上，捏住他的肩骨，"救护车从外面把你抬上去，会方便一些。"

男人突然收回手，手肘如刀斧般横劈而出，击中了吉尔的肋骨。吉尔还未来得及喊出声，那要命的手肘又改为上撩，直剁到他的咽喉右侧。吉尔感觉颈部动脉抽搐了一下，紧跟着无法呼吸，他捂着喉咙，退后两步，大口喘息，但就是吸不进空气。

就在吉尔被击中咽喉时，胖保安反应过来，手上立刻加劲。他曾经徒手捏弯过枪械，现在也能轻松捏碎这个男人的肩骨。但男人的反应更快，跨前一步，肩膀晃开他的抓握，膝盖猛挺，正中保安胯下。保安捂着胯部，脸上的肥肉抖得跟筛糠一样，连退好几步，最后摔在一张放着鸡尾酒的圆桌上。桌旁的女人吓得尖叫起来。

这一切只发生在电光火石间，小托尼还没来得及把血肉模糊的手收回来，就又被按住了。他扭着头，看到刚才还威风凛凛的吉尔和胖罗萨已经躺在地上，再也站不起来。他的整个手臂都在颤抖，连带着牙齿也咯咯打战。

对面的男人却连头发都没乱，好整以暇地坐下来，一手按着小托尼，一手拿起一支装满鸡尾酒的高脚杯。他将杯中酒一饮而尽，舔了舔嘴角的酒液，然后倒转杯口，悬在小托尼手背上方。锋利的杯壁边缘上，寒光流转。

"一?"男人眉毛挑了挑。

靳川回到家时，已经是凌晨两点多。他不敢开灯，直接去浴室洗了澡，尽管轻手轻脚，但用毛巾揉着头发走回客厅时，还是看到了吕成琳。

她倚在卧室门口上，一身浅紫色的睡衣，裸足踩在地板上。

靳川刚要说话，吕成琳把手指竖在嘴边。她朝卧室里看了一眼，小心地关上门，按开灯，走到沙发边，才道："她好不容易睡着了。"

"对不起。"靳川说。

吕成琳闻到了空气中的酒味，摇摇头，转身去牛奶加热机里拿了瓶纯牛奶，放在茶几上。凌晨的房间极安静，阳台透进的风里带着海的味道。窗帘在地板上缓缓地摩挲。靳川像是渴极了，仰着头，咕咚咕咚一口就喝完了牛奶。

他的喉头哽动着，在灯光下有种冷硬的消瘦感。吕成琳抿着嘴。

"早点儿休息吧，你明天还要上班。"靳川说。

"好的，你也是。"

其实吕成琳还有话要问——靳川已经在她家住了三天，每天都是这样，白天在家里陪着卷卷，等她下班回家后，便独自出门。有时候是深夜回来，有时候天亮才回。谁也不知道他干什么去了，但他每次回来都很困倦，洗澡后便躺在沙发上呼呼大睡。吕成琳早上用洗手间时，还发现过没被水冲掉的血迹。这一切都让她很担心。

但靳川什么都不说。这一点也不对劲，靳川明明是那样油嘴滑舌，但从地下城回来以后，便开始沉默，仿佛多说一个字都很艰难。这肯定跟他出去当地鼠有关。她私下里问卷卷，靳川白天在干什么，卷卷挠头想了想，说靳川总是长时间地坐在沙发上，默默地修理一个背包。

"什么背包?"吕成琳问道。

　　卷卷便指了指放在客厅角落的背包。趁靳川出门,吕成琳悄悄地打开了这个破破烂烂的包裹,非常沉重。她拉开拉链,看到了背包里面错综复杂的电线和折叠起来的合金支架,支架上七零八落地吊着一些破损的磁性传感贴片。这个背包不知道放了多少年,里面的许多电线都断裂了,折叠的支架上也满是锈蚀。靳川这几天的修理起了一些作用,一部分线路已经被重新接好,两根支架上的锈迹也被磨干净了,上好了油,露出原本深黑色的金属色泽。但即使这样,吕成琳也觉得靳川花的功夫都是徒劳,这一包破烂已经完全报废了,根本不可能修好。

　　她在背包上仔细找了找,发现底部有两个字,字迹在岁月的磨损下,已经跟背包的颜色混在一起。她看了很久,才勉强认出是"铁冢"二字,便上网搜了搜。搜出的结果让她心里一颤。

　　铁冢,初代军用机械外骨骼。

　　这是战具啊。

　　吕成琳只觉得有些无力。她突然明白过来,这个男人的世界其实并没有向自己敞开,她所看到的,只是冰山露出海面的一角,而黑暗海洋里,还有峥嵘而庞然的部分是她完全陌生的。她原本以为他会安心待在家里,她甚至可以养他,但他却默默拿起了武器。

　　为什么总要打打杀杀呢? 她有些难过地想。

　　但靳川不说,她便不问,踌躇了一会儿,她走向卧室。

　　"晚安。"靳川躺在沙发上,拉过毯子盖在身上,"晚安,成琳。"

　　吕成琳站在门口,回头看着靳川。

　　靳川闭上了眼睛。

"晚安,阿川……"

窗帘被夜风吹动,沙沙地响。她赤脚踩在地板上,感觉有些凉。她站了一会儿,转过身,抬手按灭了灯。

第六大道,CA酒吧。约瑟夫·格兰特慌忙推开前面的一对情侣,疯了一样向酒吧门口跑去,但身后呼啸一声,一个啤酒瓶裹挟着巨大的动能砸到了他的后脑勺。酒液在空中散开,情侣抱在一起尖叫。约瑟夫径直倒在地上,眼前全是金星,他吞了口带咸味的唾沫,向前爬去。一只脚踩在他背上。"说,"靳川蹲下来,凑近他的耳朵,低声道,"货从哪儿来的?"

威士顿街,19号巷。夜深,巷子更深,罗罗奇穿着宽大的风衣,百无聊赖地站在巷子里。他的耳机里充斥着躁乱的黑人音乐。正当他以为今晚不会再有生意时,一个高瘦的人影走了进来,但奇怪的是,守在巷子口的歪嘴男孩并没有敲墙示意。人影不紧不慢地走近。罗罗奇只觉心中不妙,抄起墙壁边立着的棒球棍,挥向人影头部。"砰",棒球棍被击飞。罗罗奇扭头就跑,但脚被扫中,身子扑倒在地,红虫粉末从他风衣下散落出来。

柏瑞利大厦,二十二层。六个大汉躺在地上呻吟,抱着密码箱的威尔·泽尔惊恐地后退,退到角落时,一屁股坐在地上。靳川缓缓地走过来,揉着拳头,他脸上也有伤口,血跟胎记混在一起。靳川蹲下,冲密码箱点了点下巴。威尔·泽尔颤抖着手,输了好几次密码才打开箱子,十五根装满了红虫的大号玻璃试管争相跌出,摔个粉碎。地上仿佛下了一场红色的雪。

新洛杉矶城东郊,暴雨冲刷。陈九驾驶着飞行货车,刚出城就感觉到一阵不祥。雨太大了。这座城市坐落在开阔的盆地,只有一月才是雨季,平时罕有大雨,但今夜天空就像是漏了一样,雨水倾盆。他担忧着天气,因此没有留意到,飞出低空轨道的时候,车顶震了一下。但坐在副驾驶位玩掌上游戏的山本柒被惊动了,放下老式PSP,仔细听了几秒,便抽出了腰侧的消音聚能枪,朝车顶射击。车顶上的动静随即消失。山本柒打开车门,翻身上了车顶,几秒之后,陈九看到一个人影被扔下了车。他放心下来,继续开车。副驾驶位上的人又翻了下来,却没有拿起座位上的游戏机。陈九正感奇怪,转过头,却发现下来的人已经不是那个沉默的日本杀手,而是一个浑身湿透但眼神锐利的男人。

靳川掏出枪,正是山本柒惯用的那支。"说吧,"他用枪抵住了陈九的腰侧,"这一车货,从哪儿运来的?"

车窗外,浓云集卷,大雨如瀑。陈九因惊吓而扭曲的脸倒映在车窗上。靳川耳朵里全是雨点打在玻璃上的声音,他抹了把脸上的雨水,脸色木然。

2

老牙鬼被称为"地鼠",除了常年穿行在地下城的原因,还因为他的住处如鼠穴般难寻。

新洛杉矶北边的贫民窟由大量违章建筑组成,楼连楼,屋挤屋,密集得几乎要将街道淹没。老牙鬼走在这些破旧脏乱的建筑中间,拢着肩,不时警惕地回望。黑暗完美地遮蔽了他。确定没人后,他小心地拉开一扇生锈的铁门,侧身挤进去,在逼仄的夹缝里挪了几分钟,才走到一个短而窄的巷子口。巷子中段有一道不易察觉的楼梯,通往地下室。

这需要七弯八拐才能到达的地下室,就是老牙鬼的家。平常时候,他蜗在小小的地下空间里,躺在床上,床下是码得整整齐齐的晶片卡。他就睡在辛苦挣来的钱上面,数着滴水声,一躺就是一天。这些年当地鼠,他挣的钱越来越多,床也便越垒越高,也许有一天,床会够到天花板。但在那之前,他会孜孜不倦地想方设法挣钱,然后独自享受躺在钱上的满足感。

但今晚有点儿不同。

他走进地下室,反手关门。黑暗里的一切都是他熟悉的。

他没有开灯,直接走到厨房,打开冰箱,照例取了瓶可乐。

刚刚出门打听了一下,市面上并没有什么风声……他一边把可乐灌进嘴里,一边想着,那么,在那该死的地下城里发生的一切应该也都深埋在地底了。正好,自己可以重新开始接活儿了。

这么想着,他转身把可乐罐扔向角落的垃圾桶,准备躺回床上。但他还没走到床边,就愣住了——

可乐罐落进垃圾桶的声音迟迟没有传来。

在黑暗中扔可乐罐这个动作,他已经重复过上千次,不可能失手,即使是失手,可乐罐落在垃圾桶外,也应该传来叮当的撞击声。

但这间黑暗黏稠的屋子里,一片寂静。

一滴汗水从老牙鬼的额头上滴了下来。

他几乎是立刻就想到了逃走,但又立刻打消了这个念头——且不说肯定逃不走,即使能逃掉,床下面的钱怎么办呢?他慢腾腾地挪到墙边,按下了开关。

不知是因为灯管老化,还是这个空间里的黑暗实在过于黏稠,即使开了灯,屋子里也并不亮堂,无处不透着一种黯淡的压抑感。与其说光,倒更像是灯管撒下了粉末,落在凌乱肮脏的床铺上,落在满是污迹的地板上,以及沙发上这个正把玩可乐罐的男人的光头上。

这个不告而来的男人在黑暗中接住了老鬼牙扔的可乐罐,脸上挂着一丝得意。

见对方只有一个人,老牙鬼放下心来,背着手,不动声色地从墙角抓住一根棒球棍,问道:"你是谁?"

"叫我安德森吧……"光头男人站起来,对着垃圾桶瞄了瞄,摇摇头,又走到门口,手一甩。可乐罐划过一道弧线,划过整个屋子的空间,正中垃圾桶。

"bingo!"安德森拍拍手,喜笑颜开,"厉害吧?是不是很厉害!"

老牙鬼点点头:"凑合。"

"有本事你来试试。"

"别卖关子,快说,"老牙鬼失去了耐心,"你是谁?怎么找到我家的?"

"家?呵,我真是搞不懂,"安德森坐回沙发,大咧咧道,"你挣的钱并不少,别的不说,在新洛杉矶买个像样的公寓是没问题的,为什么要缩在这种地方呢?"

"我没有义务回答你的问题,你如果不说——"

"那就怎样,用你藏在背后的那根棒球棍砸开我的脑袋?我劝你放下吧,到现在为止我还是有心情跟你用语言交流的,你拿着武器,会让我很快失去这种耐心。相信我,我的耐心跟你的性命息息相关。"

老牙鬼相信他的话,把棒球棍扔开,"这下,你可以告诉我了吧?"

"我来这里,是让你帮我找一个人。"

原来不是仇家。老牙鬼暗暗松了口气,耸耸肩,说:"你走吧,我不想接活儿。"

"咦,我刚刚的语气,是疑问句式吗?"安德森直视着老牙鬼,"如果我刚才的话让你产生了误会,我道歉。那我再来一遍吧——我让你帮我找一个人。我并没有询问你的意见,没有问你能不能做到,更没有问你愿不愿意。"

这种态度让老牙鬼一阵恼怒,但这个光头男人的语气似乎如此的笃定和自信,让他不能质疑,道:"要找谁?"

"关于这个人,我只知道两件事,"安德森伸出一根指头,竖在朦胧光晕中,"他很快就会成为一个死人,"他又竖起另一根指头,"他的脸上有一道红色的胎记。"

"靳川?"老牙鬼一惊。

"哈哈,你果然认识!"安德森笑起来,但脸上的肌肉很快又因为愤怒而颤抖,"这个人,我们找了好几天了,去他妈的,居然查不出来是谁!但幸好有人跟我说,你之前跟脸上有红色胎记的人一起干过一票。哈哈,那道胎记一定是他出生时,死神亲手印在他脸上的,不管他走到哪里,死神都会凭着这道印记重新找到他。嘿,你说,是不是这样?"他被自己的比喻又逗笑了,死死地盯着老牙鬼。

但老牙鬼沉默了一会儿,说:"我能问问你为什么要杀他吗?"

安德森站起来,光头熠熠生辉。他凑近老牙鬼,声音低沉,说:"你确定你想知道原因吗?"

老牙鬼想了想,摇摇头。

"很好。有人会跟着你,找到他。事成之后,除了这两百万,"安德森的手指向那凌乱的床铺,"你还会有三百万。"

老牙鬼这才发现,自己的床已经比回来之前高了点儿,显然是安德森派人把两百万联盟点的晶片卡塞在了床下。"等等,"老牙鬼舔了舔牙龈,那黑色的齿面如同墨染,"你可能不懂,你要找的这个人跟我一起干过活儿,也算是出生入死,过命的交情。"

安德森刚要走出去,闻言回头,眉头皱起来,"所以,你是想?"

"当然是加钱,"老牙鬼说,"难道我还会有别的意图吗?"

3

这个晚上，卷卷一个人在家。

她蜷在沙发上，无聊地换着电视上的频道。夜已经很晚了，有点儿冷，海风吹过来，窗子外有些奇怪的声音。这让她有些害怕。

阿爸照例外出，也不知忙什么去了。原本应该在家里陪她的吕成琳突然打来电话，说是工作吃紧，今晚需要通宵加班——从吕成琳的语气听来，这似乎已经是常事。卷卷点点头，叮嘱她注意身体，然后就乖巧地挂了电话。

但其实她还是有点儿不习惯，总是看向窗外。

自从被阿爸从收容所里带出来，她就一直跟在他身边。她知道自己已经无药可医，死神在不远处凝视着她，但阿爸还是带着她四处寻医。路费以及其他花销都是阿爸沿路干杂活挣来的。地球是他们的第四站，但号称有着全联盟最高医疗水平的新洛杉矶市立医院，也惋惜地表示卷卷罹患绝症，回天乏术。真是讽刺，人类已经征服了亿万光年的宇宙，疆域无边，但在渺小的细胞学和神经学以及脑科学领域上，依旧裹足不前。

但靳川一直没有放弃，想方设法挣钱，带自己到处治疗，即使知道希望渺茫。

阿爸就是这样一个人,他身上背着沉重的诺言,似乎从来没为自己活过。他整天嘻嘻哈哈,满嘴不正经,但晚上望着夜空的时候,他就会沉默,眼神流露出一种近乎悲伤的迷恋。星子倒映在他的眸子里,像是沉了进去。是的,这个男人如此向往广袤的宇宙,他的灵魂属于星辰大海,他的目光想跋涉到银河彼端,他的身体却囿于碌碌人群。

想到这里,卷卷忧愁地摇了摇头。

窗外的怪声更响了,她把电视声音调大,想盖住那声音。阿爸快回来了吧,都到了午夜。

"咚咚咚。"

屋门被敲响了。

卷卷欢呼一声,从沙发上跳下来,赤着脚跑到门口。门旁的监控显示屏不知怎么回事,一片漆黑,她也没在意,拉开了门。

她愣住了。

"小朋友,"门外的男人咧嘴而笑,牙齿比夜晚更黑,"靳川是不是住这里啊?"

午夜时分,一身疲惫的靳川回到家里。他正要伸手去按门铃,手却愣住了。

屋子里有刻意压抑的呼吸。

他下意识后退,但又听到了屋里面传来的另一道呼吸声。慌乱、纤细,像是晚风中的羽毛。他叹息一声,手指还是按下了门铃。

门开了,里面一片黑暗。靳川道:"放了她,我任你们处置。"

藏在暗处的人走出来。四个大汉手里都拿着枪,从四个不同方位对准靳川的脑袋。"嘿嘿,这才识相。"说话的是从卧室里出来的男人,黑黑瘦瘦,拉开了灯,照亮他一口黑牙以及手里抱着的小女孩。

靳川眼角微缩,死死地盯着老牙鬼。

"嘿,别这么看着我,"老牙鬼咧咧嘴,满不在乎地说,"也别怪我,要怪就怪你自己惹事。"

"放了她。"靳川说。

老牙鬼没理,对其他几个人说:"人我给你们找到了,接下来看你们的意思,是杀了他,还是……"他冲吓得发抖的卷卷点了点下巴,"两个一起处理?"

"带回去吧,安德森有话要问他。"其中一个持枪大汉说完,走出屋子。

靳川在另外三只枪口的胁迫下,跟着来到了屋外路边停着的轿车旁,又被押进后排座位。老牙鬼抱着卷卷上了后面一辆车。午夜的新洛杉矶刚刚掀开繁华幕布,低空轨道上车流如梭,地面街道上反而显得空旷。两辆车一前一后,碾着夜色,驶过一条条街道。

靳川坐在后座,低着头。两个大汉坐在前座,另一个坐在靳川身旁,枪口一直抵着靳川的腹侧。车里一片寂静。行驶了大概十分钟后,路过一个十字路口。路口有一群喝醉酒的年轻男女,挤成一团。他们身上的文身在夜里发出诡谲的光。

开车的大汉骂咧一声,停下车,等这群男女走过。他再启动车子时,身后的靳川突然往后一缩。

砰!聚光束击穿了车门,枪手待要再开枪,手已经被靳川按住了。他像是被铁钳夹住,掌骨生疼,枪立刻被夺走。

"砰砰。"

前座两人一声不吭地垂下头。

"砰。"

靳川身旁的枪手捂着胸膛,缓缓地滑倒。

车子在加速。靳川从后座窜到驾驶座,拉开尸体,手臂横拦,操作台立刻识别了这个手势,迅速刹了车。后面的车也连忙停下。

靳川把枪手的耳机扯下来,放到耳边,果然,里面传来了询问声,是后车开车的枪手在问怎么回事。但靳川握着枪,拇指缓缓摩挲枪身。

后面车辆的门打开,最后一个枪手刚走出来。靳川猛地打开车门,身子低伏,前扑,在扑到枪手脚下时反手一枪。枪手应声倒下。

"啊……"老牙鬼被突然的变故弄懵了,待看清楚开门的是靳川后,稍微松了口气,"嘿,你别乱动,你女儿可在我的手里呢。"

靳川手上的枪口扬了扬,聚能光束喷出,击穿了老牙鬼的右手手臂。老牙鬼捂着手臂惨叫,卷卷趁机从座位上跳下来,扑到靳川怀里。

"阿爸……"她的声音里带着哭腔。

靳川没有说话,握枪的手不住地颤抖。他盯着哀号的老牙鬼,一股热流从身体里升起来,血管像是沸腾了一般。他有些痛苦,咬着牙,嘴唇泛青。

老牙鬼嚎了一会儿,捂着手臂,咒骂道:"妈的,你以为你能

逃得掉？告诉你，老子不会放过你的，不单是你，这个小女孩也
——"他的话突然停下来，因为他看到了靳川的眼神——这眼神
透着红色，仿佛身体里住了另一个人。

他打了个寒战。

眼前的靳川是他不熟悉的。他印象中的靳川，还是那个啰
啰唆唆的年轻人，虽然贪财，但总是与人为善。这也是他不害怕
靳川的原因。但现在，他打心底里就感到了恐惧。

"别……"老牙鬼结结巴巴地说，"我也是被人胁迫的……"

靳川把枪抬起来，一寸一寸，枪口掠过老牙鬼的腹、胸，最后
指着他的嘴。

"张开。"

老牙鬼被这冰冷的声音震慑住了，嘴下意识地张开。带着
温热的枪管伸进来，一直抵到软腭。他牙齿打颤，在枪管上磕出
一阵乱响。

"阿爸……"卷卷抬起头，摇了摇。

靳川眼里的血色稍微黯淡了些，他把卷卷搂紧，另一只握枪
的手缓缓后退。枪管在老牙鬼嘴里摩挲着，慢慢抽出来，老牙鬼
额角的冷汗滴落，悬着的心终于放下来了。但枪口退到他漆黑
的牙齿边时，又停了下来。

他看到靳川眼睛里红光如炽。

"砰。"

黑暗无边无际涌来，吞没了老牙鬼。

卷卷被吓到了，哭出声来。

靳川一愣，浑身的炙热如潮水般退却，血管也不再突突突地

跳跃。"我刚才……"他吞了口唾沫,看着倒在车里的老牙鬼。

座椅上流出了深黑色的黏稠液体,滴滴答答落下。

"咚",手里的枪落下,在地上弹了几次。

"对不起……"他抱住卷卷,"刚刚吓到你了。"

卷卷仍然抽泣不止。

"我……我也不知自己怎么了……"他笨拙地解释,"好像身体住了另外一个人——"他突然愣住。

身体里住了另外一个人……

这几个字很熟悉。他闭上眼睛,脑袋里出现了亚当的模样,这个瘦小的男孩当初也曾说过这种话,并且能操控吸食了红虫的人。而亚当临死前,有一抹红光从身体里透出来,也就是那一刻,靳川感到了浑身颤抖。靳川再思索,眉头逐渐皱起——的确,这阵子他循着本能,准确地找到大大小小的红虫交易。现在看来,那并非直觉,而是体内的某种"感应"。

"该死……"他咬牙道。

卷卷抬起头:"怎么了?"

"我可能被什么鬼东西给寄生了。"

"阿爸,你也生病了,你需要看医生吗?"

靳川摇摇头。

卷卷看了眼漆黑的夜色,打了个哈欠:"阿爸,我困了……我们回去吧……"

靳川点了点头,抱起卷卷,小声说:"睡吧。"然后转身往街道一侧走。卷卷将头伏在他肩头,眼睛闭了一会儿,又睁开,发现靳川正走向灯火辉煌的市中心,道:"阿爸,你走错方向了,姐姐的家在你后面。"

"我们不回去了。"靳川脚步未停。

卷卷"哦"了一声,语气中带着些遗憾,但也没有再说什么。过了一会儿,她又抬起头来,看着茫茫夜色下的城市,看着来时的街道,那间海边的房子已经掩映在重重高楼之后,再也找寻不见。

卷卷再醒过来时,已经到了一家小医馆。四下阴暗狼藉,采光极差,一个穿着灰色大褂的老人正弯着腰,在靳川的手腕上扎针。

血涌进了针管。

卷卷一下子有些害怕,低呼一声,靳川转过头来,用另一只手拍了拍卷卷的脑门,说:"别害怕,我在检查身体里到底有些什么,不会有事的。"

"唔……"老人直起身,一张老朽的脸上,脸皮似乎要垮下来,"进我这间医馆的人都是有事的。不过没关系,唔……没关系……"他一边笑着,一边把针筒放进高精分析仪的舱室内,按下扫描键,"只要有钱,所有的事情就都不是事情了……"

卷卷没有理会这个黑市医生的胡言乱语,把头埋在靳川怀里。

分析仪的结果很快显示出来,靳川的血液里除了常规的血浆和血细胞外,居然还游弋着一粒粒极其细微的小虫子。黑市医生把精度调高,全息画面上,小虫子的身体渐渐被放大。靳川终于可以看清,这种虫子形似水熊虫,但是头部硕大。它身体弯曲,有三轮明显的分节带,每一节中间都有两只短小的脚趾凸出来,趾上有吸盘,通体呈现出血红色——不知道是因为浸泡在血液中,还是其本身的颜色。靳川再仔细看,发现虫子身体各处都摆动着游丝般的鞭毛。这些鞭毛使得它们能在黏稠血液里自如游动。

一想到自己身体里密密麻麻都是这些恶心的小虫子,靳川不禁头皮发麻。

"唔……"医生看着屏幕,饶是见多识广,也抽了口凉气,"这种玩意儿……"

"你见过吗?"

"跟红虫有些类似……唔,但又不像……"

靳川眼皮一跳,"红虫?"

"唔……"医生闭目思索,干瘪的嘴像是通风片一样翕动,"我这里经常会有抽大了的年轻人来,主要就是红虫弄的……我研究过,那种毒品……你都不能称之为毒品,因为它不是传统的化学药剂,而是机械纳米虫,吸食之后,唔,持续高潮……年轻人就容易沉沦进去。是啊,有那种一次次走进天堂的体验,谁又愿意醒过来呢……"

靳川说:"那为什么又不像呢?"

"红虫很迟缓,唔,你看你身体里的,迅捷有力,移动迅速,我这个分析仪简直快要跟不上它的速度了。"

就在他们专注地盯着屏幕上虫子的影像时,卷卷抬起了头,"咦"了一声。

"怎么了?"靳川回过头,"别害怕,这些小东西,都是……"

他还没想出解释,卷卷却把头扬起,说:"这个东西好眼熟,我在哪里见过……"她的眉头拧成一团,很快又舒展开,叫道,"我在姐姐的办公室里见过,他们的电脑上满是这个东西,一模一样!"

靳川疑道:"疆域公司?"

"是啊,姐姐研究的东西,好像就是这个。"

疆域公司、红虫、实验室、亚当……一系列词语在靳川脑海中回荡,犹如旋转木马,每一匹马上都有一张模糊的脸……

"借你这里的家伙用用。"靳川走向地下医馆的内室——那里除了各种没注册过的药剂,还有一台老式电脑。

医生咧嘴一笑,光秃秃的牙龈上满是黏液,说:"当然可以……唔……只要加钱……"

"钱得欠着。"靳川埋首在电脑面前,一行行文字在他眼前掠过,他简短地说。

"也成……没有钱,就用命吧,"医生坐在角落里,抽着烟,喃喃道,"唔,我欠你的命,就抵消了……"

卷卷有些害怕,走到靳川身旁,看到他飞快地浏览网页。在疆域公司的官网上,靳川找到了吕成琳,然后顺藤查到了她负责的"华佗"项目。但简介上显示,这是一个利用纳米虫治疗疾病的医疗项目。除了查到这个项目耗资巨大外,就没有更多的消息了。

靳川皱着眉头,满是疑虑,关闭了网页。他刚要转身离开,眼角再次跳起,又返身打开网页,恢复到刚才的页面,在"项目负责人"一栏里,看到一个熟悉的名字。

王泽岩。

一个胖乎乎的少年形象跃入靳川脑海。

靳川心里一动,点开了"王泽岩"的个人链接,资料上的头像,却是一个精瘦的年轻人,目光炯炯,面目坚毅。但在眉眼间,还是依稀可以看到那个暮星肥胖少年的模样。

"王胖子……居然变这么瘦了……"靳川出神地看着屏幕,喃喃道。

4

　　吕成琳是在早上回到家的,屋子里空无一人,她以为靳川带着卷卷去吃早餐了,便倒在沙发上。通宵工作的疲乏如同潮水般席卷而来,转瞬间将她裹挟。这一觉又黑又甜,连梦也没一个,等醒来时,已经是傍晚了。

　　她坐起来,发现身上不知什么时候,被披上了一件毯子。她攥着毛毯,环视四周,觉得屋子里有些不对劲。过来好一会儿,她才发现哪里有了变化——

　　靳川的背包不见了。

　　那个装载有废旧机械外骨骼的破旧背包,睡之前明明还待在客厅角落里,一觉醒来,角落里已经空空如也。

　　"回来了也不说一声……"她念叨着,拨打靳川的电话,然而听到的是一片忙音。她又拨了几遍,但依旧打不通。她满心疑虑地放下电话。这时,她看到桌子上,放着一张纸条。

我有一匹马

　　纸条上只有这五个字,是靳川的笔迹。

　　吕成琳看着这五个字,百思不解。她把纸条放下,从冰箱里拿出比萨,胡乱丢进了加热器,取出便吃。这隔夜的食物既无味又干涩,但她心里想着事儿,也就忽略了嘴里的感觉。

突然,她把比萨丢下,快步跑到客厅桌前,拿起那张纸条。

"我有一匹马……"她轻轻地念道,"我有一匹马……"

就这么反复念着,记忆里的海水在仿佛咒语般的轻声呢喃中退却,露出一块白石。石头上刻着清晰分明的句子——

我有一匹马

南来北往

海角天涯

在久远的青春时代,她把这三句小诗抄在笔记本扉页上,上课的时候,一会儿看看老师,一会儿看看笔记本。那是她对这个世界还懵懂的时候,小小的脑袋里总幻想的东西——离开破败的小镇,以梦为马,马蹄涉过银河。少女的浪漫持续了很长时间,但随着迁居地球,蜕变成职场精英,这三句话便从记忆海洋里沉没了。

但靳川还记得。

当年吕成琳遭人作弄,这三句话被当众念出,全班哄笑,只有靳川默默地记下了它们。他们都梦想着去往联盟的各个星球,成为星海旅人,完成徐老师的遗志。但如今,一个深陷职场,一个穷困潦倒……

吕成琳心里突然有一丝触动。

她霍地站起来,手握着拳,微微颤抖。

与其一遍遍重复那无用的实验,还不如去追寻儿时的梦想!是啊,找到靳川,跟他一起离开地球,漫步星海,游历人间!这想一想都是令人激动的场景!见鬼去吧,冰冷的钢铁城市!

再也不用理会疆域公司了,再也不必每天人前欢笑人后叹息了!

这么想着,满屋子的黑暗都似乎被驱散了,周围亮起的灯光照进来,像是星光点点。她有些激动,甚至微微喘息。对! 就这么办,现在唯一要做的事情,就是找到靳川! 所有的工作一律不管了,统统消失! 不回邮件,不接电——

电话突然响了。

"阿——喂?"吕成琳心绪难平,险些喊错,问道。

"总监?"电话里传来的,是实验室同事查尔斯的声音,带着罕见的焦急,"实验室出点情况,你快过来!"

吕成琳握着电话,周围的星光一点点敛隐,屋子里重新恢复了浓重的阴暗。

"你在听吗?"

吕成琳长长地吐出一口气,说:"我马上回公司。"

出乎意料的是,办公室只有查尔斯一个人。他站在办公桌前,脸色煞白。

"怎么了?"吕成琳皱着眉。

"总监,我刚刚翻找以前的数据,发现一个奇怪的事情。"查尔斯调出一张图表,上面标了许多红色,"半个月之前,我们有数据被篡改过。公司的防火墙是全联盟最好的,所以我查了下代码来源,那些篡改数据的源头——是'华佗'。"

"你是说,我们自己造的纳米虫篡改了我们的实验数据?"

"是的,我排除了其他所有可能,不是人为,也不是仪器损坏,"查尔斯兴奋地说,"就是那些装载有精密微型电脑的'华佗'自发地改了数据! 总监,我有一个不知道该不该说的猜想……"

吕成琳逐一看过查尔斯标红的区域,仔细排查,发现确如查尔斯所言,不禁怔住了。好半天才想起查尔斯最后的话,开口说:"什么猜想?"

"我们的小华佗会不会因为太过密集,形成运算矩阵,从而拥有了自己的意识?"

这也是吕成琳的猜测,但她没说出来。想了一会儿,她说:"你留在这里,我得向仲裁委员会汇报。"又补充道,"把副总监叫过来。"

当王泽岩赶到实验室时,召开仲裁委员会的申请刚刚通过。他快速地了解了情况,眉头皱得如同山峦,说道:"应该不会吧……"

吕成琳说:"情况确实很反常,你也一起参加会议吧? 你对项目了解得比较多,人工智能这一块儿也是你的强项。"

但王泽岩苦笑一声,说:"你忘了,总裁委员都是公司真正的高层,相关会议只有你才能参与?"

这确是总裁会定下的规矩,据说是 X 的强硬规定,排除无关人员。吕成琳只能抱歉地朝他笑了笑。

"没关系,我在外面等你。"说完,王泽岩拍拍她的肩膀,离开了实验室。

吕成琳随即登录会议系统,将这件事报告给仲裁委员会。但让她诧异的是,仲裁委员会成员都无动于衷,只有爱丽丝问了一句,想知道这个情况是谁发现的。吕成琳犹豫了一下,还是说出了查尔斯的名字。

然后,一直沉默的 X 敲敲桌面,宣布散会。

全息影像散去后,吕成琳仍然是愣愣的。

　　从大楼出来，王泽岩深吸了一口气，夜间的空气带着西海岸特有的咸湿，吸进肺里，一整天的郁结都被挤了出来。他的脑袋轻松了些，便掏出电话，安慰了下吕成琳，然后走向街对面。路灯照亮了这条街道，一条条人影如同虫子般挪动着，他低头匆匆地前行。在移动的人影中，只有一条是静止不动的。

　　王泽岩脚步停下，看着前方那个人影，眼神由迷惑再到震惊，最后变成了惊喜。

　　"阿川?"他叫了一声，走上前去。

5

低缓的音乐回荡,迷离的灯光游弋。

王泽岩把酒杯顿在吧台上,吩咐侍者再来一轮啤酒。他的声音已经带着醉意,对面的靳川也喝了不少,脸上有些发红。

"这都……多少年了……"王泽岩的舌头打着结,"我从暮星来地球那年,你还只有……"他的手在空中挥舞了一下,"这么高呢。"

"你那时候也很胖,走几步就喘得不行,我们都得等你喘匀了再走,别提多慢……没想到现在这么瘦了,这些年到底发生了什么?"靳川说。

"这些年……这些年你的变化也很大啊。"

"是啊,这些年……"

这些年发生了什么,两个人却都没有说,适时地闭上嘴,只闷头喝酒。若时光真是镜子,镜子的另一面应该是两个少年,一个沉默地坐在深夜的屋顶上;另一个虽然胖乎乎,但意气昂扬风发。如果少年们的目光能透过镜子看到吧台前两个饮酒的落魄男人,一定不愿意承认他们就是自己的未来。但世界就是这样,提着森冷的刀,一刀剁肉,一刀剔骨,偏偏每一刀都不疼,就在一刀刀之间让人变成不想成为的模样。

想到这里,靳川举起酒杯,对着空气里不存在的少年,满是歉意地一饮而尽。

"对了,你还记得詹姆斯吗?"王泽岩突然问。

靳川摇摇头,"镇上起义被镇压之后,我和詹姆斯都被强制送到军校,中间见过一次,听说他因为打架,被调到别的校区。后来战争爆发了,就再也没有他的消息。"

"镇上起义……"王泽岩苦笑,"我当时在地球上,疆域公司掌控了舆论,只有很少的消息,也都是说工人们贪心残暴,抢矿井勒索疆域公司……但我不相信,我一直等着后续报道,结果……你知道,在这颗星球上人来人往,都只关心自己,相比几百万光年外一个小镇的存亡,他们更关心今天晚餐里的牛排是几成熟……"

"那你为什么还进疆域公司工作呢?"

"因为生活啊……我爸痴呆了,我需要照顾他。"

"痴呆?"

王泽岩苦笑,"是啊……很早就有迹象,脑子越来越不灵光,智商在降低……所以我辅修了脑科学,我想救他,我们都要活下去。"

"人人都得活下去……"靳川默然,好一会儿才继续地说,"对了,你现在跟吕——吕成琳在一起工作吗?"

听到"吕成琳"二字,王泽岩的脸上有一丝轻微的抽动。这是甜蜜而苦恼的神情,虽然转瞬即逝,但还是被靳川捕捉到了。两人无言地干了一杯。

"我们是在一间实验室,隶属疆域公司生物工程部,她是……"酒杯在王泽岩指尖打着旋儿,他脸上浮起笑意,"她是我的上司,但她其实并不擅长处理人际关系,所以我经常会帮她……嗯,我会帮她,我愿意帮她……"

靳川犹豫了一下,"你现在有女朋友吗?"

王泽岩摇摇头。

后来,夜渐深,两人都喝醉了,尤其是王泽岩,似乎鲜少喝酒,神情都飘忽起来。靳川拍着他的肩膀,随口问道:"那你们在做的实验,具体是弄些什么啊?"

"就是……纳米虫啊……"

靳川的眉头皱了一下,但很快恢复正常,不以为然地说:"纳米虫,不是很早就弄出来了吗?"

"嘿,我们做的纳米虫,可不是那种只缩小了体积的原始机械,而是全新的……"说到工作,王泽岩的脖子都粗了些,"凝聚了疆域公司最新的科技,每一粒纳米虫就是一台有强大运算能力的电脑,进入人体之后,连接神经,修复细胞……但是出了点儿问题……不过能解决,能解决……"

"什么问题?"

"这些小玩意儿有些不受控制……但能解决的……"他念叨着。

"那,它们能使人兴奋吗? 或者,让人听话,做一些不由自己控制的事情?"

王泽岩已经醉极,靳川这些话在他脑子里转了好一会儿,才理解字句里的意思。他迷糊地点点头,"嗯嗯……如果'华佗'附着在神经上,不断给予刺激,是能促使人体分泌多巴胺的,也能够支配人体的行动……但这不合法,也很伤身,所以我们都没有……"

"市面上的红虫,你知道怎么来的吗?"

王泽岩努力睁开眼睛,摇摇头,又"咚"一声垂下脑袋。

靳川问:"你们生产的纳米虫都在实验室吗?"

"不是啊,我们拿来做实验的只是一小部分……"

靳川舔了舔嘴唇,说:"那主要的呢?"

王泽岩不胜酒力,脑袋伏在吧台上,嘴里咕隆咕隆的,不知道在说些什么。靳川凑近了,又问一遍,王泽岩才抬起头,眼睛已经睁不开了,迷迷糊糊道:"工厂生产的'华佗'主要储存在业务部,是西蒙·安德森主管的……"

靳川咂摸着这个名字,脸上醉容一点点隐没,像是酒吧外逐渐笼罩的夜色。

他点点头,准备离开,但看着趴在吧台上的王泽岩,拍拍他的肩膀,道:"走吧,我送你回家。"

王泽岩的脚已经瘫软,鼻子喷出粗重的气息。靳川连问好几遍,才问清他的住址。

这是新洛杉矶里随处可见的狭小公寓,专门供职场单身人士租用,房间里显眼的只有一张床和一台电脑,其余物件也都是必需品。靳川把王泽岩扶在床上,环视一周,从这些整洁而简陋的布置中,可以轻易地看出王泽岩这些年生活的清苦和自律。

屋子里唯一不是生活必需品的是贴在墙上的一幅字画。

普通的毛笔字,简单的宣纸,没有牌匾,只是粗糙地贴在床前墙壁上。宣纸已经泛黄,看样子有年头了,但上面十四个行书大字依然醒目——

多少长安名利客，机关用尽不如君。

这两行诗挂在床头，王泽岩每天早上醒来的第一眼，就是看到它们。不知道那时候，他会是怎样的心情，会不会愣愣地看着字画，再看向窗外逐渐苏醒的庞然城市，恍然间有种错觉，仿佛置身到了久远时代的古城长安？或许在王泽岩眼中，新洛杉矶跟长安并没有什么区别，一样的灯火辉煌，一样的车马喧哗，一样有无数人削尖了脑袋想进来，却只能蜗居在狭小的空间里，听着集市嘈杂的人声，独自入眠。

靳川转过头，床上的王泽岩已经睡熟，还夹着隐隐的鼾声。靳川叹息一声，按灭了灯，在黑暗中离去。

小小的屋子沉在黑暗里，靳川的脚步消失之后，屋子里持续响起的鼾声也消失了。

有人在黑暗里睁开了眼睛。

6

"X，我们工作似乎陷入了困境，对此，你没有什么想说的
吗？"

话音刚落，所有人的目光都朝向长桌顶端，他们视线的焦
点依然是一道若隐若现的黑影。"这么说，"黑影的手指在桌上轻
轻敲击，"罗伯特，你现在是来找我兴师问罪了？"

罗伯特说："我怎么敢，你可是董事局直接任命的，掌管神域
项目的一切，但现在，事情的进展显然已经超出你的掌管范围
了。"

高挑女人爱丽丝一直坐在黑影身旁，转头看过来，"罗伯特，
你要为你说的话负责。"

"我并没有说谎，"罗伯特站起来，高清全息画面下，他的脸
上有隐隐的幸灾乐祸，"整个神域项目，重中之重是伊甸园，对亚
当们的研究才是项目成立之初就确定的目标。结果呢，现在伊
甸园出事，亚当0764逃走，虽然我们在地下城的出口找到了他的
尸体，但他身体里的虫王不知所踪，其余亚当葬身火海。这个损
失是无法估量的。没有虫王，我们的研究就前功尽弃了，这么多

人力、物力投下去，要是真的打了水漂，即使是董事局，也不能当什么都没发生吧。"

黑影点点头，"你说得对，如果找不到虫王，董事局也保不住我。"

"还有，昨天你的女——"罗伯特轻咳了一声，把后面的话咽进嘴里。尽管仲裁委员会人人都猜测X就是吕先生，这已经是公开的秘密，但既然X执意要在会议上以黑影的形象出现，就还是不要捅破这最后的窗户纸。不过要不了多久了，只要把X拉下马，自己坐上桌首，一切就不同了……他收敛了思绪，清清嗓子，继续说："我们都知道神域项目的真正目的是扩展人脑极限，吕成琳负责的华佗项目只是我们布置在外面的幌子，用以遮盖巨大的资金流和实验器具的去向，但昨天吕成琳把我们都召集起来，宣布发现了纳米虫的智能思维……尽管我们已经把那个叫查尔斯的职员控制起来了，但这无疑是危险的信号。如果舞台上的戏子都能窥见后台幕布里的端倪，那么，那些观众也可能很快知道我们在做什么了。"

一片沉默。

罗伯特对这个效果很满意，刻意顿了顿，又说："大家有去伊甸园的废品处理间看过吗，相信我，你们一定不愿意去的。我去过一次，从此不能吃生肉，所以我不得不再次提醒大家——我们进行的实验，是违背伦理与法律的，是只能待在暗处。我们得到的每一个结果、每一个数据背后，都有淋漓的鲜血。如果事情暴露，各位的名声、财富和家庭，都会土崩瓦解。"

他说完后坐下来，在凝重的氛围中直视黑影。

"还有人要补充的吗？"X问道。

回应他的只有浓重的沉默。所有人都在等着 X 的解释。

"既然没有,"X 轻轻歪了歪脖子,清脆的咔擦声响起,"那就散会吧。"

"你!"罗伯特站起来,脸上肥肉堆成一团,"吕先生,我敬你是公司元老,处处给你留着面子! 现在出了这么大娄子,你说都不说一声,就想打发我们?"

"我没有向你们解释的义务。"

"你搞独裁!"

"你可以把这句话呈给董事局。他们会告诉你,独裁是我的权力,服从是你的职责。"X 说完,重复道,"散会。"

全息人影一条条淡去,只有 X 独坐桌前,似乎陷入了深思。

"咳……"

X 抬起头,发现长桌侧面的安德森没有退出会议系统,正目光灼灼地看过来。

"你也要像罗伯特一样威胁我?"X 淡淡道,"那你应该在他们都在的时候说,会有威慑力一些。"

安德森摇摇头,"不,罗伯特那点儿心思,谁看不出来呢。我跟他不一样。"

"是吗?"

安德森在 X 的目光下,有些不自然,脑袋在幽暗环境中泛起了青光,"当然……"

"你的心思其实很简单——在这个项目中捞好处。这没有问题,我很欢迎,有所求,才会有行动力,而且你的心思并没有危害,所以你暗中把纳米虫运出去,做成毒品在市场上售卖,我也没有管。"

"啊?"安德森的光头上冒出了几粒汗珠。他深知自己做这件事的风险,把珍贵的技术偷出来,私设工厂,大量复制纳米虫,虽然配置没有实验室里的高,但足以编程为只刺激多巴胺分泌的纳米机械,以高价卖出。他以为这件事做得隐秘,却没想到,一切都被X看在眼里。

X看着他,虽然表情模糊不定,但安德森能感觉到那种洞悉一切的眼神。

"说出你的目的。"X说。

"我想……"安德森吞了口唾沫,说,"我想申请使用赤魔。"

"哦?"

"我要解决一个麻烦。"

X问:"什么麻烦?"

"有个人一直针对我捣乱,搞砸好几起红虫交易了。"

"以你的手腕,还有你手下豢养的那些打手,会搞不定区区一个人?"

"这人有些奇怪,脸上一道胎记,做事狠毒,我派去的人都没有回来,而且这个人很可能就是把亚当0764带出地下城的人,因为我找到了当时去地下城的地鼠,那只地鼠说,他是跟亚当0764最后在一起的人。"

"也就是说?"

安德森连忙接道:"也就是说,我们要找的红王很可能就在他身上!"

X继续沉思,指节落在会议桌桌面上。过了好一阵子,安德森都怀疑是会议系统下线了,眼前的人不过是迟滞的全息影像。"X?"他试探地问道。

"好吧，"X抬起头，幽暗的脸庞盯着安德森，"你想要赤魔，那我便给你赤魔。"

得到X的批准后，安德森一直悬着的心终于放了下来。尽管他的生活表面上没有什么变化，但他知道，赤魔一定就在暗处，一旦自己有危险，那道红色幽影就会立刻蹿出来，把挡在面前的一切都撕成碎片。

所以安德森甚至故意招摇过市，先是在酒吧找了几个相好，一番发泄之后，已经到了凌晨。披衣离开后，他突然有些不放心，驱车前往城西的隐秘工厂。

他担心的事情并没有发生。工厂一切如常：流水线持续不停地运转，纳米红虫源源不断地被制造出来，机械臂则一刻不停地将特制蜡涂在红虫上，使其成了肉眼可见的红色粉末。然后，粉末在装配线上如流水般泄进一根根透明试管中，工人把试管整齐地码在货箱中，再一箱箱运走。这间工厂承载了大部分的红虫制造任务，为了节约成本，红虫的成品率并不高，有些根本没有达到纳米精度，有些则无法运转，但这不妨碍它在黑市上受到的狂热追捧。每一天，都有一车车红虫被运出去，运到联盟各个星球；每一晚，都有数不清的钱从各个星球涌进来。

安德森看着这一派忙碌的景象，心下稍定，走出工厂。

工厂入口是伪装的地下车库，由两名壮汉把守，安德森进来的时候，壮汉一直在点头哈腰。他对这个态度很满意，但等他出去时，却没有看到两个壮汉的身影。

他四下里扫视一遍，看到一辆轿车底下，直挺挺地露出了一双脚，看制服，是属于保安的。

"既然都来了，"安德森大声说，"那就出来吧。"

车库南边角落的阴影里走出一个人，身体瘦长，衣衫破旧，脸上有一道猩红色的胎记。

"终于，我们碰面了。"安德森说，语气里带着阴寒。他扭头向四周看了看，还是没有看到赤魔的踪影，但不必着急，赤魔一定已经隐藏在了周围的某个角落，伺机而动，择人而噬。

"你就是西蒙·安德森，红虫的制造者？"靳川问。

安德森说："你能跟到这里来，想必早已经知道了我的身份，何必再问？"

靳川点点头。

"我一直没搞明白，你到底想要什么。你像是突然冒出来的，在城里的各个角落里给我的红虫买卖捣乱，你似乎也不想要钱，因为你从现场夺走的，只有红虫。"

"我缺钱，但有些钱不能要。"

"好吧，那你就是神经病了。对不起，"安德森左右望望，赤魔还未露出身影，"我还是跟神经病保持距离吧。"

靳川缓步走来，站到了安德森的面前，他的身高不如安德森，但气场竟逼得安德森后退几步。"我想知道，地下城实验室，那些穿着病号服的男孩，没有腿的男孩们，"他一字一句地说，"跟你有什么关系？"

"原来你是为了这个？"安德森惊疑道，"可这跟你有什么关系呢？那些男孩都是胚胎克隆，无亲无故，从生到死都在实验室里……"

靳川一拳痛击在安德森腰间，在他弯腰低号时，又提膝一击，使安德森嘴里爆出了一蓬血光和两颗牙齿。他抓着安德森的衣领,让这颗带血的光头凑近自己,说道:"是你主导的实验吗?"

"我哪有这个能力,是仲裁委员会啊——"安德森一边说,目光一边向四周乱扫,该死,赤魔怎么还不出现?

赤魔没出来,车库入口倒是涌来了七八名保安,想来是因为听到了安德森的惨呼。保安们一见到靳川,立刻大呼小叫地冲过来,靳川冷哼一声,松开安德森,迎向了保安。

安德森大口喘息,看一眼战团,心里终于安定了些。妈的,果然还是保安比较可靠,要指望赤魔,说不定就被这个人给杀了。

但保安挡不了多久,此地也不宜久留。安德森站起来,绕过战团,走到出口。外面夜深雾浓,这荒僻的城北远不如市中心那样灯火辉煌,在夜雾缭绕下,只显得瘆人。不过没关系,只要上了车,就能离开这里,就能安全。

他走到车前,敲了敲,但司机没有像往常一样给他打开车门。他疑惑地拉开门把手,车门打开,一股浓重的血腥气扑面而来。

司机被人以重手法击杀,身体几乎裂开,瘫在驾驶座上。一支长柄聚能手枪躺在车窗旁,只拉了保险,还没来得及开枪,可以想见危险来得多么迅速。

腥味弥漫,血积满了车厢。

"咚!"

车身突然一震,像是重物落在车顶,紧跟着安德森感到自己被什么给提了起来,身子凌空,然后又横摔出去。

"妈……"在地上滚了四五圈之后,安德森终于停了下来,浑身灼烧一般的疼痛,然而看清是谁下的手之后,他的震惊完全盖过了痛苦,"是你!"

是赤魔。

这个半生物半机械的怪物,蹲伏在轿车旁,浑身的红色毛发在雾气中像是一团流动的血。他吭哧吭哧地喘着气,眼睛比周身毛发更加血红,幽幽地盯着安德森。

安德森突然明白了:X没有骗他,赤魔一直在他周围逡巡,也确实是伺机而出,择人而噬。但赤魔要噬的人,却是自己。

"吼!"赤魔咆哮一声,四足蹬地,直扑而来。

安德森所看到的最后景象,就是眼中划过的这一道血色流光。

把最后一个保安放倒,靳川左右环顾,发现安德森已经不见了。他冷笑一声,鼻翼抽动,突然闻到了血腥气。

他没有对保安下杀手,血腥气只能来自车库外。

果然,在车库门外不远处,他看到了安德森倒在血泊里的尸体。

这个狂傲一生的男人,制毒贩毒的大亨,倒下的时候,跟任何一个死人相比,没有区别。

还未多想,一声粗重的喘息在他脖子后面响起,伴随着血腥气息,喷在他的脖颈皮肤上。

熟悉的气息……

靳川毫不犹豫地向前一扑,躲过了身后扫来的雷霆一击。他扑到安德森的轿车前,压根儿不敢向后看,顺着车轮缝隙就钻了进去。但还没等他喘息,"咚"一声巨响传来,两吨重的全金属轿车竟被撞得向右侧翻倒,"咚咚",再猛撞两下,车身吃不住劲,整个翻倒在路边。

雾气似乎浓了不少。靳川转过身,看到雾气缭绕中,一个庞然身躯站着,两道凶狠的目光透过雾,定定地落在靳川脸上。

靳川暗暗地吞了口唾沫,眼角余光里出现了一柄黑色的长柄聚能手枪——想来是赤魔刚刚撞翻轿车时,从车窗里掉出来的。他一边盯着赤魔,一边慢慢挪向右侧。

一阵夜风刮来,将他与赤魔之间的雾气吹得散了些,赤魔的身影清晰起来。它微微佝偻,手臂奇长,上面有血顺着毛发流下来,滴答滴答,犹如棺材里传出来的沉闷心跳。

"吼!"

靳川猛地伸出手,握住了枪柄,随即一边蹬腿一边向后连射;咆哮声中,赤魔已然扑来,但几乎串成一线的聚能光束射中了它的肩膀,即使是半生物半机械也能被激光洞穿,剧痛使得它的咆哮都出现了变音。

有门!靳川心里一喜,手上不停地连射。手枪功率达到最大,整个枪身都发热起来了。

浓雾也因为高能光束的洞穿,而出现了一道道洞线,但很快又被雾气吞没。

赤魔吃痛,不得不暂时躲避,他的身体在动力机械和强韧肌肉协同作用下,高跃低纵,快捷如电,靳川一时也难以瞄准。

不过这样的僵持并没有持续多久——靳川的手枪因高频射击,不到三分钟电源就耗竭殆尽。

这下可惨了……靳川徒劳地把手枪扔出去,这下倒是砸中了赤魔的头颅,但它只摆了摆脑袋,发出残忍的讥笑声。

靳川的脖子被钳住,挣扎不脱,满脸通红。正当他以为自己要横死当场时,却见红魔掏出了一根装满红色液体的试管,放在了靳川嘴里。

试管开了一个小口,里面的液体流到靳川舌头上,又腥又咸。

是人血。

他还未多想,赤魔已经加大了手上的劲道。窒息感传来,靳川身上的力气渐渐消失,意识也像是水上枯叶般,慢慢浸湿,慢慢下沉……

你可以求我。

你是谁?

我就是你。你的手就是我的手,你的腿就是我的腿,你的心脏和大脑,就是我的心脏和大脑。

你……你就是寄生在我体内的东西?

换成"共生"会更好一些。我们的时间不多了,你应该求我了。

求你什么?

求我取代你。我本可以占领你的神经和大脑,但你的意志力很强韧,有意思,我从没有碰到过这么坚硬的意志。但现在,你遇到了危险,很快你就要死了。

我看得出来。

现在,站在你和死亡中间的只有我。

你有什么办法救我吗?

我当然有,但你必须臣服于我。你把你的手、脚、心脏和脑袋都交给我。

凡事总有代价。

当然。我会熟悉你身体,让你的身体适应我,我离完全接管你的身体更近了一步。你还可以再考虑,但我不得不提醒你,你和死亡之间的间隙正在收紧,我快要被挤出来了。

成交。

"轰!"

巨响从隐秘的工厂里传来,震碎夜色,连赤魔也吃了一惊,转头回看。

爆炸来自工厂的各个角落。装配线上,微操机械臂的尖端破开;流水履带上,一根根试管炸裂,红粉如雾气一样在空中扩散;集装箱在轰然声响中成为碎片,里面整齐摆好的红虫被炸到空中,浓密如雪。

这些大大小小的爆炸是发生在同一瞬间,所以巨响只有一声。

工人们惊愕地看着空气中的粉末,纷纷后退。这是从未有过的景象。红虫确实有行动能力,但它们受程序控制,只有在进入人体后才会定向溯游。在工厂里,这些红虫向来跟灰尘一样。

仿佛起了风,粉末从工厂各个角落里飘出来,在偌大的装配车间汇合。由烟雾般的形状聚成了有实质的流沙,并旋转着。它们快速切割空气,组成了直径超过五米的龙卷风,不,看上去更像是一条血色的巨蟒在场中疯狂扭动身躯。

"快……"有人嘶哑地喊道,"快跑!"

工人们如梦初醒,纷纷向各个出口奔去。

血色巨蟒突然停顿。它违反了物理学定律,由极其高速的旋转到静止状态,只有一瞬。它现在仿佛是一座由红色金属雕铸而成的蛇像。一秒钟过后,这座雕像无声瓦解,红色粉末向四周扩散而去。

那像是一股吹向四面八方的风,由于体积扩大,稀薄了许多,颜色由之前的血红变成了粉色。这是无害的颜色。然而,这阵粉色的风拂过装配带,装配带便像风化了千年的石头一样塌落成屑;它掠过慌忙逃窜的工人,工人们便被抽取了生命,以奔跑的姿势摔倒在地,血肉皮骨尽成灰烬。

整个隐秘的工厂顷刻间消失。

赤魔的眼睛闪烁了几次,似乎也有恐惧,回过头来准备将靳川扼杀,但它看到的靳川也不同了。

靳川双目变红,不是充血那种红,而是往外放出血光的炙红。

赤魔错愕。

"呃……"靳川的喉咙发出一阵怪音,"葬在风里吧。"

那阵粉色的风已经吹拂到了路边,淡得几乎不可见。靳川眼中红光大盛,空中粉末听到了无声的号令,再度聚合,狂潮般涌向赤魔。

赤魔慢了一瞬,右手被狂潮卷入,立刻搅成了齑粉。它几乎毫不迟疑,松了靳川便逃。它被野兽的本能驱使着,肌肉紧绷,机械狂转,几个跳跃间便没入了浓雾中。

于是,路边便只剩下了靳川。

他身处红潮的簇拥中,衣衫化为粉末,赤裸的身体竟被凌空托起。他的喉咙继续发出怪声,此时听得真切了——这是笑声,比赤魔更残忍的笑声。在诡异的笑声中,他伸出手,红潮随着他的手势涌动,如猛兽蛰伏。

一个住在附近的男孩被爆炸声吸引,走到路边,好奇地看过来。浓雾中,他只能看到两团光亮飘浮在空中,还有一些红色的东西,不停地涌动,像是风中的红帘。

但靳川看清了这个男孩,他嘴角扬起,眼里红芒暴涨。

红潮分出一支,低伏前行,大蛇般破开雾气,向男孩噬咬而去。

男孩惊叫,捂住了眼睛。

但他等了半天,也只感觉到夜风抚动,浓雾微湿,脸上有淡淡的凉意。他颤抖着睁开眼睛,什么都看不清,大着胆子往前走几步,终于看到了那个在路边喘息的男人。

靳川跌坐在地,眼里的光芒已经熄灭,眸中露出的神色不再是疯狂,而是痛苦与茫然。雾气散开了些,路灯的光终于撕开黑暗,照亮了洒落一地的红虫。这些粉末很快被风吹散,消失无踪。男孩看了一会儿,也转身跑了。

于是这个夜里,就只剩下靳川嘶哑的喘息。

7

"你确定要这么做吗?"吕成琳问。

"相信我。"

吕成琳默默叹息,视线掠过靳川,落到他身后的巨大玻璃箱上。玻璃箱的顶部竖插着一根试管,里面满是黏稠的血液。除此之外,这间屋子里一片空荡。

靳川的要求很简单——待他爬进玻璃箱后,需要她用软胶封死箱盖边缘,将空气隔离,然后等待靳川的手势,砸破箱子。

这并不难,但很奇怪。更奇怪的是吕成琳竟然答应了这个要求。

她对靳川的不辞而别非常生气,加上这几天忙得连轴转,心烦意乱,所以看到靳川向她走过来时,只哼了一声,扭头就走。但靳川拦住了她,告诉她,他的离开是不想让她陷入危险,于是她就原谅了他。她恨自己的软弱,但对此也无可奈何。

"一定要记住,我向你做了手势后,才能砸玻璃。不管发生什么,你都不要动。"进玻璃箱之前,靳川再次叮嘱道。

"如果你——"她犹豫了一下,没有把后面的话说完。

靳川目光深沉地看着她,"对,哪怕我在里面窒息而死,你也不要动。答应我。"

吕成琳一愣,下意识地点头。

靳川爬进玻璃箱,里面的空间刚好容他抱膝坐下。"封吧。"他说罢,便低下了头。

吕成琳拿起软胶喷筒,沿着玻璃箱的四边喷了一圈,软胶很快凝固,将箱盖的缝隙堵得严严实实。喷完后,她提着扳手,后退了一步,又觉得距离过远,连忙上前一步,死死地盯着靳川。

玻璃箱里的氧气渐渐减少。

靳川的呼吸刚开始还平稳,几分钟过后脸色逐渐青紫,尤其是右脸,一条青筋像蚯蚓般钻到了皮肤表层。他把头埋在膝盖间,两手扣紧。

吕成琳有些担心,又怕打扰到他,提着扳手的手忍不住颤动。

时间在这间屋子里过得极慢。靳川的气息变得粗重,但玻璃箱里已经没有氧气供他呼吸了,窒息感如约而至,心跳加速,但搏动微弱,呼吸由快变慢,但不管怎么喘气,肺部都已经不能完成气体交换了。

接下来,是眩晕感。

你在杀死你自己。

不,我是在杀死你。

我不会死的。我跟你不一样,我不需要空气,我不需要食物。

但你需要血,你从血液中获得动力。如果我的血液凝固,你会陷在凝滞中,开始休眠,任人宰割。任何一个小孩就能让你毁灭。

但你会比我先死。

嗯。

你不在乎?

反正你在我体内,迟早我也会被你占领,相比行尸走肉,我宁愿成为一具真正的尸体。

不,即使你这么狠,这个箱子外站着的女人也不会看着你死。她手里的扳手随时会打破玻璃。你逃不了的,你的身体属于我,你不用徒劳挣扎。

不,没有我的手势,她不会动手。

看来,我们要赌一赌了。

吕成琳此时的心跳并不比靳川刚开始窒息时慢多少。她的眼睛干涩得很,但不敢眨一下,怕错过靳川的手势。

而玻璃箱里的靳川一直把头埋在膝间,除了手上偶尔传来的轻微痉挛,再无其他动作。这个姿势持续了很久,她分不清靳川是在竭力忍耐,还是已经昏迷。

万一他陷入昏迷,做不了手势……她一个激灵,提起扳手就要砸下去,但扳手快碰到玻璃时,又停了下来。

她想起了靳川进入箱子前的眼神。

他那么安静地恳求她,那种深沉的眼神像两颗星子般浮了起来,幽幽地与她对视。

"你最好别骗我……"她喃喃道,像是在对玻璃箱里的靳川说,又像是说给自己听。

看来你输了。

妈的，你都快死了还这么高兴。

你不懂……这是被人信任的喜悦。

是的！是的！是的！我不懂你们这个该死的物种！她拿着你生命的钥匙，却迟迟不捅进锁眼，你居然还很高兴！好吧，我服输，你怎么样才能不死？

你进到箱子顶上的试管里。

这不可能。这试管里的虽然也是新鲜血液，但很快会凝固，我依然会陷入休眠，我依然任人宰割。

是的，你会落入我手里，我还没有想好怎么处置你。可能我会毁灭你，可能我会留着你，但总之，你不会像以前一样随时侵蚀我的身体了，你也不能操控那些纳米虫了。

你很诚实。你的诚实让我不安。

如果你不乖乖地钻进试管，我就会窒息而死，今天晚上我的尸体就会焚化，你必死无疑。而你进去就只是可能会死，处境改善了很多。

你真可怕。

所以你要明白，现在挡在你和死亡之间的，只有我。

听到这句话，真是觉得讽刺。

快做决定吧。

难道我还有选择吗？

不知是不是错觉，靳川明明已经昏厥，吕成琳却看到他身体里透出一抹红影，薄雾一般飘进了箱子顶部的试管。红影没入之后,试管头检测到重量变化,"咔"的一声,露出的一丝缝隙合上了。

吕成琳正在惊奇,靳川的右手突然抽搐一下,手掌微微张开,食指与中指合并,无名指与小指合并。这正是他说过的手势。吕成琳眼睛一闭,抄起扳手砸下。

"砰!"

玻璃破碎,靳川猛然睁开眼睛,大口喘息,胸口像风箱一样起伏。

见他活过来,吕成琳心里一松,随即升起一股怒气。她把扳手一扔,道:"现在,你总得向我解释一点儿什么了吧?"

"好的,不过你先等一下。"靳川虚弱地说。

喘匀了气,他先是在满地碎玻璃中找到了那根试管。试管里的血液仿佛沸腾,拿在手里,靳川能感觉到里面传来的无声呐喊,夹杂着不甘与愤怒。但很快,试管就恢复了平静,像是一管凝固的红胶。靳川把试管放进口袋,然后走到屋子外。卷卷在外面等了很久,已经靠着门扉睡着了。他脱下外套,小心地盖在她身上。

忙完了这些他才回到吕成琳身前,说:"我知道你有疑惑,我会解释给你听。你问的任何问题我都会回答。"

但吕成琳一时千头万绪,竟不知从何问起。她想了想,说:"前几天你为什么要不辞而别?"

"我遇到了狙杀,不想连累你。"

"你连累得还少么?"吕成琳冷哼一声,又立刻问道,"你得罪了谁吗?"

"是的,我得罪了整个新洛杉矶,不,甚至整个联盟最不能得罪的势力。"

吕成琳心里一沉。

"疆域公司。"靳川缓缓地说出这四个字。

身为疆域公司的中层,吕成琳自然知道这四个字的意义——它绝不仅仅是一家公司,它根枝庞大,触手伸至联盟的每一个角落,它更像是一个帝国。在人类还蜗居在地球的古老年代,疆域公司就已经崛起。踏入星际时代以后,它更是以恐怖的速度发展壮大,涉及家居、交通、医疗、矿业、武器、文化等领域,几乎每一个联盟子民身上都至少会有一件疆域公司的产品。在人类扩张的漫长历史中,它推动过外空间迁徙,引导过政治变革,发动过星际战争——在某种意义上,它代表了人类本身。

"但是……"吕成琳有些结巴,"为什么呢?"

靳川举起那根试管,说:"因为红虫。"

"就是市面上的新型毒品?"吕成琳倒也有所耳闻,但还是疑惑,"可这跟我们有什么关系呢?"

"如果你把红虫放在高倍显微镜下分析,你就会看到这种毒品并不是化学药剂,而是微小机械体。它们不到一纳米,能轻松在细胞间游弋,刺激神经,使人持续产生快感,效果胜过传统毒品百倍,能把智能机械体做到这种精度的只有疆域公司,只有你们。"

"我们? 你是说,我们的'华佗'项目?"

靳川眼神悲悯,看着吕成琳。

吕成琳摇头道:"你说的机械体确实很像实验室里的华佗,可是我们只用于医疗研究,华佗的作用是修复受损细胞,维持机体运行……我们的实验目标里并没有刺激快感神经这一项,而且每一粒华佗里面都要放置极其精密的微型电脑,造价昂贵,拿去当毒品卖,简直是疯了……"

"我知道,这些叫作红虫的毒品是华佗的低配版本。有人窃取了你们的纳米制造技术,用简单的电极板和电池,做成只刺激神经的毒品,高价贩卖。这个人名叫西蒙·安德森。"

"西蒙·安德森? 不可能! X掌管仲裁委员会,如果安德森盗取核心技术来谋私利,X一定会知道!"

"是的,你口中的X确实知道,但他默许了。安德森的毒品买卖,需要制作纳米虫的原料,这个环节能够给'神域'项目带来大量资金。"

吕成琳只感觉头脑一阵麻木,愣了几秒,问:"'神域'项目又是什么?"

靳川的目光带着悲悯,说:"看来你果然什么都不知道——你所研究的'华佗',只是'神域'的幌子。疆域公司真正倾尽全力研究的,并不是医疗修复,你们只是台前的戏子,用来掩盖背后真正的目的。资金流通过你们,流向地底深处;审查也被你们挡在门外,无法窥知门内的残忍实验。"

"不会的!'华佗'是公司五星项目,由董事局直接批准。上设仲裁委员会,管控一切事宜,下设专项实验室,能够调用公司所有资源进行分析……"吕成琳刚开始还底气十足,但说着说着,突然想起那些去向不明的预算,采购单上那些奇奇怪怪的仪器,那些突然被调走的员工……她的话音便低落下来。

"你也察觉到了吧,'华佗'项目只是舞台上露出的一角,真正黑暗庞大的部分,还在幕布后面。"

"到底是什么?"

"我还不清楚。"靳川摇摇头,"我只知道,一定很血腥邪恶。这座城市的底下,有一座实验室,里面关押了很多小孩。他们的身体里被灌注红虫,但得到的不是快乐,而是惨无人道的痛苦……"靳川突然有些颤抖,仿佛看到了记忆里最血肉淋漓的画面,"我曾经见过一个实验室里的男孩,他在地下实验室里被孕育,最大的心愿是来到地面,看一看太阳。但就在我把他背出地下城前,他就死了。所以我找到了那个号称'伊甸园'的实验室,我看到了那些男孩的尸体……成琳,你无法想象的,那么多焦黑的尸体排在你面前,散发着恶臭。他们曾经都是鲜活的少年,跟我当初遇见你的时候一样,但他们只能在痛苦中成长,在黑暗中死亡……我推开门的一刻几乎要窒息,是真正的窒息……"

难怪对面这个男人突然变得如此沉默,原来是见到了扑面而来的浓重罪恶。吕成琳先是心疼,继而哀伤,后来又涌起了一阵愤怒,"如果真是囚禁活体人类来进行实验,那确实罪不可赦!"

"所以,我决定替这些死掉的男孩申冤。他们活着的时候没有见到太阳,死了就更不能在黑暗中腐烂,我要挖出这个邪恶实验的所有藤蔓。所有参与这件事的人都要为他们的罪恶而付出代价!所以,成琳,你要帮我!"

吕成琳愣了愣,指着自己的脸问:"我?我什么都不知道……我现在很乱……"

"在地下城里,我只能找到男孩的尸体,进不了实验室。所以出来后,我沿着红虫的线索开始查,因为亚当告诉过我,他对红虫有异常反应。后来,我调查到西蒙·安德森,顺着他摸到了仲裁委员会。但现在西蒙·安德森已经被灭口,一切的答案,都在仲裁委员会里。只有你有权限申请召开仲裁委员会,所以我想请你帮这个忙,我想,想见一见那个X。"

听到X,吕成琳禁不住打了个冷战,说:"你知道你要对抗的是什么吗,X很可能是我——我不知道,但他一定代表了董事局,以他的手腕……"

靳川点点头,眼睛里闪着不可磨灭的光,说:"我知道很危险,但有些事,比命重要一点点,所以要去做。"

这一瞬,吕成琳突然想起了多年前那个下雨的夜晚。那一夜她被靳川一脚踹中屁股,被踢到安全之地,他却返身走向他父辈的阵营,走向那一场实力悬殊的战争。那个时候,他也是这么说的。

她突然有些哽咽。原来这么多年来,他的身体里一直住着那个坚韧隐忍的少年。

"好吧,"她擦拭掉眼角的泪痕,抬起头,冲靳川笑了笑,"我会帮你。"

8

所谓的会议室,其实并不存在。

这套远程会议系统由疆域公司研发,操作非常简单,只需一个摄像头,便可将全息身影投射到虚拟出来的会议室里。现在,吕成琳调暗室内的灯光,站在摄像头下,连入系统。

一间阴森的会议室出现在她眼前,长桌旁坐满了人,每个人的名字都能在疆域公司高层职员目录上查到。唯一的例外在长桌顶端,那里坐着一道模糊的影子,仿佛掉帧严重,看不清楚。但吕成琳知道,人影正看着自己。

"吕总监,正如你申请的,"爱丽丝环顾四周,说,"仲裁委员会如约召开,全部成员到场——"她看到斜对面一个空空如也的座位,顿了顿,"安德森没有出现,我们会记录这次缺席,列入他本月的业绩考核。"

"西蒙·安德森不会出现了。"吕成琳站起来,清了下嗓子,"他已经为他的罪行付出了代价。"

这句话引起了众人侧目,只有坐在长桌顶端的 X 没什么动作。

罗伯特扭着头,粗大的脖子被挤出了好几道肉纹,说道:"你刚才所说,是什么意思?"

"西蒙·安德森死了。"

一片惊疑声。

不待他们发问,吕成琳继续说:"他负责原料供应,却偷用公司的技术,私造低劣纳米虫,当成毒品贩卖。这些年来,他害得多少人家破人亡,让多少人沉迷于虚假的快感中,逼得多少人疯狂。他的死远远弥补不了他的罪。"

她的每一个字都像是小锤子一样,敲击在每一个与会者的心头。坐在桌边的这些大佬们互相看看,脸上都有些不自然。

"你们并不吃惊,想来多少都知道安德森所做的事情,或者说都应该收到过他的贿赂吧。"

"啪!"罗伯特脸上青白不定,猛拍一下桌子,道:"够了!吕成琳,请注意你的言辞!这间会议室里,每一个人的地位都比你要高,都代表了公司的权威!我们没有时间坐在这里听你对一名高管的指控!公司有专门的纪律监察部门,他们会负责调查安德森的所作所为。"

吕成琳摇摇头,"监察部门管不到他。"

"笑话!监察部门与所有部门独立开,由董事局授权,哪怕是'华佗'这样的五星项目,也能随时介入!"

"但安德森涉及的是七星项目。"

屋子里安静了一瞬。所有人的目光都汇聚在吕成琳脸上,那些目光似乎有了温度,灼得她脸疼。过了一会儿,他们又把目光转回到X身上。X依旧沉默着。

"自从'神之引擎'结束后,公司已经整整两百年没有再开过七星项目了。"X敲着桌面,淡淡地说。

"神域。"

桌上诸人纷纷变色,X却是波澜不惊,道:"以你的权限,这两个字不应该从你嘴里说出来。"

吕成琳说:"是的,我的权限不配知道,我也不想知道。我既不想知道罗伯特调用巨额资金,雇用黑帮在到处抓捕孕妇,夺取她们的胚胎;我也不想知道爱丽丝把那些从胚胎孕育而来的男孩囚禁在地底,每天用他们做惨无人道的实验;我更不想知道实验失败后,那些男孩就成了废弃品,尸体在炉子里焚烧,几千几百具尸体啊,难道看到实验报表上的那些数字,你们不会心悸吗?"

"真是失礼!"罗伯特脸色铁青,"我们这些人坐在这里,不是听你来指责的。"他看向X,"X,我早就说过,项目需要严控,现在舞台上的演员已经越过了界限。既然'华佗'已经起不到幌子的作用,我建议立刻罢免吕成琳的总监职务,启动保密协议,她未来十年的一举一动都要接受公司专员的看管!同时,严查项目各个流程,所有成员接受全面的调查,不设任何调查底线,秘密从哪里泄露出去的,就砍掉哪里!另外我还建议转移实验关键数据,重设伊甸——"

X压了压手,打断了罗伯特的话,依旧是朝着吕成琳,语气古井无波,"所以你申请召开仲裁委员会全员会议,到底是什么目的呢?"

吕成琳直视X,说:"我只是不解,你们做了这些事情,能够心安理得吗?那么多失去了儿女的母亲,那么多被囚禁的孩子,一个个都被拖入了这种邪恶的实验……我想知道,到底是什么原因,能够使得你们枉顾人命,无视这么浓烈的血腥罪恶,一个个前仆后继地投入进去。"

"你不会理解我们所做事情的伟大之处,"X说,"我也没有义务向你解释。"

"那我呢?"屋子里突然响起一个陌生的声音。

会议系统提示声音是从吕成琳的话筒里传出来的,但明显是一个男声。所有人都看过来,在他们的目光中,吕成琳站起身,她的身影仿佛掉帧,闪了几次后便消失了。尔后,全息摄像头的视角向后移动,在身后的黑暗里,一个高瘦的人影慢慢地清晰起来。

略带蓝色的光辉照在他脸上,勾勒出瘦削、坚硬的轮廓,以及他右颊上那道血色印记。

"你好,"半晌后,X说,"你刚才一直在吕成琳身后吧?"

靳川点点头。

"她能为你违反公司约定,把你带到这次会议上,看来你对她很重要。"

靳川说:"她是很坚强的女孩子,知道自己要做什么。"

X嗤笑一声,"哼,也只不过是个脆弱的女人。"

"你不是吕先生,"靳川问道,"你是谁?"

"我是谁不重要,重要的是,你知道你正在跟谁作对吗? 你站在这个位置上,在你对面的,不是一个人,不是一家公司,而是整个历史。"X轻轻地敲着桌子,声音如同迟缓的心跳,"我们要做的事情,你无法理解,你也不必理解。你只能静待历史滚滚而过,在烟尘过后,你会看到我们对这个世界做出的贡献。你阻碍不了分毫!"

"如果,我公开这次会议的内容呢?"

X语气一窒,"什么?"

"这场会议的全过程,正在被录制。你们做的事情,全联盟都会知道。"

"你!"听到这里,罗伯特愤然而起,道,"吕成琳可是签了保密协议的!"说完,他伸手一挥,断开了全息连接。

其余人也纷纷起身,看了靳川一眼,身影淡去。

转眼间,会议室便空了下来。

只有长桌尽头的X依旧坐着。幽暗光线下,他的身影更加淡了,像是一团凝固的烟。

靳川坐下来,隔着长长的虚拟木桌,与X对视。

"你似乎一点儿都不惊慌?"他问。

"有什么可以惊慌的呢,"X的身影很模糊,但能看得出来,他做了个耸肩的动作,"一切才刚刚开始。"

"不,你的神域已经完蛋了。"

"你阻止不了我,"X站起来,会议系统逐渐断线,所有的虚拟景象都在消失,"你只是一个人,对抗不了这个世界。"

9

　　"要变天了……"人们看着外面的天色,心里想。

　　罕见的阴沉笼罩了这座城市。从早上开始,阴云就聚集在城市上空,逐渐压低,一些在高层上班的人甚至能够看到云在窗外缓缓下沉。雨却是迟迟不下。到傍晚时,人们都躲在家里,忧虑地等待着什么。

　　这些天,新洛杉矶城也颇不平静。有人发现,疆域公司的人事变动突然频繁起来,穿着黑色正装的男人们在总部大楼里进进出出,都是面无表情,连官网也停止更新了。还有人信誓旦旦地说,看到外壳标有紫色荆棘花的飞船降落在了新洛杉矶城港口的VIP通道——纹有这个标志的飞船,全联盟只有疆域公司董事局的七人才能乘坐。

　　一切都像是暴风雨来临前的宁静,压抑得令人屏息。

　　但对卷卷来说,世界并没有什么不一样。她和靳川并排坐在吕成琳家门口,靳川拿着那个破旧背包,正低头维修着外骨骼线路。卷卷则专心致志地用勺子挖一盒冰淇淋,小口小口地吃。暮色在空气中发酵,逐渐变浓,路灯亮起来,照亮了这两个屋檐下的身影。

这时,轿车碾压路面的声音响起。

靳川和卷卷同时抬头。

四辆黑色的轿车无声驶来,在屋前的空地上一字排开。"唰",车的前门滑开,每辆车里都下来一个穿西装戴墨镜的男人。

卷卷不禁笑了,"黑社会怎么都这样啊?"

靳川也笑了笑,说:"是司机……"

果然,正装男人一言不发地走到车后,打开后座车门,露出里面坐着的人。

相比司机们的整齐划一,这四个人就各不相同了——第一辆车里是一个唐装老人,老得仿佛是刚从棺材里爬出来,脸上衰朽得满是老年斑,袖子里露出的手干脆只剩下骨头和皮,几乎与骷髅无异;第二辆车里则坐着一个丰腴少妇,坐姿端庄,脸上脂粉奢华,贵气逼人;第三辆车里是一个病快快的年轻人,正拿着手帕,轻轻地咳嗽,依稀可见手帕上溅有血丝;第四辆车里居然是一个十来岁的男孩,正襟危坐,一身黑色礼服,胸口处甚至还扎了礼结。

"这些奇奇怪怪的人是怎么回事啊?"卷卷吃了一口冰淇淋,舔了舔嘴唇,"怎么看上去像马戏团啊?"

靳川的目光在这四个人身上逐一掠过,面色凝重。

四个人走出来,错落地站在吕成琳家门口。

"靳川先生,你好。"当先的老人伸出手,"很抱歉没有预约就突然造访。"

靳川伸手与他握了握,骨头咯得他手疼。他环视一周,说:"我这个人很随便,坐在街边,你们才是需要预约才能见到的人吧。"

"知道就好。"老人右边的贵妇皱眉道。

"咳咳……"年轻人捂住嘴,用力地咳嗽。

小男孩则板着脸,不屑于跟靳川交谈。

"卷卷,该吃——"门被打开,吕成琳边说边走出来,但看到门口的四个人,一下子呆住了。过了好几秒,她才反应过来,慌忙低声说:"董——"

她只说了一个字,就被老人制止了。老人冲她一笑,露出光秃秃的牙龈,说:"我们只是公司的普通员工,跟你一样。"然后转向靳川,语气谦和,"我们这个部门比较小,只有七个人,还有三个人在外面出差,实在赶不过来,所以由我们四个人出面,希望你别介意。因为之前一直听说,靳川先生对我们公司的某些工作有不满,我们非常重视,所以特地赶过来,希望能够有所弥补。"

"你要开什么条件,尽管说。"少妇不耐烦道。

"咳咳……"年轻人拍了拍胸膛。

小男孩扬起下巴,斜睨靳川。

靳川低头笑笑,"我能有什么条件呢?那么多条人命摆着,我不能代表他们开条件。"

"对这一点,我们很遗憾。我们来之前,已经派人去联系了所有男孩的家属——虽然他们是克隆出生,但也找到了原胚胎的出处。这些家庭都得到了补助,每户一千万联盟点,不多,但他们这一辈子都可以衣食无忧。"老人招招手,一个黑衣司机提着箱子走上前来,打开箱,里面摆着一沓纸质合同,"这些是谅解书,家属们都表示不会追究了。"

少妇哼了一声,说:"那些男孩对他们来说只是胚胎细胞,没有感情,跟身上的任何一根头发相比都没有区别。一根头发能换一千万,他们恐怕还愿意我们多克隆几次。"

"话也不能……咳咳……"年轻人好容易说出半句话,又被咳嗽堵了回去。

小男孩表情矜贵,不置一词。

"是啊,有钱真好,什么都能堵上。拿了钱的人,一辈子能够衣食无忧了,但那些男孩呢,"靳川的语气有些闷,"他们从生到死都被囚禁在地底,他们的脚被你们用基因技术剪掉,他们想看看太阳。但现在他们都成了焦黑的尸体,躺在地下城里。对他们而言,这张纸有什么意义呢? 在这些纸上面签字的人,甚至从来不知道男孩们的存在。他们不是家人。"

老人点点头,又看了一眼卷卷,说:"那这个女孩,是你的家人吗?"

靳川不解地看着他。

"她生了罕见的病,活不了多久了。"老人伸出手,和蔼地拍了拍卷卷的脑袋,"真是可爱的小姑娘。"

卷卷撇撇嘴,继续吃冰淇淋。

"我知道你踏遍星海,就是想治好她的病,但所有的医院都无能为力,是吧?"

"嗯,最好的医院都没有办法。"

老人直视靳川,目中阴影深不见底,"你错了,全联盟最好的医院是在疆域公司里面。"

靳川手一抖,说:"什么?"

"我是说,"老人一字一顿,"我能救她。"

病快快的年轻人上前一步,说道:"咳咳……我分管公司医疗部,自己也是病理学教授,由我来解释……咳咳,抱歉……由我来解释会好一些。人类如今能够驰骋星辰大海,但很遗憾,却依旧征服不了某些疾病,比如我身上的病。但这位小姑娘,是能够治好的……她得的是多发性硬化晚期,脑袋里的白质炎性脱髓鞘发生病变,已经危及脑内多处区域,但如果用分子刀削掉病变区域,在冷眠环境下,由医生进行以生物质为原料的精微 3D 打印,直接在中枢神经系统上补充蛋白,理论上是能够康复的。我们可以集合全联盟最好的医生,协同做完这台手术。来之前我的团队,咳咳,"他突然一阵剧烈咳嗽,单薄的胸膛起伏不定,好一阵才停下,"我的团队做了手术风险评估,这位小姑娘的手术成功率能达到 76.19%,这个数字很值得尝试。"

靳川站起来,盯着这个年轻人,似乎想从他惨白的脸色中分辨他的话是真是假。年轻人轻轻咳嗽,手帕染血。过了很久,靳川收回目光,深深地鞠躬,"请你救她。"

年轻人连忙扶住他,说:"我们会救她的,只要你……咳咳……"

老人适时地接口道:"只要你答应我们一点小小的要求。"

"什么要求?"

"靳川先生手里有仲裁会的会议视频,想必视频里的画面会令你困扰,这种东西,就交给我们来处理吧。"老人慢条斯理道,"还有一件事,虫王应该也在你手里吧,它是公司财产,还请希望归还。"

靳川闭上眼睛,声音带着苦涩,"然后呢……事情就这么算了吗?"

"希望你能够理解。"老人说,"我们是做服务工作的,服务的对象并非单个客户,而是整个人类群体。神域项目的宗旨是提升人类智力,打开脑域界限。脑域即神域,试验成功后,我们能够在进化树上再攀一枝,站在顶峰。这是人类史上绝无仅有的壮举,所以神域项目在我们七个人中是全票通过的。它一旦开启,就不可能停下,而一切的关键就在红王身上。"

"那,那些死掉的人呢?"

"会有人为此负责的。我们已经撤了一部分人,仲裁委员会的全部成员都会换掉。"

"X也会受到惩罚吗?"

老人摇摇头,"不,除了他。他是项目主导,当初就是他向我们提出了'神域'计划,他在脑科学和人工智能上的造诣固然精深,但折服我们的,是他将二者联系起来的想象力,所以我们才破格将他提拔。他会继续主导这个项目,打开神域之门。"

靳川脸上皱起痛苦的纹路,仿佛是夜色在他脸颊上沉降。他艰难地开口:"可他是最大的凶手啊,因为他,才有那么多男孩被残害。"

"历史的车轮往前,总会碾过什么,留下车辙印。"老人枯瘦的嘴唇一张一合,语气毫无波动,"所以你决定好了吗? 接受我们的条件吧,拯救这个小女孩,然后带着她离开地球。我们会忘掉你对疆域公司所做的事情。"

靳川扭头看着卷卷。

卷卷依旧在吃冰淇淋,仿佛刚刚发生的对话与她无关。她用勺子在冰淇淋盒的内壁刮了一圈,吃掉最后一口,然后把盒子放在一边。她舒服地打了一个嗝。

"阿爸,我困了。"她对靳川说。

靳川眉头颤了颤，痛苦地闭上眼睛。

"没关系，你可以考虑一下。"老人仰头看着天色，起风了，云层缓缓移动，"下雨之前，我们都可以在这里等你的答复。"说完，他转身回到车上。

"抓紧时间！"少妇冷冷地说道，"下雨之后，我们就会换另外一个人，来跟你谈这件事。"

年轻人站了很久，身子有些晃，歉意地对靳川道："失礼了……"便被司机扶回车上。

小男孩依旧神情倨傲，根本不正视靳川。他的目光落到卷卷身上，却露出了矜持的微笑，冲她点了点头，然后转身离开。

靳川把卷卷抱到床上，盖好被子。他蹲在床边。吕成琳靠在门旁，有些哀戚地看着靳川的背影。

"卷卷……"

卷卷打了哈欠，"嗯？"

"前几天，我认识一个小男孩，他说很想跟你做朋友。"

"挺好的呀，"卷卷声音困倦，"他长得好不好看啊？"

靳川挠了挠头，俨然认真回忆了一下，不好意思地说："当时比较暗，我一直没看清，但……应该眉清目秀的吧。"

"没关系啦，人好就可以当好朋友……他在哪里，明天可以陪我玩吗？"

"他死了。"

卷卷翻了个身，眼皮沉重，"好遗憾……"

"还有很多很多和他一样的男孩，也死了。我见过他们的尸体，到现在，他们都还在地底下。"靳川干脆一屁股坐下，手搭着床沿，絮絮叨叨地说，"这世界啊，怎么变成这个样子了……人人都有自己的目的，他们都说要把世界变得更好，怀着这样的信念，就可以无视人命。可是，对你的朋友来说，世界更好了又有什么用呢，因为他们看不到了啊。"

这番絮语是在卷卷耳畔说的，但她闭着眼睛，呼吸均匀，小小的鼻子一抽一抽，似乎已经睡着了。

靳川顿了顿，继续说："我有时候会想一个问题——把一个人和整个世界放在天平的两端，天平会向哪边倾斜呢？很多人肯定要说，当然是要牺牲小我，保住整个世界更重要，但是……真的吗？"他咬了咬嘴唇，神情很是苦恼，"对牺牲的人来说，他的整个世界已经没了啊……"

他陷入了深思。屋外风云集卷，已经能够听到狂风掠过高楼的呼啸声。

过了很久，靳川似乎回过神来了，手指爱怜地在卷卷娴静的面容上划过，说："如果神域计划继续进行，还会有更多的人死，凶手还会逍遥法外……"

听到这句话，吕成琳浑身一颤，捂住了嘴。

靳川看着卷卷，似乎要把这张脸记在心里，良久，他涩声道："卷卷，你不要怪……"后面几个字已经有些哽咽了，难以出口。

卷卷的眉头皱了皱，像是被吵醒了。她看着靳川悲伤的表情，伸出手，她小小的手上还带着余温，在靳川脸上缓缓地摩挲。

"阿爸，"她问道，"你怎么哭了？"

靳川垂下头。

"阿爸，吹口琴给我听吧，"卷卷脸色苍白，但仍然挤出了笑容，"很久没听了……"

靳川在背包里摸索。背包里除了名为"铁冢"的机械外骨骼，还有一个侧袋，他便是从侧袋里摸出一支陈旧的口琴。这支口琴原本是银白色，不知放了多久，外表已经黯淡，锈迹浸染，边角还有些坑洼凹痕。

靳川用袖子擦了擦盖板和吹嘴，轻轻地吹了起来。

口琴的质量本来不是上乘，簧片也在漫长岁月中生了锈，因此靳川吹出的琴声有些哑涩。但他脸颊翕动，吹得如此认真，加上屋外风声沙沙，和在一起，使他的琴声染上了一丝悲凉。口琴在他唇间移动，琴声抑扬起伏，如泣如诉，仿佛古道送别时的萧萧风语。

吕成琳靠着门，默默聆听。

曲子的旋律很熟悉。她听了一会儿，想起来，这首曲子名叫《逝去已久的日子》，是很多年前，她和靳川一起在那间空荡荡的教室里学会的。她已经忘了怎么吹奏，但这一刻，往事无比清晰。她记起了老师教口琴时曾说过，古地球时代，人人都会哼唱这首曲子，但往往是在离别的时候唱起，唱着唱着，便会流泪。这是离别之曲。

屋外风变淡了，云层的集卷似乎也停了下来，仿佛风和云也屏住呼吸，不忍打扰这旋律。

卷卷听着听着，眼睛慢慢地闭上。

一滴泪从她眼角流下，顺着脸颊，划出一道美丽的轨迹。

沙沙，沙沙。

起初吕成琳以为是夜风又起，但她听了一会儿，才意识到，是下雨了。她颤抖了一下，掩面而泣。

靳川仍旧专注地吹奏。

夜晚变得寂静,琴声悠扬,流水一般泻到屋外。路灯的光在琴声中也变成了氤氲的一团,淡淡地洒在四辆轿车的车顶上。

老人听到了琴声,手微微下压,让司机摇下车窗。他把手伸出车窗,侧着脑袋,闭上了眼睛。随着口琴旋律的起伏,他枯瘦的手指也在轻轻敲击车门。

过了一会儿,老人感觉到手指上微微一凉。

他睁开眼睛,望向车外。只见夜空中落下雨丝,在昏暗灯光的晕染下,像是一根根透明的细线垂下来。

"唉……"老人轻叹一声,收回手,"走吧。"

车窗合上,他深邃的眼睛沉在黑暗里。

一曲终了,靳川放下口琴。

卷卷已经睡着了,脸颊上残留着浅浅的泪痕。靳川小心地替她把被子掖好,站起来,走到门边。

吕成琳捂着脸无声痛哭,靳川拍拍她的肩膀,揽她入怀。正要说些什么时,耳朵突然一动,转头看向屋外。

路边的四辆轿车已经离开,雨势渐大,路灯缩成了一小团。而在这幽雨长街之上,不知何时,多了一个影子。

它蹲伏在路边,任大雨淋下,慢慢抬头,露出一双血色的眸子。

"这是……"吕成琳也看到了它,吓了一跳,"要报警吗?"

靳川摇头,叮嘱她待在屋子里,然后提起破旧的背包,来到门外。

"嘶……"赤魔喉咙里发出怪异的叫声,身子慢慢弓起,如猎豹蓄力。它的右臂本来已经被赤潮吞噬,但现在又出现在身上,而且比之前更加粗大。

靳川把背包反背在胸前,按下了顶部按钮。背包里随即嗡嗡震动,过了好几秒,背包四角突然各伸出一根机械臂,完全贴合在靳川手脚上。锈蚀已久的铁冢外骨骼终于再度出鞘,仿佛故人重逢,与他并肩。他深深吸气,浑身的机械骨骼咔嚓震鸣。

一道闪电划过!

在转瞬即逝的光亮中,赤魔突然跃起,直扑而来,而靳川也两脚蹬地,向前蹿出。

两道人影在空中相撞,却未分开,而是纠缠着摔到地面。铁冢感应着靳川的动作,不断地输出动力,使他勉强格住了赤魔的攻击,甚至还行有余力地用膝盖顶住了赤魔小腹。

但他顶到了一块金属,膝盖几乎破碎。

赤魔狂怒,在地上将靳川甩开,继而猛扑。它的身影快如闪电,肉眼几乎捕捉不到。但靳川已经跟前几日不同,在机械的辅助之下,与赤魔正面相搏,并寻机在它脸上留下了一拳。

"砰!"

金属与金属相撞,靳川手指发麻,赤魔脑袋晃了晃,险些站不住。

靳川站起来,在雨中挺直如标枪。

赤魔终于发现,靳川已经跟前几天不一样了。这种感觉更让它狂怒,撕下身上的两丛红毛,鲜血涌出,在剧痛的刺激下,吼声如狂。它扑到靳川身上,抱紧了他。

一阵火花在它怀里闪出。

但靳川也没有闲着,拳头连击,在短短半分钟内击出了四十几拳。

红魔松开双臂,仰头倒在雨中,它一张嘴已经被打烂,但依旧在大口喘息,身上流出的血迅速被雨水冲走。靳川走向它,外骨骼在雨中闪着火花,让他铁青的脸在夜里一隐一没。

"嘶嘶……"赤魔张嘴想咬,但脑袋已经抬不起来了,只能发出类似于呜咽的声音。

靳川俯视着它。在他的目光中,赤魔的呜咽慢慢变低,渐至微不可闻,仿佛声音被雨水溶解了。一起在雨中消逝的,还有它的血,它的身体仿佛血泉一样,大量的血液涌出来,又被水带走。过了很久,血才变淡,它也彻底没了生气,头一歪,停止呜咽。

大雨如瀑,冰冷的雨水灌进它的嘴里。

10

最后的几天,新洛杉矶已经天翻地覆,吕成琳家却异常平静。尤其是卷卷——每天按时起床,按时休息,白天乖巧地坐在沙发上看电视,有时还让靳川和吕成琳出去看电影。

"哎呀,"她推着靳川,"我会好好待在家里,你就跟姐姐出去看电影嘛。"靳川心怀歉意,吕成琳也有些感伤,但推不过,就去附近的电影院里看了一场全息电影。

这是某个星际探险系列电影的新一集,也正是在这场电影里,吕成琳知道了靳川在玻璃箱里那个手势的来源。靳川看得很认真。

他们回家时,意外地发现家里多了一个人,正和卷卷坐在一起看电视上的二维动画片。

"吕先生?"吕成琳走过去,有些诧异。

"回来啦,"吕先生站起来,又低头看着卷卷,叹息一声,"多可爱的孩子,跟你小时候一样。"

吕成琳看着父亲,突然发现,眼前这个男人已经很老了,不仅头发花白,眼神里也没了那股令人胆颤的压迫感。

"我来看看你,另外,我从疆域公司辞职了。"看到吕成琳一脸诧异,吕先生解释道,"并不是因为外面的动荡,我没有参与神域项目,事实上,我被刻意隔离了……是因为我老了,琳琳,我老了。"

吕成琳一时愣住,转头看向靳川。靳川面无表情。

吕先生冲靳川弯下腰,诚挚地说:"对不起,我年轻的时候做了很多错事。"

靳川看着他,努力想把他跟那个杀伐果决、毁灭整个暮星的男人联系在一起,但这是徒劳的,这两个身影无法重合。他眼前站着的只有一个衰老的人。他从门口走过来,抱起卷卷,往卧室走去。

卷卷在他怀里扭了扭,说:"我挺喜欢这位爷爷的。"

"嗯。"

他把卷卷放到床上,转身要走,手指却被卷卷攥住了。

"阿爸,你陪我一会儿。"卷卷说着,闭上了眼睛。

靳川便坐下来。他的手被卷卷拉进了被子,放在她肩旁,但过了很久,被子也不见暖和。他有些奇怪,但又不想吵醒卷卷,就小心地用另一只手帮她掖好被子。又过一会儿,床上越发冰冷,他担心卷卷着凉,伸手去摸卷卷的脸。

他突然颤抖起来,指尖悬在卷卷的额头上,久久不敢落下。

一间简陋的教堂,一位白发苍苍的牧师,几排座椅,两个神情肃穆的男女,再加上主讲台下停放着的一口木棺。

这就是全部了。

没有花圈,没有音乐,没有簇拥的亲友,这场葬礼简单得出奇。

"……感谢上帝赐给她的一生,她已经走完了这条道路,愿上帝接她到怀中安息……"因为人少,牧师无精打采地念着悼词,"你们也不必悲伤,如果上帝将她召唤而去,那是因为上帝需要新的天使。从今往后,愿她侍在上帝左右,永恒福乐。"

念完悼词,牧师慢腾腾地离开。

午后微弱的阳光照进来,透明棺盖里,卷卷的脸庞娴静如初,淡淡生辉。

"你别太难过了……"吕成琳握住靳川的手,轻声地安慰,"她走得很平静。"

靳川愣愣地,过了好久,说:"其实她身上一直很疼,得了多发性硬化,全身的疼是止不住的。但她都忍着,即使晚上睡不着,也会安静地闭着眼睛……是啊,现在她不会再感觉到痛苦了。"

吕成琳抱着他,久久无言。

阳光变暗。

"那接下来呢,"吕成琳问,"你有什么打算?"

"我要找到X,让他付出代价。"

"你为什么这么固执呢,"吕成琳有些激动,"卷卷的死难道都没有让你醒悟吗? 你杀了赤魔,不代表就战胜了疆域公司,如果不是忌惮你会毁灭虫王,他们早就抓住你了。你知道吗,X有一句话是对的——你一个人对抗不了全世界。"

靳川久久不言。

他看着吕成琳的手,这只手的小指上有一道浅浅的疤。他想起了往事,抬头问道:"那你呢? 如果我离开地球,你会跟着我去吗?"

吕成琳也看着他,过了很久,他们的视线错开了。"我……"她嗫嚅道,"我爸爸退休了,这么多年来,他其实一直很爱我,但我从来没有陪过他。他现在老了,孤身一人,我不能离开他。"

两个人的手指,一根根松开。

"但我爱你,成琳,我爱你"

靳川站起来,整理了下衣服,然后转身走向教堂门外。吕成琳伸出手,但终是没有喊出声来。他们中间仿佛隔着一条银河。她就这么伸着手,看着靳川一步步走进午后昏黄的阳光里,消失不见。

天色渐暗,暮晚生霞光。

街上的喧嚣透过玻璃,渗进这间简陋的屋子。王泽岩站在窗边,看着在空中穿梭的一辆辆飞车,看它们从云里钻出来,又一头钻进晚霞里。看得久了,眼睛有些疼,他揉了揉。

屋子的老式液晶电视里,正播放着震惊新洛杉矶城的大新闻:疆域公司主导的邪恶实验涉嫌荼毒人命,大量资料被曝光,涉案人员均被停职,接受警局调查。整个仲裁委员会的高层都因为一段会议视频被指认,戴上了枷锁——除了那个代号为 X 的罪魁祸首。

没有人知道他是谁。警察申请了调查令,但他们查遍了疆域公司的人事部门,都没发现任何跟 X 有关的任命书或合同,公司内网里也没有他的一丝踪迹。他仿佛是一个幽灵,面目模糊地坐在长桌尽头,发号施令,而一旦危险来临,就立刻消失不见。

据说这个案子惊动了疆域公司高层,连董事局成员都被迫接受了采访。但记者问到 X 是谁时,那个枯槁的老人只是微微一笑，并不回答。疆域公司权势熏天，记者也不敢过分追问。

因为这个案子，"华佗"项目也停摆了，实验室上下一片人心惶惶。他们都紧张地追着新闻看，生怕一个不防，自己桌子上就会多出一份解约合同。

但王泽岩听着电视里传出的声音，脸上平静如水。他已经好几天没去上班了，通讯模块里塞满了信息，但都没有吕成琳发来的。所以，他一条都没有读。

他正出神地看着窗外斜阳，门被敲响了。

看到门外的人影后，他先是疑惑，继而露出一抹微笑，"阿川。"

靳川慢吞吞地挪进来，靠着墙。

王泽岩留意到他的步子有些瘸，问道："你受伤了？"

"嗯，不过没关系。"

"你要小心。虽然你是军校毕业的，受过训练，但动手总是无益，老了也会留有遗患的。"

靳川的脸颊抽动了下，愣愣地看着他。

"对了，"王泽岩问，"你来这里有什么事吗？"

"我是来向你告别的。"

"你要走了？"

靳川点头，说："是啊，这里的事情结束了，而我的旅程还没有走完。"

"去哪里呢？"

"不知道，不过联盟疆域这么大，去哪里都可以。"

"那倒是，小时候你就坐在屋顶上，看着星空出神。你跟我们都不一样，你的眼睛里没有脚下，只有远方。星辰大海才是你追求的东西。"王泽岩诚挚地说,"我很羡慕你。"

靳川摇摇头,说:"那你呢,还继续留在这里吗?"

"是啊……我还能去哪里呢?"王泽岩微微抬头,看着床头墙壁上贴着的那幅字,有些出神。斜阳从窗外照进来,投射在他的侧脸上,使他的脸有一半散发着淡淡辉光,另一半则沉在黑暗里。

靳川也看着字画,念道:"多少长安名利客,机关用尽不如君。"他又念了好几遍,声音越来越低,然后说,"这里就是你的长安吧,长安虽好,但长安城里人易老。以你的才华,在哪里过不下去呢,"他缓缓地环视这间出租屋,"为什么一定要在这么清苦的地方生活?"

王泽岩低头一笑,"你的旅程未竟,我也还有一些事情没有做完。"

靳川没有再劝,告辞离开。

他走之前,王泽岩忍不住问:"吕成琳呢,她会跟你一起走吗?"

靳川转头看他,说:"她会继续在疆域公司工作。这里是她生活了十几年的地方,她的家人、朋友和工作都在这里,她没法把一切都抛下。你说得对,她其实是一个很脆弱的女人。"

想到吕成琳,王泽岩脸上便露出一抹笑容,说:"是啊,她需要安定的生活。"

靳川抬起头,表情有些悲伤,静静地看着王泽岩。

斜阳下沉,光线尽敛。屋子里寂静无声,沉默仿佛跟随着黑暗一起滋生,充斥了天地。

两人对视着,良久良久。

王泽岩的笑容一点点消失,说:"你怎么发现的?"

"刚才你看我受伤,都没问我是不是车祸或崴脚,就直接劝我不要打斗,但我被赤魔攻击的事情,除我之外,只有吕成琳、董事局和X知道。我没有告诉过你。"

"嗯,确实是很低级的失误。"王泽岩点点头,"而跟你说过吕成琳很脆弱的人,只有X,所以你就继续试探我。"

"可是,胖子,为什么你要主导那么残忍的实验?"

"我们分开得太久,你不知道我身上发生了什么。"

"你可以告诉我。"

"我的父亲患有痴呆,智力一天天下降,所以我在学习人工智能之余,辅修了脑科学。这两个学科看似无关,但其实,提高人脑使用率的关键,就在那些有了智慧的纳米虫身上。人脑一直是科学领域的黑洞,但借助附着在神经元上的智慧纳米虫,连缀成通讯矩阵,信息在大脑里的传递会更简洁,反应加快十倍以上。"王泽岩看着他,语气诚恳,"我希望你能理解这件事情的伟大。它真的是超越时代的,是推动人类整体向前的。想一想,十年以后,每人的智商都到了两百,那会是多么美好的景象?也正是这种天堂般的设想打动了董事局,让我主持神域项目,但我毕竟资历浅,为了服众,一直以阴影露面。阿川,他们能理解,你不能吗?"

"但对那些躺在地底的孩子来说,哪怕你修建了天堂,他们也看不见。你拿走了他们的世界。"

"可这是必须的牺牲啊。"

"包括牺牲我么?"靳川站直,反问道,"你先杀西蒙·安德森灭口,然后让赤魔杀我,想从我身体里逼出虫王?"

"是的，为了得到红王，这是必须的代价。"

"你得不到了……我来之前去了一趟伊甸园，"看着王泽岩的脸色变白，他顿了顿，继续说，"我清除了里面的所有数据。"

"不……"王泽岩后退一步，靠在墙上，"不可能！"

靳川目露怜悯，说："你可以查一下。"

王泽岩扑到电脑前，登进内网，然而页面上一片空白。刺目的空白。

靳川缓缓开口，做出最后一击，"我把虫王毁掉了——哦，你叫它红王，都一样。胖子，你唯一研制出来的智慧纳米虫，已经化为灰烬。没了数据，也没有成品，一切只能重新开始。但是，他们还会给你重新开始的机会吗？"

"我可以去求……"

靳川摇摇头，"没用的，死了那么多人，花了那么多钱，他们的耐心已经耗尽。你别忘了，他们是商人。"

说完后，靳川转身离开。屋子里彻底冷清了。令人发疯的寂静像蔓藤一样在房间里茁壮生长。

王泽岩怔了很久，突然笑了。

他走到窗子前，俯视楼下，夜幕中的行人渺小如蚂蚁。这高处的视角曾让他颇为沉迷。他把窗子打开，夜风骤然涌进来，竟有些冷，让他通体战栗。高处所看更远，但也更不胜寒凉，他一直在这两者间挣扎着。但现在，一切都不重要了。十年奋斗，人事繁华，不过是青春昙花，岁月流沙，转瞬间都会被寒风吹散成空。

他把几扇窗子都拉开，风更大了，吹得他裤脚鼓荡。他转过身，背对窗外。

这时,他又看到了墙壁上的那两句诗。

"多少长安名利客,机关用尽不如君……"他喃喃地说着,张开双臂,浑身浸在寒风中,"一个七岁孩子都懂的事情,为什么我一直弄不明白呢?"①

靳川刚走出大楼,身后猛然响起重物坠地的沉闷声响。在一片惊呼和纷乱的脚步声中,他默然叹息,逆着潮水般涌过来的人群走远。他始终没有回头去看。

---

① 此诗名为《牧童诗》,全文是"骑牛远远过前村,吹笛风斜隔岸闻。多少长安名利客,机关用尽不如君。"据传是黄庭坚七岁时所作。

尾 声

这一年冬天,新洛杉矶罕见地迎来了一场大雪,一夜之间,全城素白。宽阔的街道上铺满白雪,行人拢肩缩颈地走着,脚踩在雪面上,发出咯吱咯吱的声响。

吕成琳走在行人当中,几片雪花从夜空中落下,贴到了她的脸上。她呵出一道道白汽。

这时她已经搬离了海边租的住所,回到吕先生家里。每天下班,都要走过一条长长的林荫道。因为是高级住宅区,人很少,她的影子孤零零地卧在路上。

远处灯火在望。

往常她下班回到家,吕先生都会准时给她开门,接过她的外套,挂在衣帽架上。然后他们在厨房里吃饭,吕成琳会说说在公司发生的事情,而作为回报,吕先生也会讲一讲社区里有什么最新的八卦。如果两边都没有发生什么事,他们就会打开电视,听一听新闻里的事情。

他们已经习惯了这样的相处,琐碎而平淡,日子水一样无声地流逝。只是偶尔,吕成琳会站在院子里,长久地对着夜空上的星辰发呆。

今天也不例外，他们慢条斯理地吃着晚餐，小声交谈，全息电视在一旁变换画面。

窗外雪静静地下。

突然，吕成琳愣了愣，放下筷子，两指向左移，全息画面也随着这个操作手势，倒退了几分钟，她的手指又向右拨了拨，画面快进，然后定格住。

吕先生眯眼看去，只见定格的画面是联盟探索频道的新闻采访。标题上显示，偏远的奎尔-97K星球上又有一批飞船集结起来，将沿着"小麦哲伦"星系的右旋臂，一路前进，进入未知星域。如果此行顺利，联盟版图将随之扩宽。所以记者在港口采访这些飞船的船长。船长们热情高昂，信心满满，港口上一片热火朝天。

但吕成琳显然不是在看这些满嘴脏话的船长们。她的目光落到了采访画面的最右侧——在画面背景里，有一辆载人悬浮车，二十来个航海员挤在露天车厢里，正在打闹。而在这群航海员中间，她看到了一个几乎被淹没的年轻人。

这个年轻人一身皱巴巴的航海服，背上是更加破旧的背包。他没跟人打闹，而是靠着车厢壁，头微微仰起。奎尔-97K星上特有的蓝色恒星光洒下来，照亮了他的笑容和他脸上的猩红色胎记。

吕成琳盯着这个画面，很久之后她才低下头，手指微抓，全息画面消失。

"琳琳……"吕先生迟疑道。

吕成琳摇摇头，沉默地用餐。接下来的时间里，父女俩一句话都没说。

第二天,吕成琳回到家,却没人为她开门。

她心下疑惑,输入虹膜,推了推门,依旧推不开。有人在屋里抵住了门。

"爸爸?"她叫了一声。

门后传来一声长叹,正是吕先生的声音。

"出什么事了?"

门缝里传来窸窣声响,却是一张小纸片从门里塞了出来。吕成琳疑惑地捡起来,发现这是一张纸质船票,路线上写着从地球去往奎尔-97K星。而乘船人,正是她自己。

"爸,怎么了?"她使劲地推了推门,"让我进来说话。"

"你走吧,去找他吧。"吕先生在门后说道,"你留在这里并不开心。去吧,我的孩子,你也应该看看更多的星星,你应该跟你爱的人在一起。"

吕成琳说:"爸爸,我要陪着你啊。"

"哈哈,我也想开了。其实退休生活没那么难熬,晒晒太阳,打打高尔夫,跟社区老头们下下棋……我能过得很开心。我的女儿,你也要过得开心。我以前老是逼你学习你不喜欢的东西,逼你进公司,忽略了你真正的梦想。现在是我弥补你的时候了,去追求你的梦想和你的爱人吧,我会一直在这里等着你。"

吕成琳愣住了,捏着船票,好半天才喃喃道:"可是……"

"没什么可是的。我就在这里等你回来,带着那小子回来……"吕先生边说边往卧室走,声音渐低,"嘿嘿,一想到他能惹出那么大的祸,连董事局都不放在眼里,却不得不恭敬地叫我爸爸,我就开心得不得了……"

　　吕先生回卧室休息了,只剩下来吕成琳独自站在门口,愣愣地出神。

　　雪不紧不慢地下,落在她头上。

　　她低头时才看到,门口放了个箱子,里面全是自己的东西。她翻了翻,突然顿住了——她看到箱子里,放着熟悉的笔记本,而笔记本扉页上,写着娟秀的三行短句。

　　她突然站起来,紧紧捏着船票,走进雪夜里。一行迤逦的脚印自她脚下延伸出去,穿过了幽长的林荫道,一直来到社区外的大街上。落雪很快又覆盖了脚印,平整如初。街上行人稀少,只看得到白茫茫一片。雪钻进她的脖子,她却不感觉冷,越走越快,最后竟在雪地里飞奔了起来。

星 葬

1

"你知道吗,"那一天,阿克斯通过电话联系到我,跟我说,"靳川死了。"

我非常疑惑和吃惊。令我疑惑的是,阿克斯上一次给我打电话还是十一年前。那时候我刚刚离开"安琪号",回地球从事商贸行业,尔后一直没有离开。有时候我会想起那段在太空游荡的日子。但仅仅是想而已,我明白那些日子已经随着"安琪号"的毁灭而永远离去。

而让我吃惊的是他给我的消息——靳川死了?

"你开玩笑吧,我们都了解那个男人,"我对着全息屏幕里那张熟悉又陌生的脸说,"曾经有多少次我们都觉得他死定了,但每次他都能挺过来。"

"我也是听秦佳萝说的。她说靳川在天鹅星座的新航道遇难了,一艘星际海盗的船被联盟海军击毁,事后公布的死者名单里有他的名字。"阿克斯的声音里有些沮丧,这跟他身上的昂贵西装不太相称，"我也不敢相信，就来问你了。你以前跟他关系那么好，我以为你会知道的。"

"离开'安琪号'后，我们就从来没有联系过。"

我们沉默了很久，彼此对视，然后挂断了电话。

晚上，妻子回来了，看到我把仓库里的东西翻出来，诧异地问："你在干什么？"

我没回答，蹲在地上，把船员证、航空服和军章上的灰尘拂去。房子里一下子尘土纷飞。妻子被呛得咳嗽起来，连连挥手，骂道："找死啊，屋里刚打扫过，你知道把合金地板擦干净有多——"

"我的一个朋友死了。"

妻子停止抱怨，蹲下来，双手抱住我。

傍晚的阳光从窗外洒进来，在房间里映出一片瑰红色。地平线处，斜阳浸泡在一大片晚霞里，边缘都模糊了。我突然想起来，在"安琪号"上的时候，靳川曾跟我说过，他最爱的，就是落日时分的景色。

一连好几天，我都心不在焉。在公司里，我经常看着财务报表走神，并且莫名地烦躁。领导好几次找我，一只手指着我的报告，一只手指着我的鼻子，威胁我说，再出错就把我给开了。我唯唯诺诺地应承着，然后到洗手间洗了把脸。当我对着镜子时，里面的人面孔变换成了靳川的模样。

他安静地看着我，嘴角上扬，似笑非笑。

我顿时不知所措，似乎他已经看出了我的卑微和懦弱。我张了张嘴，想告诉他我并不怯弱，我之所以不敢顶嘴，是因为我有了家庭。但他还是那副表情，笑容里露出奇怪的意味，仿佛是嘲笑,又像是理解。

当我想探究清楚时,他的影像已经在镜子里消失了,取而代之的是一脸惶急的我。

只有深夜对着天空,我的心才能平静一些。夜幕漆黑,冷风吹拂,一轮弯月垂在西天。虽然夜空看起来平静如深潭,毫无波澜,但实际上,在我的视线到达不了的地方,正有无数舰队在穿梭,一条条新航道被开发出来,一颗颗未知的星球正在被殖民。

很久以前,我也是这舰队里的一员。

妻子走出来,坐到我旁边,问:"你还在想你那位朋友吗?"

我在黑暗中点点头。

"跟我说说他的事情吧。"妻子挽住我的手臂,也抬起头,那些星光在她眼睛里闪烁,"你很少跟我讲你以前的生活。"

我仰着头向上看,夜幕中冒出星星,刚开始时只有零星的几颗,在遥远天际一闪一闪,但很快,它们就如同镶嵌在丝绸上的钻石一样布满我的视线,繁盛耀眼,光照人间。这个过程中,妻子一直等待着我的回答。

"我认识那位朋友,是在十二年前,"我转头跟她讲述,"那时候,我在一艘名叫'安琪号'的民用飞船上工作。"

2

　　我进入"安琪号",完全是为了秦佳萝。

　　我们是在一次舞会上认识的。那时候我刚刚得到了疆域公司某个高层助理的职位邀请,正是顾盼得意时。而她则是舞会里最耀眼的女孩,跳起舞来,激光灯都遮不过她的光芒。我拿着酒杯走向她。

　　后来我们喝醉了……接下来的事情你不会想知道的,我也已经忘掉了细节。总之,那晚之后,我向秦佳萝表白,让她跟我走。她却摇头说:"不,我才不要去地球呢,死气沉沉的! 我属于自由的'安琪号',属于群星。"

　　我这才知道,她是一个星际船员,负责飞船领航,趁着飞船停泊才到舞会上放松。我只是她诸多艳遇中的一个。但我爱上了她。

　　我放弃了一切,跟着她来到"安琪号"。那是一艘型号很旧的民用飞船,特别小,只有驾驶舱、储藏室、引擎室和休息室,连厨房都挤在引擎室和休息室之间,格外逼仄。按联盟飞船的制式,这就算迷你型飞船了。我买下休息室里最角落的一个床铺,提出至少住一年,我付的钱让船长威克无法拒绝——当然,那也是我全部的钱。

哦,你不要生气。那是年轻时候的我,幼稚冲动,愚蠢到不顾一切。那时候我误以为整个世界都是自己的,只要争取就能得到。而现在,岁月给了我两样珍贵的礼物:一是沉稳,让我能够安定地生活;二就是你。我只爱你。

我继续说。除了我、秦佳萝和船长威克,"安琪号"上还有检修员阿克斯以及厨师兼杂役老陈。阿克斯是威克的儿子,很年轻,才二十出头。老陈一把年纪了,不知道为什么要在星空中漂泊,而且每次遇见巡检海警,他就非常紧张。但他的厨艺很好,据说师承古老中国的西南地区。只是我们能够享受老陈厨艺的时候并不多,因为一旦"安琪号"要航行得久一点,储藏室的物资就会不够,船长会直接启用循环系统,吃从我们的排泄物里提炼合成的东西。只有碰到好事时,老陈才会开伙,美食的香味弥漫整艘飞船,胜过节日。

总之这是一艘很奇怪的飞船,靠接中介公司给的任务过活。那些任务也很奇怪,有运货的,有送人的,还被征调用来科考过,什么挣钱就干什么。

有一次,"安琪号"接了个大活,就是为疆域公司寻找新的矿物星球。疆域公司财大气粗,找到一个矿物星球,就给上百万联盟点的佣金。船长决定去往联盟边界,在那些无人踏足的星域寻找。

这是一趟漫长的旅程。秦佳萝很开心,她想寻找的是刺激,越远越好。我也很开心,因为秦佳萝开心。阿克斯当然支持他爸爸的决定。唯一不满的是老陈,他担心未知的星域里有危险。他的担心是对的，这一点我以后再跟你讲。

老陈本来没有什么发言权，但他是厨师，如果没有他，我们就只能啃干涩无味的压缩食物了。这简直要人命。为了让他安心，船长决定再招一个经验丰富的人上船，"安琪号"停在开普勒@-781星球的港口上，发布了招聘信息。

当晚，那个叫靳川的男人就过来了，带着仆仆风尘。

他衣衫破旧，浑身落魄，像是奔波了很多年，而且还打算继续奔波下去。他大概三十五六岁，但不确定，可能更老，也可能会年轻一些，风尘遮住了他的年龄。他脸颊上有一道红色的胎记。他说他去过很多地方，见过很多人，知道怎样处理航行中的各种危机。威克提的所有问题都难不倒他。唯一的问题是，他不能证明自己的身份——他甚至都没有行李，两手空空，口袋里只有一张照片和一个口琴，脖子上挂着一个红色吊坠，吊坠的玻璃里装着某种红色的东西。阿克斯悄悄把他的名字和脸庞输入联盟网络，却没有找到匹配的人。他简直是一个谜。

但我们需要这个谜，于是，他成了"安琪号"的一员。

3

在开普勒@-781的港口上，我们开了很长的会，讨论去哪里寻找矿物星球。我记得整个开会过程中，靳川都无精打采，坐在角落里，把玩着手里的口琴。看他这种态度，其他人都很不满，秦佳萝还讽刺了他几句，说他是混上船来骗钱的。

这个会从下午开到晚上，一直没有结果，老陈建议在中部的沙湾星域搜寻，阿克斯则想去桃源星群，因为那里景色秀丽，秦佳萝一直建议去刺猬座第三旋臂——那里稍微偏远一些，虽然有几颗星球在改造，但人还不多，可以让探险变得刺激起来。

最后，船长拍了拍桌子，突然看向角落里的靳川，说："新来的，你说，我们应该去哪里？"

靳川把口琴收起来，没有立刻回答。他先是关了灯，我们都很奇怪，秦佳萝还不耐烦地骂了他一句，但他像是没听到，走到飞船舱室的中间，打开了地图，这是联盟疆域图的球形全息影像。我们每个人的脸都被微微的蓝光照亮。

"我们要去的地方……"他手指伸进疆域图里，一直向右边划，穿过那些闪光的星点，一直划一直划。这个全息图并不精细,半径也就一米左右,他很快就划到了地图的边界,还在往外划。秦佳萝就站在他的右边,他的手指最后落到了秦佳萝的鼻尖前,"是这里。"他回头对我们说。

"这种时候了,你还开玩笑!"秦佳萝更加不耐烦了,打开他的手,"我们是在开会讨论正事! 而且你这种跟女孩子献殷勤的方法简直拙劣极了,打动不了任何姑娘。"

靳川却摇摇头,把手又抬起来,还是落在秦佳萝的鼻子前面。"不是,"他说,"我们确实要去这里。"

我们都不解地看着他。

靳川冲秦佳萝笑了笑,说:"你很漂亮,但现在能不能麻烦你让几步?"

秦佳萝满脸疑惑地退后了几步,黑暗中,只有靳川的手指还在悬在空中。地图的蓝光在他手指上凝出了一个光点。

老陈说:"你不要装神弄鬼,你是什么意思?"

阿克斯也附和道:"有话就说,没空跟你瞎猜。"

只有船长没有说话,他看着靳川的手指,脸上的表情阴晴不定。

"我刚刚划过的轨迹,"见我们都不明白,靳川顿了顿,解释说,"是黄昏航线。"

黄昏航线,你应该听过这个地方。它取自北欧神话,原意是指世界的末日,一切的尽头,也的确名副其实——这条航线,就是联盟疆域的尽头。它从神木星起头,蜿蜒五光年之长,穿过了鬼影双子星和正在不断向四周抛射燃料的费尔南多恒星带,一路延伸到恩德星域。

我们对宇宙的认知也就止于恩德星域。因为目前为止,所有试图进入这片死亡地带的飞船,不管多先进,都没有再回来过。那里有陨石带、死光、随时爆发的超新星,还有像幽灵一样游弋的小型黑洞——联盟的版图,就被它们牢牢扼死。有人说,恩德星域不仅仅是联盟疆域的边界,也是整个宇宙的边界,穿过了这片星域就能到达另外一个宇宙。

当然,这只是无稽之谈罢了。我继续说靳川的事情。

"你是说,我们要去黄,黄昏航线的尽头?"老陈似乎都不敢说出这四个字。

靳川摇摇头,说:"不,黄昏航线的尽头依然在联盟疆域里面,我们要去的地方是这里。"他竖着食指,指节很瘦很长,看着就硌得慌。他的指尖与全息地图之间,还隔着几厘米,按照地图的比例尺,他的手指所在的地方,已经进入了恩德星域。

他是让我们沿着黄昏航线,到联盟边界,然后一路前行,直接深入未知而危险的恩德星域!

这一刻,我看到秦佳萝的眼睛亮了起来。她第一次开始认真打量靳川。

老陈和阿克斯当然极力反对,但秦佳萝举双手支持,我为了讨好她,也赞成靳川的决定。最后,我们所有人都看向船长。

船长沉默了很久,最后像是有些泄气,坐在椅子上。

"爸!"阿克斯焦急地叫了一声。

船长撑着扶手,坐直身子,却没理会阿克斯,而是将目光落在了靳川身上,说:"你能肯定恩德星域里有矿物星球吗?"

"不能。"靳川依旧是淡淡地说。

"不能肯定,那你就让我们去死?"老陈反应过来,骂道。

"但我能肯定的是,在这个球里,"他指向发光的疆域图,

"是不会再有没发掘的矿物星球了。"

"你怎么知道?"

"我去过许多地方。"靳川简短地回答,手指在全息影像里来回比了比,"里面肯定没有,外面不一定有,但很可能有。"

"是啊,外面不一定有矿物星球,但一定会有危险!"阿克斯大声说,转头看着船长,"爸,别听他的!"

但船长已经做好了决定。他站起来,挥挥手,全息影像散去,说:"检修员,注意你的言辞,我是船长,不是你的父亲。小秦,设定路线图吧,我们去黄昏航线。"

船长是那种只要做了决定,就再怎么也不会改变的人。阿克斯和老陈只得愤愤地剜了靳川一眼,离开了会议室。靳川也走出去了。我正准备去跟秦佳萝说话,却发现她一直盯着靳川看。她微笑着,眼眸里温柔如水,那是她从未露出过的眼神——至少从未对我露出过。

我愣在那里,没有走过去。

后来我才明白,我跟秦佳萝从来不是一个世界的人。而从靳川说出去恩德星域的那一刻,秦佳萝就嗅到了同类的气息,这个飞扬跳脱的女孩迅速地爱上了他。

4

我可以很详细地跟你叙述我们在黄昏航线上的旅程,但你不会感兴趣的。总之就是飞船在航线上跳跃,跳跃完之后就检修,没问题就继续下一次跳跃。

检修飞船主要由阿克斯负责。有一次,他检查完,觉得没问题,就准备进行跃迁。但刚启动引擎,靳川就脸色一变,对我们说:"都安静下来。"

我们不明所以,但还是停止了说话。

他闭上眼睛听了一会儿,站起来,对阿克斯说:"引擎有故障,不能跃迁。"

这就是在打阿克斯的脸了。但他的语气那么平淡,丝毫听不出嘲笑来。当时阿克斯的脸一阵青白,绕过靳川,对船长说:"船长,我仔细检查过,飞船状态良好,可以执行跃迁飞行。"

船长在两个人中来回扫视,最后摆摆手说:"不急着飞,还是再检查一遍吧。"

阿克斯急了,伸手就要摘帽子。在飞船上,船员当着船长的面掀帽子可是大事,要么叛变,要么就是撂挑子不干。但他还没来得及把帽子摘下,靳川就按住了他的手。阿克斯挣扎了一下,竟没挣开。

"万一是我错了呢,"靳川说,"我要是弄错,该走的是我。"

我们也跟着劝阿克斯。他毕竟是一时冲动,也就没继续闹了,只是恶狠狠地盯着靳川。

我们来到引擎室,只见靳川打开引擎盖,弯腰检查了好半天,最后仔细擦拭了一遍引擎盖,然后站起来,抱歉地一笑,说:"好像是我弄错了,阿克斯说得对,引擎没有问题。"

阿克斯跳起来就骂,唾沫都要喷到靳川脸上了。

靳川退后一步,对船长说:"我接受惩罚。"

但船长拍拍他的肩膀,点点头,然后转身对阿克斯说:"他也是为了大家的安全,是好意,就算了吧。"阿克斯还是不依不饶,最后,靳川主动提出扣两周的薪水,阿克斯才消了气。

但我在一旁,看得很清楚,靳川从引擎盖里取出了一粒指甲盖大小的铁片,悄悄捏在手心里。铁片可能是从引擎盖上剥落的,对跃迁引擎这样的精密仪器来说,有这样的异物掉进去,危险可想而知。说不定在跃迁的过程中,引擎就会爆炸,我们所有人都会消失在虫洞里。我想船长应该也看见了吧。

有时为了避开高危路段,不敢跳跃,我们便会驾着船在星域里航行。这期间我们也遇到了危险,在费尔南多恒星带中间穿梭时,一颗恒星突然爆发,幸亏阿克斯及时反应,加速逃离。

此后一路顺利,我们来到了位于黄昏航线尽头的归墟星。

这里是联盟疆域的边界,再往前就是可怕的恩德星域了。

我们停泊在归墟港口,稍做休整。

因为此前一路都很顺利,大家放心不少,连老陈都不再愁眉苦脸。出发前一晚,秦佳萝还颇有兴致地去酒吧消遣,我不放心,也跟了过去。

这里要解释一下,归墟星地处偏远,环境恶劣,而且没有恒星照耀,永远是黑夜,所以整个星球上,只有港口附近的小镇住了人。这里的人大都是走投无路的亡命徒、廉价的妓女,以及像我们这样的星际冒险者。

镇上的酒吧也很破败,但里面挤满了人。那是一群没有希望的人,所以他们更贪恋眼前的快乐,歌声震耳欲聋,人们在舞池里载歌载舞,不时有喝醉的男人被扔出来。

秦佳萝刚进酒吧,所有人就都安静了一瞬。她仿佛是一个人形黑洞,走在哪里,所有的光线就投向哪里。她也习惯于这样的轰动效应,毕竟连地球上的舞会她都可以艳压全场,更别说这间位于边缘星系的小小酒吧。

我们进去点了酒,刚进舞池,就有一个脖子上文着飞船的男人过来跟秦佳萝搭讪。他喝得半醉不醉的,想请秦佳萝跳舞。秦佳萝只扫了他一眼,便摇头拒绝。醉汉也不气馁,一直在旁边说浑话,我忍耐不住,对他说:"你识点儿趣,快走开。"

"别着急,"醉汉嬉笑道,"我先跟你闺蜜聊,还没轮到你……"

"你!"我"腾"地站起来,但这时才发现我的个头只到他的胸口,他的肩膀也比我宽一倍,语气顿时变得嗫嚅,"你……去别的地方吧,那里也有姑娘。"

醉汉看了我一眼,转头对秦佳萝说:"原来你喜欢这种小娘儿们啊? 他这么细皮嫩肉的,你每次在上面也腻歪得很吧,要不跟了我,试试在下面的感觉?"

秦佳萝气得脸都红了,指着醉汉的鼻子让他滚开。醉汉一把搂过她,她挣扎着,哀怨的目光看向我。她的眼神让我没有退路,心一横,就朝醉汉扑了上去。

这场较量没有悬念,醉汉只三拳两掌,我就被打得晕头转向,退后好几步,摔在吧台角落。周围都是哄笑声。我抹了把鼻血,打算再冲上去,这时,身后有人扶住了我。

我一回头,看到了靳川。

原来在我和秦佳萝来酒吧之前,他就已经悄然来了这里。但他没有像我们一样在舞池里欢乐,而是找了个角落,默默地喝着淡啤酒。

"川哥!"我像见到了救星,说,"他——"

靳川没让我说完,点点头,放下酒杯,走上了舞池。他个子很高,但是瘦,醉汉满不在意地伸手来推。不见靳川怎么动,就晃过了醉汉的手,来到他右边说:"你喝醉了,休息去吧。"

醉汉怒极,便要甩开靳川,但他发现腰侧被抵住了,怎么都使不上力。他张口骂道:"给老子滚!"

这时,靳川看到醉汉脖子上的飞船文身,愣了下,说:"身为叛军,你好不容易从战场上逃出来,就不要惹事了。"

醉汉一怔,脸上的醉容尽褪,看着靳川说:"你是谁?"

靳川没说话,但是拉了拉胸口。我隔得远,看不到他胸口有什么,但醉汉只看了一眼,脸色就变了。他放开秦佳萝,冲靳川低下头,说了声"对不起",便匆匆走出酒吧。后来我听说,他再也没有在归墟星出现过。

这种事在酒吧很寻常,醉汉一走,大家就继续喝酒跳舞。靳川回到了角落,仍旧是默默地喝酒。我留意到,他喝酒的时候,会把身上的那张照片掏出来,放在手心里,长久地凝视。

秦佳萝也很快忘了刚才的不快，一个大跳，进了舞池。正好此时舞池的音乐切换成了热情激昂的伦巴舞曲，她将上身衣服系紧，露出一抹腰肢，应和着舞曲开始摆动。她的身段很优美，哪怕是独舞，也能跳出这种拉丁舞曲的柔美和缠绵，加上步伐婀娜，脸上容光四射，一跳起来，舞池的灯光就汇聚到她身上。其他人都向后退，空出舞池，让她一个人尽情施展。

等舞曲结束，所有人还沉醉在她曼妙的舞姿里，愣了愣，才一齐鼓掌。她也很高兴，弯腰向每一个方向鞠躬。人们开始起哄，让她再跳一曲，她眼珠一转，说："我想找个舞伴一起跳。"

所有人都紧张起来，我下意识地理了理衣领，努力回忆学校里教过的舞蹈。秦佳萝径直向我走来，我挺起胸膛，正要迈出步子，却见她向我身后伸出手，说："能跟我跳一支舞吗？"

这只纤手所指的，是靳川。

我的脸顿时憋红了。刚才被醉汉揍的时候，也没这么难受。

但是靳川淡淡地看了秦佳萝一眼，然后摇头，说："我不会跳舞。"说完，把照片放回上衣口袋，喝完啤酒，穿过吃惊的人群，走出了酒吧。他一直走进归墟星永恒的夜色里。

秦佳萝脸色也变了，好半天才收回手，闷着喝酒，也没再上舞池。

而我，满脑子都是刚才靳川走时，收回口袋里的那张照片。那一瞬间我看得很清楚，照片的液晶屏上是一幅合照，一男一女——男人正是靳川，女人很漂亮，眉目温婉，依偎在靳川肩上。两个人都在微笑，是那种我从没在靳川脸上见过的笑容。

5

　　第二天,我们离开了归墟星。前方便是恩德星域,联盟地图的界外之地,充满了未知,我们不敢随便跳跃,就只能以近光速航行一段,确定没有危险之后,再进行短距跃迁。

　　这样的航行模式,使得飞船行进得非常缓慢,舷窗外是一成不变的星光,秦佳萝经常抱怨,说:"每天这么走下去,像乌龟一样,什么时候才能找到矿物星球。"她还制定了路线图,建议可以大胆跳跃。但为了安全,船长并没有采纳她的建议。

　　饶是如此小心,我们还是遇到了危险。

　　那是从归墟星出航的两个月后,刚结束一次跃迁,四周都是空茫茫的一片。秦佳萝感到乏味,说:"又是这样,什么时候才能——"

　　话音未落,飞船突然发出"咚"的一声。阿克斯大惊,开启检修面板,只见飞船虚拟模型的左侧,有一处不断发出红光警示。"是左侧引擎受损!"他惊慌地说,"他妈的,怎么会突然受损呢?"

　　"是陨石。"靳川说,"这里有陨石带!"

　　"可是雷达……"阿克斯愣愣地说。

"陨石很小,只有军事雷达才发现得了。"靳川简短地说,"这里不安全,要准备跃迁。"

但是引擎损坏,无法蓄能跃迁,所以阿克斯和靳川便一起到引擎室修理。但很快,飞船又连着发出两声"噗噗",显然是又被陨石击中。飞船外一片漆黑,但在这漆黑之中,肯定有无数细小的陨石粒以肉眼难见的速度掠过。飞船上的宇航雷达只能远程观测飞船或天体,对这种高速而又细小的陨石无能为力。如果还待在这里,肯定会有更多的小石头击中飞船。

船长当机立断,一边让靳川和阿克斯修理左侧引擎,一边启动右侧引擎。飞船立刻获得了速度,虽然不快,但还是努力向前移动。

在这个过程中,飞船又被几块小石头击中,一块飞起的碎片割伤了老陈的手臂。所幸飞船很快逃离了那片危险区域,船上被击穿的破洞也及时修复,阻止了空气外泄。

然而,还没来得及喘息,船长突然脸色一变。

导航面板上亮起了一片密密麻麻的红点,秦佳萝凑前一看,说:"陨石带!"

是的,那些幽灵般划过真空区域的小石粒,正是前方那些庞然陨石群密集碰撞的产物。它们拥挤地围绕着某个大型天体,旋转着,互相碾压、撞击,像一群冲向猎物的狼群。

而我们,显然就是那只误入狼窝的羔羊。

"减速,转向——扣好安全带!"船长大声喊着,调转右侧引擎的方向,开启制动程序。但单侧引擎的减速效果大不如前,飞船仍旧高速冲向陨石带。所幸进入陨石带时,飞船已经减到了低速。

舷窗外，巨大的陨石如同狰狞巨兽，犬牙参差，目光凶恶，狠狠地盯着我们。

秦佳萝也吓坏了，但身为领航员，她需要指出前方航线。她的手在面板上跳跃，根据雷达探测出来的缝隙而设定行进路线。但陨石挨得很紧，又在不断地互相撞击，彼此之间的缝隙乍开即合，因此她需要不断地调整路线。她几乎是把脸都贴在了面板上，眼睛眨都不敢眨。

所幸秦佳萝并非只有漂亮外表，在她的操作下，飞船曲折前行，虽然惊险，但总算一路安全。

这片陨石带宽度有上千公里，飞船以接近音速的速度在里面穿行，足足过了一个小时才来到陨石带外侧。到这里，大家悬着的心就都放下来了，秦佳萝也松了口气。她连续一个小时高度紧张，脑门上已经沁出了一层汗。这时一滴汗滴到了控制面板上，她伸手去擦，待手指拂过，面板上突然显示一颗小山一样的陨石从斜刺里冲出来——

一阵猛烈的抖动传来，飞船几乎翻了个身，斜飞出去，撞到了好几块陨石。引力发生装置失效了，整排按钮都黯淡下去，我们感到天旋地转。我胸前安全带的扣子没系紧，一下子冲到舱顶，要不是及时抱住了头，恐怕当时就脑袋开瓢。我的手撞骨折了，事后检查，胸前也有一大片瘀青。老陈也不好受，年纪一大把，这种颠簸哪受得了，当场呕吐出一大摊汤汤水水。

右侧引擎也熄火了，飞船一路滚出了陨石带。那时几乎是绝境，两侧引擎都无法工作，我们会一直以这个速度在真空星域里前进，直到撞到某颗陨石，或被恒星的引力俘获，葬身火海。但飞船不停翻滚，谁也没法在这种天晕地旋的环境下维修引擎。

我死死地抱住一根栏杆,脑子在旋转中根本无法思考,只剩下一片绝望。

"怎么办?"我听见秦佳萝说。

一贯沉静的船长也面色痛苦,徒劳地按着身前的按钮,但飞船自身没有动力,外部没有阻力,按再多的按钮也无济于事。

老陈突然伸手指着舷窗外,"前面还有!"

在飞船的前方,出现了一颗闪耀的恒星,肉眼可见,恒星周围有一层小小的黑带。

那同样是陨石带! 只是离恒星近,质量更小一些,但更密集。而我们正高速撞过去。

祸不单行,说的就是现在这种情况吧。

"这是我的报应啊……"老陈吐完了,面色灰败如死,"迟到了三十年,终于……"

但老陈的吃语还没有说完,就被船长打断了。船长指着操作台上的按钮,一脸惊疑,说:"看!"我们顺着他颤抖的手指看过去,看到原本黯淡的按钮开始闪烁绿光,刚开始很慢,频率渐快,偶尔又会暗下去十几秒,但随即连缀成一片。

按钮重新反光,就意味着……引擎恢复工作了!

"有人在修引擎!"船长最先明白过来,扑到操作台上,等所有按钮全部亮起后,熟练地按下去。"嗡。"

是飞船两侧引擎同时启动发出的震颤,动力恢复了,仿佛深渊上空的巨手,在飞船即将落下之际,抓住了它。我们能明显感觉到,飞船的翻转在减慢,刚开始几乎是一秒转一圈,但慢慢地,我在空中的摆动没有那么剧烈了。再过一会儿,飞船速度减慢,最后在真空中停下来,静静地飘浮着。而这时,"安琪号"离第二条陨石带不到十公里，真是险啊——要是再晚半分钟，就会撞上去。

秦佳萝疑惑地解开安全扣，站起来，"是谁在修引擎呢？"

我拍着胸膛，道："不管是谁，至少我们都活下来了……"我想起老陈的话，又问，"对了，老陈，你刚刚说什么，什么三十年？"

老陈连忙摇头，不肯开口。

我们都在庆幸的时候，靳川扶着阿克斯回到了驾驶舱。阿克斯满脸都是血，瘫坐在椅子上，靳川也是脸色煞白，额头上汗珠滴落。

后来我们才知道，飞船翻滚着冲向陨石带时，靳川几乎没有迟疑，先是抓紧被撞得头破血流的阿克斯，让他抱紧护栏。然后，靳川一个跃跳，沿着飞船旋转的反方向，使劲蹬在船舱墙壁上。他借着蹬来的力，身子一旋，跳到斜上方的引擎上，一手掀开引擎盖，将半个身子探了进去。阿克斯抱着护栏，头晕目眩，但也知道靳川是在重启引擎。他更知道这样的难度——引擎的重启并非只是按下某个键，而是要将一系列的机械开关全部掰开，有些因为故障而抱死的，得强行开闸。正常情况下，维修工修理引擎时都得留神，因为很容易弄错顺序，或者被突然合拢的机械开关夹到手臂。而靳川要面临的麻烦还不仅仅是天旋地转和危急的形势，还有因飞船旋转而四处乱飞的零件。

阿克斯跟我们描述这个画面时，脸上仍然有心驰神往的表情，最后说道："……他的动作简直像是程序设计好了的，不管哪一个零件向他撞过来，只要我一喊，他都能及时跳开，再准确地找到飞船翻转的反方向，一脚踩下去，重新回到引擎盖上，继续维修！还有，飞船的引力发生装置明明已经失效了，正常人都会不适应——至少短时间内不适应，但他，就跟鱼进了水中一样，身体更加灵活了，跳来跳去，我几乎眼睛都看花了……"

听得出来，经过这件事，阿克斯对靳川算是五体投地了。

唯一没有露出笑容的是船长。他听了阿克斯的描述，脸色凝重，说了一个词。我没听清，又追问了几遍，船长才开口。

"无重力格斗术。"他说。

我们不解地看着船长，船长却在座椅上慢慢把身体后仰，闭上眼睛，似乎想起了很久以前的岁月。过了很久，他突然一笑，喃喃地说："这家伙，是个军人呐……"

6

"安琪号"修好后,继续航行。

本来由于穿过陨石带时太过惊险,加上损失惨重,老陈坚决不同意再往前,我也对前路感到担忧,但靳川和秦佳萝态度一致,建议继续向前。正当船上气氛陷入胶着时,阿克斯检查完两边引擎,说:"引擎都可以修好,但燃料仓受损,能源外泄,已经不足以打开虫洞了。"

换句话说,我们要回去,就得继续穿过那可怕的陨石带。老陈便没吱声了,好半天才说:"那往前再走走,找条路绕开这些该死的陨石带,然后回去。"

但是哪怕再往前一点儿,都有更多的危险。传闻没说错,恩德星域里布满了四处游走的黑洞,还有不知从哪里投过来的死亡射线。有一次,一个小型黑洞从我们附近掠过,幸亏靳川惊觉,及早撤离,不然我们都会被黑洞抓住。我们裹上防护服,轮番值班,躲避着黑洞的引力,提防辐射值高得惊人的射线,每个人都疲劳得双眼血红。

穿过了死亡地带,等着我们的是一片铺天盖地的星际尘埃。这片尘埃带宽得不可思议，恐怕横跨数光年，就是不知道有多厚。飞船降低速度，在尘埃带里穿行。我看向窗外，一片灰蒙蒙的，飞船又变成了在浓雾里挣扎的飞蛾。

没过几天，大家就都很疲劳了。连秦佳萝脸上都出现了忧虑，看着靳川，欲言又止。我看出她的意思，便直接开口，说："我们还是走原路回去吧。原路就算有黑洞和陨石带，但我们至少已经经历过，有了防范。要是再往前，恐怕更危险。"

阿克斯和老陈连忙点头。

靳川也沉默了，看着舷窗外。尘埃带已经淡了许多，星星点点的光投射过来，照进他眼睛里，那漆黑的眸子像是一潭深水，而点点星辰就是水面泛起的波光。

突然，船长指着星光，说："前面有星星了！"

我不以为然，说："说不定是几千几百万年前的恒星发出的光，走了那么多年才到这里。我们要过去，还得几千几百万年呢！"

船长没搭理我，仔细看着窗外，喃喃地说："这么亮，光强没有衰减，应该很近。"他把超空间测距仪的功率调到最大，算出来的结果让人振奋——最近的一颗恒星离我们只有五百多个天文单位。我们以接近光速的速度过去，不到三天就能到达。

恒星当然不是我们的目标，但恒星通常会俘获几颗行星。如果哪颗行星上有可供采集的矿物，那"安琪号"就完成了委托，可以从疆域公司手里挣到一大笔钱。大家振作起精神，忘了危险，朝星光照耀之处飞去。

越往前，周围的景象越让人惊诧。与恩德星域外围空间的死寂和荒芜不同，越朝里深入，周围越热闹。星光越来越繁盛，又亮又密,照得飞船外像白昼一样。走得近了,能看到行星在轨道上旋转,彗星拖着长长的尾巴,一些逸出来的尘埃带发着五颜六色的光。更远的地方,是一团团星云,组成各种各样的形状,像是孩童拿着发光彩笔,在夜幕上信手留下的涂鸦。

这景象简直美极了。没想到恩德星域内部会这么热闹。现在想来,肯定是那片巨大的尘埃带挡住了星光,而危险挡住了舰队,让人们一直无法发现这里。

飞了五天之后,我们才飞到两颗恒星的近处。两颗恒星一大一小,互相围绕着转,组成了双子星系,它们周围还运行着几十颗行星。

我们朝着最大的一颗行星飞过去,希望能在那里发现矿物。

但还没飞到大气层,控制面板上突然响起了急促的警报声。我们都愣住了,因为这不是故障警报,而是危险警报。

面板上显示有五个红点正向着"安琪号"快速移动,一边逼近,一边转向,直到将我们完全包围。

那是五艘飞船。

7

　　在遥远神秘的恩德星域最深处居然会遇到星际海盗,这是我们万万没想到的。

　　在我此前的印象中,只有像黄金航线或罗尔德星域那样的地方才会有海盗出没。这里已经是联盟疆域之外,寸草不生,人迹罕至,怎么会有海盗呢?

　　所以刚开始我们都有些发懵,船长扑到面板前,调转飞船就逃,但"安琪号"只是小型民用飞船,加上刚刚受过重创,还没加速,海盗船就向我们射出一道聚能光束。"安琪号"尾部受损,船长还要再跑,被靳川拉住了:"投降吧,逃不了的。"

　　我们被海盗押送到地面。老陈吓坏了,不住地央求海盗别杀他,但那些粗鲁的男人们只是大笑。

　　其实不怪老陈胆小,关于星际海盗的传说实在太多,也太可怕。那群亡命徒心狠手辣,唯利是图,往往劫船之后,还不放过船员,只留下一艘艘洗劫一空、满是尸体的血船。据说黄金航线上流窜的海盗们以杀人为乐,杀一个人便在身上文一颗星星。后来联盟海军围剿了这批海盗,录入海盗信息的时候,有个矮个子男人死活不肯脱衣服,海军亲自撕扯下他的衣服,都看呆了——这个男人身上,密密麻麻全是文上去的星星。有个海军当时浑身发抖,不知道是因为密集恐惧症,还是联想到了可怕的事实。

眼前这批海盗虽然没对我们动手,但肯定也好不到哪里去。

海盗在地面修了一座小城市作为老巢。他们没能力改造整颗星球的大气组成,只是在城市边缘罩了一层离子膜,用以隔绝空气。城里的建筑很密集,显然是最大限度利用离子膜的空间,但房屋很简陋,多是用木头搭建,坐在屋前的人们也衣衫褴褛,面色焦黄。

我们被押到城中心的路上,还有不少小孩子跑过来,好奇地看着我们。他们脸上脏兮兮的,也都面黄肌瘦,但眼睛很大很亮。

在一间简陋的房子里,我们见到了海盗首领。那是一个很高大的男人,面目粗豪,五官如刀劈斧凿,一身宽厚的衣服。我盯着这身衣服看,虽然很旧,但依稀可以看出这是军装的款式。

我们站在他面前。四周海盗环伺,老陈吓得哆嗦起来。但靳川的表情有些奇怪。

"你们是谁?"首领瞪着我们,"是联盟军的前哨?"

船长连忙摆手,说:"我们只是一艘探险船,没有军队背景……"

"别说胡话。这么多年来,从没有哪艘船能进到恩德星域这么深的地方!"他显然不信,对着我们一一扫视,看到靳川时,突然怔住了。

他上前一步,吓了我们一跳。但他只是伸出手,把靳川右脸上的头发拨开,露出了那块猩红色的胎记。他的嘴唇抖了抖,转过眼睛,仔细地盯着靳川。

"别看了,"靳川突然说,"詹姆斯,是我。"

"阿……"

"是我,"靳川重复道,"你没看错,是我。"

首领打了个哆嗦,他的五官威严至极,但那一刻,我隐约看到泪花在他眼里闪烁。他伸出手,一把抱住了靳川,哽咽道:"阿川!"

8

　　这个盘踞在恩德星域的海盗首领竟然是靳川小时候的玩伴。关于他们的事情我打听到的不多，两个人都不太愿意谈及过往，只知道他们的故乡是一颗偏远的行星，早已经毁于战火。

　　因为靳川和首领的关系，我们从阶下囚摇身一变，成了海盗城的客人。我们已经经历了漫长的旅行，难得遇到人类，便决定在城里休整几天，正好"安琪号"也需要维修。

　　城里除了海盗，还有很多我之前见过的衣衫褴褛的人。之前我以为他们是海盗的俘虏，但住下之后，我才知道，原来这些人都是从战争绞盘中逃生的人。首领原来是海军军官，但在一次行动中，拒绝投下能毁灭数万平方公里土地的光子湮灭弹，导致被革职。他集结一批衷心的手下，抢了军用飞船，带着人们逃到此处。后来战争结束，人们也没有回去，一直在这里过着清苦但安静的生活。

　　海盗首领跟靳川的关系很微妙——从眼神中可以看出来。他们的感情很好，但却又有一种疏离感，交流的时候并不多。

　　那颗行星至今还未列入联盟版图，没有名字，我就叫它"海盗星"吧。

海盗星的自转很慢，一天有接近五十个地球时。每天黄昏的时候，靳川都会坐在城市边缘，出神地看着晚霞。黄昏大概持续四个小时左右，他便会坐上四个小时，偶尔会拿出口琴吹一吹，更多的时候，则是望着那张相片发呆。

也就是那几天，我对秦佳萝的耐心也耗尽了。我让她跟我回地球，她不同意，于是我们爆发了争吵。吵到最后，她对我说："你一个人回去吧，我不会跟你走的。我从来都不喜欢你。"

最后这八个字让我猝不及防。我以为我这么一直追随她，陪伴她度过旅程，她对我至少是有感情的，但她说出那句话时，我看到了她眼睛里的厌恶。她没说错，她从来没有喜欢过我，我只是她生命里的一个过客。现在，这个过客想停下脚步，于是招致了她的反感。

我顿感无力，失魂落魄地转身离开。我茫然无措，一直走到城市边缘才停下来，左右四顾，不知何去何从。这时，我看到了靳川的背影。他依然坐在夕阳下，淡黄色的光笼罩了他，让他浑身散发出淡淡的金边。

"嗨，"他转头看到了我，也看到了我脸上的失落，笑了笑，"表白失败了？"

我沮丧地坐到他旁边，绚丽的晚霞让我有一瞬间不能适应。我眯着眼睛，说："是啊，她不喜欢我。"

"那就找一个你喜欢、同时又喜欢你的人。"

"我只喜欢佳萝！"

靳川笑了，"你太年轻，以为眼前遇到的就是唯一。但整个宇宙很大，大得你无法想象，人也很多，多得你无法想象。在这些人中,一定有更适合你的人,她也在等你。你要做的,是去找她,而不是把时间浪费在一个不喜欢你的人身上。"

时间证明了这番话的正确性,因为我后来遇到了你。在地球上见到你第一眼时,我心里就发出"咯噔"的一声响,而浮现在脑海里的人竟然是靳川,在我耳边响起的,正是他的这番话。我遇到了我喜欢并且喜欢我的人,所以我过来跟你说话。我记得当时你冲我微笑。

好吧,又扯远了。我还是继续说,很快就要结束了。

当时我听了那番话,心有感触,问他:"原来你也懂男女情爱,我还以为你一心只想探索未知呢。"心里突然想起那张照片,问,"对了,你的照片上那个跟你合影的女孩,是你的恋人吗?"

靳川低头看着照片,看了很久。黄昏的光更加朦胧,他整个人都浸泡在光晕里,透过光芒,我看到了他嘴角的微笑。他看着照片笑了,笑容跟照片上的他一模一样。他说:"应该……应该算吧。"

看到他难得地笑,我的沮丧也跟着一扫而空,撞撞他的肩膀,说:"这么漂亮,有一手啊!她现在在哪里啊,怎么不跟你一起来?"

靳川没说话,笑容收敛起来。

"噢,这次航行这么危险,她肯定是在安全的地方等你回去吧。"

"她,"靳川语气恍惚,"她在很远的地方……但她一直在看着我。"说完,他抬头看向天际的夕阳,在一片胭脂红色的晚霞中,似乎看到了某个人的脸。

9

　　几天后的一个早上,我们刚刚起床,首领就来到了他给我们安排的房间。他是来找靳川的,说:"阿川,我有一件事求你。"

　　靳川看着他。

　　"我想让你留下来,帮我照顾他们。"首领说,"这里的一切都可以交给你,飞船、武器、抢劫而来的财富。我知道你能比我做得更好,从小我就知道。"

　　靳川看着他,半晌,摇头说:"对不起,詹姆斯,我不能答应你。"

　　首领一呆,说:"为什么?"

　　"我还有我的路要走。我答应过成琳,要带着她走遍星海,要一起见识最美丽的景象。"他说着,按了按胸前口袋里的照片,"我还没有见到最美丽最罕见的景象,所以这条路还没有走完。"

　　"可是,我已经……"首领说着,咳嗽了几声,"我快撑不住了,阿川,这群人不能没有依靠。我把他们带出来,我要给他们未来。"

　　"我们都有各自的诺言……对不起。"

见劝不回靳川,首领失望地问:"那你要去哪里?"

靳川伸手指向天空,说:"继续深入恩德星域。"

首领不敢相信自己的耳朵,又问了一遍,得到同样的答复后,大声说:"你一定是疯了!你不知道有多危险吗?你以为能顺利闯到这里,就代表你有能力继续下去吗?不!这里还只是恩德星域的外围,就像海洋的浅水滩一样,真正的危险是藏在深海里的!你前面躲过的陨石带和微型黑洞,与恩德星域深处的危险相比,简直只是小水花!"

靳川摇摇头,"但那里没人涉足过,是我答应成琳要去的地方。"

"不,你还不明白。"首领继续劝道,"我曾经也想过深入恩德星域,看能不能找到更合适居住的地方,或是什么宝藏。但我的舰队行进没多久,就遇到了危险,你难以想象的危险,远胜陨石或黑洞。有一块区域,连空间都是紊乱的,飞船刚一进去,就立刻被折叠空间切割得四分五裂;还有一艘船,在航行时听到了奇怪的声音,像是歌声。后来,这艘船的兄弟们发疯了,互相攻击,全船无一幸免。而我至今不知道发生了什么。我刚来这里时,有十二艘飞船,现在只剩下五艘。阿川,我不骗你,哪怕你不想留在这里,你也不要继续往恩德星域里走了。"

"有些事情,比命重要一点点,"靳川的决定无法更改,"所以要去做。"

首领只得失望地离开。靳川默默地看着他的背影,直到背影消失,才转过头对我们说:"准备出发吧。"

然而,我们之中没人回应他。

大家都害怕了。

阿克斯犹犹豫豫地说："川哥,你刚才也听见了,再往前,简直是送死啊。我们都不想死。"我连忙补充:"都到这里了,也差不多了。我们可以在版图上换一个方向,也没人去过,不必在恩德星域里硬闯啊。"秦佳萝也点了点头。

靳川没说话,看着我们。最后,他的目光落在船长脸上,说:"你也不想再往前了吗?"

船长的眼神有些躲闪,不敢跟靳川对视。他转头看着阿克斯,突然叹了口气,说:"我还有儿子,我不能出事,他也不能出事。我们没有你的执念,就只能走到这里了。"

靳川点点头,也不勉强大家,道了声"谢谢照顾",便转身离开。船长咬咬牙,突然叫住了他,说:"我们就不陪你走了,但如果你非要继续下去,我——我把'安琪号'借给你。你要活着回来把它还给我。"

靳川推辞不过,接受了船长的好意。

那天黄昏,我们在海盗星上目送靳川启航。当时的场景有点儿悲壮。靳川逐一跟我们拥抱,见我们都是一脸愁苦,说:"这是干什么,我一定会回来的。老陈,到时候继续给我做饭吃啊,但别放辣椒。"

这是靳川能开的最大程度的玩笑了,但我们都没有笑,秦佳萝更是泪如雨下。靳川转头遥望,在远处木屋顶上,海盗首领遥遥致意。靳川挥了下手。

就在靳川要进飞船的前一刻,秦佳萝突然跺了下脚,跑到了靳川旁边。她满脸是泪,但仰头看着他,说:"我改变主意了,我要跟你一起去!"

"你要想清楚。"靳川看着她,语气第一次露出了些许温柔。

秦佳萝重重地点头。

于是，他们走进船舱，引擎启动，吹起一片灰尘。"安琪号"凌空而去，利剑般刺向天空，最后消失在云层里。

这也是我最后一次见到靳川。他离开之后，海盗首领用他的飞船把我们带到黄昏航线的一颗星球上，留下了食物和水以及一个呼救模块。噢，唯一的例外是老陈，他不愿意回联盟，就留在了海盗星——或许在那群无家可归的难民身上，他看到了自己昔日的影子。

后来的事情很简单。我们被联盟医疗舰找到，安全之后，阿克斯和船长留在港口，加入了别的船队，从最底层船员开始做起。我则回到了地球，重操旧业。

踏上地球的一瞬间，那段荒唐冒险的日子突然就变得不真切了，像是记忆里的烟雾。很多夜里，我会问自己，我真的做过那么疯狂的事情吗？有时我很笃定，有时候又拿不准，因为我已经回忆不起那段冒险的细节。平静的生活冲淡了一切，就连靳川，如果不是阿克斯突然给我打电话，我也不会再想起。

10

跟妻子讲述完后,我心里好受了许多。她用一贯的善解人意包容了我年少时候的荒唐。为了不让她担心,我要快些走出悲伤,回归正常。

所以我把海员证和航空服塞回仓库,不再长久地盯着夜空。妻子安慰我:"别难过了,所有的事情都已经过去。"她掏出两张票,"我们一起去看舞台剧吧。我们已经很久没有约会过了。"

的确,繁忙的工作让我忘了婚姻也需要浪漫。我有些歉意,点点头。

周末晚上,我们准时到达市中心剧场。观众席上灯光幽暗,舞台则一片亮堂,我握紧妻子的手,专注地看着舞台上的歌舞表演。这部剧快接近尾声的时候,终于迎来了高潮,三十几个演员在台上纵情跳跃,浓郁的拉丁风格舞蹈让男女主角的爱情更加缠绵和热烈。妻子眼角沁出了泪光,而这时,我突然发现舞台上有个身影很眼熟。

我起初有些不信,目光紧紧地盯住角落里那个舞蹈演员。

她腰肢的摆动,灵活的步伐,还有跳跃起来时散发出来的灵魂热量,都让我想起了很多年前在世界尽头的破败酒吧里见过的舞蹈。

舞台剧结束后,妻子轻拭眼角泪痕,起身欲走。我却拉住了她,说:"我们去一下后台吧。"

我们来到后台,保安开始不让进,我买了一束花,说是要献给演员,才得以进去。我看到演员们正在卸妆,人人忙碌,杂物拥挤,但在一片嘈杂中,我还是发现了那个熟悉的身影。

我和妻子站到她身后。她从镜子里看到我们,转过头来,脸上还残留着一半未卸的妆容。

"你们好,"她看到我们手上的花束,脸上先是迟疑,后来变成了惊喜,"你们是来给我送花的吗?"

我点点头,把花递给她。她捧着花,笑得十分开心,郑重地把花束放在梳妆镜的两旁。我左右四顾,发现在这个化妆间里,女演员们的脚边和镜子前,几乎都摆满了观众送的花,只有她面前是孤零零的一束。我突然想起来,她已经过了三十岁,已经不再年轻。

见我们没有走的意思,她问道:"还有什么事情吗?是要合影?可是我已经卸妆了,对不起……"

"过了这么年,"我看着她一半素颜一半浓艳的脸,说,"秦佳萝,好久不见。"

她和妻子都愣住了。我握紧妻子的手,继续说:"你还记得我吗?"

她盯着我的脸,看了足足有一分钟,然后才犹豫地摇头。

我说出了我的名字,但这依然没有让她回忆起来,于是我说:"十一年前,我们一起乘过一艘飞船,那时,你是领航员。你还没有想起来吗,黄昏航线,'安琪号',靳川……"

说到最后两个字,她茫然的眼神一下子清明起来。在她脑海里,一定升起了一艘飞船,一定从阴影里走出了一个男人。她也记起了我,对我说:"你等我一下,我先卸妆——这是你妻子吧,真漂亮,我请你们吃饭吧。"

但妻子最终没有跟我一起去。在等秦佳萝卸妆时,她对我说:"我就不跟你们一起吃饭了,我想先回家。你们好好聊聊吧。"我以为她生气了,去拉她的手,她却冲我一笑,补充说,"问清楚就早点儿回家,我等你。"

我和秦佳萝来到了一家料理店,时间已晚,店里冷冷清清,只有我们这一桌。秦佳萝点了不少菜,刚开始的二十分钟里,一直埋头大吃,咀嚼声很响。我没怎么动筷子。她吃完后,抹抹嘴,对我羞赧一笑,"抱歉,排练了一天,饿坏了。你知道,表演前,不能吃太多东西……"

"没关系。"我点点头。

接着她开始讲述这些年发生的事情。

原来几年前她也结了婚,但她不愿意提起那个男人。我只知道他总是把她关在家里,喝醉了还打她,所以她就逃了出来。头几年她到处游荡,但她已经不适应年轻时候的生活,那种飞蛾扑火般追求刺激的渴望,被悲惨婚姻一下子击得粉碎。看到歌舞团的招聘海报之后,她就停下了四处流浪的脚步,成了一名舞蹈演员。

"所以我很羡慕你。"说完后,她揉了揉太阳穴,笑了,"现在有工作,有家庭,很幸福的样子。我都记不起你当年的模样了,但你现在很好,很好……"

我们沉默了一会儿,餐厅里冷清安静,烛光扑在她脸上。我看到她眼角有细微的皱纹。"那,"我斟酌了一下,"靳川后来怎么样了?"

她愣了一下,"什么怎么样?"

"当时,你不是跟他一起深入了恩德星域吗?后来怎么样了?我再也没见过你和靳川,我还以为你们会一直在一起。"

秦佳萝张了张嘴,没说话,抓起桌上的水杯,咕隆隆一口气喝完。她舔舔嘴唇,苦笑道:"我也很久没有见过他了……但这几年流浪,有一次我遇见了阿克斯和船长,他们过得很好,很有钱。他们告诉我,从恩德星域返回的三年后,靳川给他们写了信,信里有一个跃迁坐标,标识了一颗蕴含着丰富的K-96系矿物的星球——你知道这玩意儿有多珍贵。他们用这个坐标,向疆域公司换了一大笔钱。靳川给他们的信里还提到,他穿过了恩德星域,找到了宇宙中最华美、最短暂的奇景。"

我心里竟然升起一股莫名的喜悦。那个永远风尘仆仆的男人,一生都在星海里跋涉,都在苦苦寻觅,终于,在世界的尽头,他看到了自己的归宿。我激动得坐不住了,声音有些急,对秦佳萝说:"真羡慕你,也能看到那么美丽的景象。"

秦佳萝摇摇头,"我没有看到。"

我一愣。

"我没有陪他走完。"

"什么?"

"我中途就下飞船了。"秦佳萝低着头,表情隐在刘海后面,模糊不清,"后面的路是他一个人走的。"

11

　　这趟最后的旅程一开始就不顺利。

　　他们先是遇到了首领提到的折叠星域。这里发生的一切都无法解释，进入这片空间的物体，一不小心就会陷入即将要折叠的空间，被切割、分散；在这里甚至打不开虫洞，所以他们只能把船速降到最低，向四周发射探测光线，通过判断光线是否发生折角，来躲避折叠空间。

　　他们小心翼翼地穿行，这一穿，就是五个月。舷窗外一成不变的景象让秦佳萝陷入了焦躁中，她期待的冒险不是这样。加上靳川又是一个沉默的人，不善言辞——或者说，不愿言辞——使得她的生活更加乏味。到后来，她甚至想通过争吵来让日子热闹一些，但她面对的似乎是一个石头一样的人。靳川只是长久地看着外面扭曲的星光，手里捏着相片，心情好的时候他会吹上一会儿口琴，但更多的时候，飞船里一片寂静。

　　出了折叠星域，他们开始使用跃迁，速度快了一些。飞船很快进入了一片完全看不到星光的陌生星域。周围一片漆黑，而且似乎无边无际，他们把跃迁距离调到极限——"安琪号"的单次跃迁极限是四百光年,但无论跳多少次,四周的景象都一模一样。具有压迫感的浓黑完全笼罩了他们,飞船如同一粒灰尘,在墨汁的海洋里艰难跋涉。

这里仿佛是真正的世界尽头,一片荒芜,没有光线,没有物质。

但有声音。

很奇怪,真空里居然传来了歌唱般的声音。仿佛有人借着四周的黑暗,悄悄潜伏而来,把嘴唇贴在飞船舷窗上,轻轻哼唱。这歌声并不激昂,也不狰狞,反而轻盈缠绵,但它只有一段旋律,翻来覆去地唱着。刚开始秦佳萝虽然惊奇,也饶有兴致地听,后来这种单一的旋律便让她烦躁起来了。她捂住耳朵,关紧卧室门,把头埋在被子里,但都没有用。歌声像绵绵密密的针,游进耳朵,扎在血液里。

她开始对着靳川大吼大叫,她想要砸东西,想做爱,但无论她吼得多么疯狂,砸坏多少东西,甚至把衣服脱光,靳川都像石头一样沉静。她恶毒地嘲笑靳川不是个男人,靳川也无动于衷。

靳川只是不停地检修引擎,然后启动飞船跃迁,想飞出这片可怕的区域。但它太大了,四百光年可能只是这块庞大星域里的一根毫毛,它仍旧盘旋在飞船四周,吟唱出可怕的旋律。

终于,在秦佳萝已经被逼到疯狂的临界点时,歌声停止了。他们逃离了那块充斥着诡异辐射的星域。那种辐射闻所未闻,穿透飞船外壳,穿透他们的身体,让他们产生了可怕的幻听。

但逃出辐射星域后,他们前方依然是一片空虚。

此前的幻听掏空了秦佳萝的身体和心力,她大哭一场,然后在床上酣睡了三天两夜。

"对不起。"

这是秦佳萝醒来后的第一句话,接着,她憔悴地说:"我不能陪你走下去了。"

"嗯。"靳川的语气一如往常。

"我只能陪你到这里,"她说,"我不害怕危险,但我害怕荒芜。"她的声音很轻,不知道是在向靳川解释,还是说给自己听。

"我知道,救生舱已经准备好了。"

靳川把秦佳萝放进救生舱,然后用超距通讯给海盗首领发送了坐标。几天后,海盗首领的大型飞船跃迁而来,但这里只有沉睡的秦佳萝,"安琪号"已经不知去向。

靳川继续往前。

关于这之后的行程,他在信里提到的不多。我只能猜想,他独自坐在空荡荡的"安琪号"里看着舷窗,窗外是永恒虚无,但他并不寂寞,因为他的女孩一直在陪着他。他会吹口琴给她听。

他在绝对的黑暗和寂寞中,航行了整整两年。两年后的一天,他抬起头,突然发现舷窗外出现了光,眨眼之间就从朦胧变成了耀眼。他遮住眼睛,过了好久才适应过来,贴窗望去,只见一团巨大的火红色光团在远处移动。周围空间的黑暗被它的万丈光芒给完全逼退。

那是一颗流浪的恒星。

靳川不知道它原本属于哪个星系,又经历了怎样的变故,以至于它能逃离星系引力的抓捕,在这黑暗的星域里急速前行。但他很高兴,因为他终于有了伴侣。

他不再进行跃迁,而是启动引擎,紧紧跟上它。一艘飞船,一颗恒星,就在这远离人烟的虚空里相遇了。

这颗恒星正当壮年,且体形巨大,相比之下,靳川的飞船简直连灰尘都不如。所以恒星是倨傲的,只顾埋头前行,但当它发现靳川稍有落后时,也会慷慨地放出光芒,给"安琪号"充能,使其跟上。

恒星让靳川感到了乐趣,他甚至给它取了名字,叫作大黄。恒星沉默着,靳川就当它默认了。

他们互相追逐着,时而近,时而远。

几个月后,大黄的轨迹突然出现了偏移。当靳川看到它的行进路线变得曲折时,还以为是自己眼花,直到大黄弯曲的弧度变得更明显之后,他才意识过来——大黄被某股引力抓住了。

但周围除了大黄,明明没有任何光源,也没有别的星球……他连忙调出力感装置的数据,果然看到引力值正在增长。飞船体积小,受影响不大,所以一直没有报警。大黄的质量无数倍于飞船,因而受到了干扰——而大黄本身就是恒星级星体,能让它改变轨迹,又能在它四射的光辉中藏匿身影的,只有一种可怕的可能性。

黑洞!

这个狡猾的猎手一直栖身于黑暗中,吞没投向它的光线,声息隐匿,犬牙蛰伏。等大黄掠向它时,才伸出爪牙,抓住了大黄。

靳川调整引擎功率,一边跟随着大黄,一边对抗黑洞引力,保持安全距离。这样持续了一个月,他就不得不停下——测距仪探测出黑洞本体的位置,离大黄的行进路线很近,可以说,大黄几乎是一头扎向了这个陷阱。越往前,引力越大,速度更快,靳川要是再跟着,恐怕连自己都要被黑洞俘获。

于是,他一直悬停不动,看着大黄的挣扎。

大黄发出了无声的嘶吼,拼命想挣脱黑洞引力,但它的对手太强悍,而且很有耐心,一点一点地将大黄拉扯过来。引力化成了致命的离心力,牢牢地搋着大黄,使它开始开始环绕着黑洞运转,而且半径渐小,曲率越来越大。

这番挣扎又持续了一个月,大黄终于精疲力竭,越来越靠近黑洞中心。黑洞的引力和它自身的引力在不断撕扯,使它庞然的躯体都出现了变形,靠近黑洞的一侧被拉出高高的凸起,轻烟一样的淡黄色粒子流也从大黄身体上逸出,飘向黑洞。如果大黄有表情,那一定是愤怒而扭曲的。

它在加速坠落。

靳川突然有些伤感,因为大黄是他这两年来唯一的朋友。但这是神的角斗,他无能为力,只有眼睁睁地看着它被黑洞吞噬。

"再见了……"他喃喃地说。

大黄已经靠近了黑洞,它发出的光线都无法逃逸。黑洞开始咀嚼它的猎物,不可想象的引力从恒星身体里拉出了一道鬃尾般的橘黄色火焰。大黄从球形变成了椭圆,长长的焰光像是从它头上搋出来的怒发,它的头发在燃烧,它的身体在扭曲。

再靠近黑洞中心一点点,它就会被潮汐力完全撕碎。

一切都要结束了。

然而,这颗存在了亿万年的庞然大物并没有温顺地走向死亡。在紧要关口,它突然开始了最后的挣扎。

那一瞬间,大黄身上的亮度开始成百倍成千倍地增加,光芒如汹涌潮水一样席卷向每一处空间。这个变化太快了,像是屋子本来悬挂着的灯泡,突然换成了一整颗太阳。

靳川连忙升起舷窗的防辐射层,但仍然被大黄爆发出的光亮刺得不能张目。

是氦闪。

这颗恒星的温度本来就极高,加上它的一侧被黑洞引力压迫,温度急剧上升,使得堆积的氦自发进行了核聚变,并且燃烧迅猛,一瞬间逼近了爆炸的程度。

在氦闪的光芒中,大黄开始解体,冕洞扩张,光球层裂开,大量物质争先恐后地从里面冒出来,逃离黑洞。高能粒子束从恒星中心喷涌,往各个方向射出,因为黑洞的引力,它们的轨迹是弧线形的,远远望去,就像是一道道五光十色的喷泉。恒星里也透出了大量的气体云,散在两边,不断外扩。光照在这些气体云上,云也氤氲起来,反射出炫目的蓝色光晕。这两块云团呈半扇形,且几乎对称,在靳川的眼睛里,就像是恒星突然张开了两只巨大的发光翅膀。而那些四射的粒子喷泉,就是它伸出的触角。

濒死的恒星在这一瞬间,从蚕蛹蜕变成了不可方物的蝴蝶!

这是只蝴蝶横贯天地,发出绚丽夺目的光,美得让人不可逼视。靳川几乎把脸贴在舷窗上,眼睛流出泪来,不知是因为刺痛还是因为震撼。他下意识地伸手从口袋里摸出照片,把照片也贴在窗子上,喃喃地说:"你看到了吗,"他叫着照片上女孩的名字,语气虔诚而温柔,"我找到了,这就是宇宙中最美最神奇的景象了,我终于找到了。你看到了吗?"

照片上,女孩脸上也被染了一层七彩光晕。她依旧在微笑。

这种奇景很短暂。恒星氦闪过后,它喷出的物质向外逃逸,但黑洞引力太强。粒子束划过一道道弧线,最终绕回黑洞中心,恒星残留的星体被潮汐力撕得粉碎,连同绽开的双翅气云,也涌向黑洞。不到十分钟,这只庞大的蝴蝶就陨落溃散,被黑洞吞噬。

光暗下来,但没有完全消失,少量逃逸的粒子流和金属,分散在了黑洞四周。它们在发光,但光线是扭曲的,在黑洞的史瓦西半径处形成了黑洞势阱。靳川能够同时看到黑洞的正面和背面。但他的视线被泪水模糊了,眼泪怎么也止不住。

黑洞完全吞掉恒星后,开始打嗝,释放出高速喷射流。这是它贪吃的代价。此后的数十万年,它会一直这样喷吐,永无安宁。

但靳川不会在这里等待。他抹去眼泪,亲吻照片上的女孩,然后启动飞船,朝着下一个目的地飞去。

跟秦佳萝道别后,我失魂落魄地回到了家里。

妻子在温暖的灯光下等我,问道:"你怎么了?"

我摇摇头,说:"我想喝酒。"

那一晚,我喝醉了。我瘫坐在阳台上,仰头看去,夜幕一片漆黑,但醉眼蒙眬中,我隐约看见一个苦行僧一样的男人正在群星中跋涉。我又闭上眼睛,想象着秦佳萝跟我描述的景象,那么壮美的景象,哪怕只想一想,都会让我颤抖。

宇宙何其浩渺,黑洞吞噬恒星本来已经很罕见了,而恒星在被撕碎前,还靠氦闪做出了最后的挣扎,不惜以自杀来对抗黑洞。这种巧合恐怕亿万年也不会发生一次。能见到这样奇罕的景象,不得不让我怀疑,是上帝的有意之举。

而上帝不会把这种恩赐随意给那些如你我般庸碌的男人,我们活该了无生趣,最终在床上衰老而死。只有靳川这种不知疲乏地在星海中奔波、苦苦寻觅的男人才能得到。他会见到黑洞与恒星之间的壮烈搏斗,会有美丽温婉的女孩陪他见证,他的步伐不会停止。他将被埋葬在群星间。

我讲我奶奶的故事

我来给你讲述我奶奶的故事。

我奶奶死在一个黄昏里。那时芜星的改造已经完成,两颗恒星的光被过滤后,只剩下令人惬意的温暖。我奶奶眯着眼睛,坐在院子里晒太阳,天际是一片凄艳的晚霞。我路过她身旁时,她突然抓住我。她很用力,覆满褶子的皮肤像石子一样硌着我的手臂,她颤巍巍地说:"我要死了。我活了一百二十多岁,终于要死了。"我没有当真,因为很多老人看着夕阳落下时都会有自己即将死去的错觉,这是一种兔死狐悲的伤感,所以我挣脱她的手,走进屋子。当我再出来时,我的奶奶已经安详地靠在墙上,永远停止了呼吸。金黄的夕阳笼罩她全身,让她的死亡有一种莫可名状的肃穆感。

得知我奶奶过世,周围的很多老人都过来哀悼。他们聚在灵堂前,白发萧索,表情怆然。后来我才知道,他们年轻时都追求过我奶奶。他们过来吊唁时家里人闹翻了天,老伴哭着拉扯衣服,儿媳指着鼻子痛骂"老不知羞",但依然没能阻止他们。他们花白的头发聚在一起,像某种衰败的植物,他们互相低语,浊泪流下，共同缅怀青春时代的爱慕。

我很无奈地看着他们，我不能干扰他们的悲伤。

后来我整理奶奶的遗物，找到一捆陈旧的日记本。它们真的很旧，纸页泛黄，粗糙得可以黏住手指。日记的第一篇写于我奶奶十四岁时。可想而知，它在一百多年的岁月里辗转封存，再摊开时，已经像傍晚的夕阳一样垂垂欲老了。

本来我不打算翻看奶奶的日记，我没有那种癖好，但就在我准备焚烧它们时，一张动态照片从里面掉了出来，按下启动键，屏幕闪烁良久，居然出现了一个年轻男人的画面。他骑着车，载着我奶奶行驶在落满白雪的街道上，我奶奶眉眼都含着笑意。这个男人绝不是我爷爷，我很好奇为什么奶奶会把一个陌生男人的照片藏在她的旧时记忆里。

当然了，好奇并不能成为窥视的理由，但我就在奶奶的骨灰旁翻看她的日记，如果她有异议，就会告诉我。她现在沉默着，所以我认为她允许了我的行为。

1

　　我奶奶在十七岁的时候,就已经是公认的美人了。她很漂亮,身材也好,走在哪里都会吸引男人们的目光。当然,作为她的孙子,我这么说显然很不适合,但我说的是真的。我看过奶奶初到芜星的视频,全息光影里,她走在一大群少女中间,是最出挑的一个。晚霞也不及她的明艳,夜色也遮不住她的婀娜。

　　当时我并不知情,两眼冒星,对别人说:"嗨,这妞真棒!"立刻有上了年纪的人敲我的脑袋,说:"别乱说,她可是你奶奶!"

　　那天我回家之后,看着缩在角落里的奶奶,实在无法把眼前这个干瘦苍老的妇人与视频里明媚娇艳的少女重合起来。时间真是所有女人的天敌。

　　我奶奶的美丽并不是源自遗传。当时有一批雌性受精卵在实验室里孕育,联盟的主电脑按照人们的审美标准,对它们进行基因优化。所以这些女人还未出生就注定了美丽,要在已开发星球接受培训,学习各种女艺,长大后按等级分配到各星球嫁人生子。当然,这种行为后来遭到抗议,不得不取消。这是后话了。

　　基因优化也分等级,我奶奶的各项基因被电脑精心修改过,属于最优先级,所以她学习成长的地方是荣星,联盟最早开发完善的星球,条件优渥,气候适宜。我奶奶每天都要到离宿舍几公里路外的学校,学习成为贵妇人的各种技艺。

她是在一个清晨遇到那个男人的。

抱歉花了这么久才讲到正题。我完全可以在第一句就说"我十七岁的奶奶遇见了一个男人,而他并不是我的爷爷",这样或许会更吸引你往下看。但那样的话,对我奶奶不尊敬,因为在她后来的日记里,曾无数次提到初遇的情景,尽管文笔稚嫩,仍能看出她觉得那是她生命中最重要的时刻。

因为她的整个人生都因此发生了变化。

然而当时我奶奶没有意识到这一点。她心里想的是,上学要迟到了。其他女孩子把专车车座占满,用嘲弄的目光看着她。她只好借了一辆自行车,在专车后面追赶。

嗯,我知道你要说什么——相信我,自行车是永不过时的交通工具。即使人类走出地球,进入了大拓荒时代,即使离子轻轨摩托、转矩变速飞车、反重力平台以及一大批名字冗长的高科技车辆已经普及,自行车仍然保持着旺盛的生命力。它是优雅的工具,轻便、环保,还能锻炼身体,每个殖民星球上都有它辘辘的车轮转动声。如果你还不信我,那请你努力地活到我这个年代,到时你就会因你的多疑而惭愧。

现在,让我们把注意力从自行车转回我奶奶身上。

我奶奶骑在车上,晨风在她两颊边掠过,她的发丝向后扬起。已经有些迟了,所以她骑得很快,耳边风声簌簌,超过了一辆又一辆自行车。当她超过一个穿衬衫的年轻人时,听到那人发出了"嗷"的一声惊呼,似乎十分不满。

年轻人也加快了速度,从后面赶超过来。"嘿,你个小姑娘胆子倒不小,敢超我的车。"那人得意洋洋地与我奶奶并行,嘴里骂骂咧咧,"谁不知道我是附近有名的凶神恶煞,只要我在街上骑车,别人都得——"

他突然看清了我奶奶,怔住了,话也停在嘴里。后来我听说,一个美丽女人在晨风中的脸,不能轻易去看,否则就会迷恋。这是魔鬼般的规律,没有科学根据,却在我日后的生命里一次次应验。

这个年轻人显然也是这个规律的证明。因为他不但忘了说话,更忘了骑车,"啊呀"一声,连人带车摔倒在地上。

我奶奶吓了一跳,往后看了一眼,却没有停下来。她有些害怕,更要赶着上学,脚下不停,在晨风中驶得远了。

而她到达学校门口后,又出现了另一件麻烦事——放在自行车后座上的车锁不见了,或许是在骑车途中被颠得掉出来了。这让她很苦恼,因为跟自行车一样,自行车偷盗者也保持了旺盛的生命力,有车的地方就有小偷。而这是借别人的车,我奶奶不能丢了它。

正当我奶奶满心烦恼时,另一辆自行车停在了她身旁。摔得鼻青脸肿的年轻人跳下来,把手插在裤带里,仔细打量起我的奶奶,说:"你需要帮忙吗?"

我奶奶眉头皱得更深了,摇摇头,没有说话。

"你是不是害怕我?"年轻人解释说,"不用害怕,你去打听打听,谁不知我是附近有名的好青年,温文尔雅,乐于助人。别人的偶像是联盟将军,但我从小就崇拜一个叫雷锋的古人,你听说过雷锋吗?"

我奶奶不知道他说的是谁,看到学校已经快关门了,有些焦急,说:"你有多的车锁吗?"

"没有。"他摊摊手,"我只有一把。"

我奶奶气急,鼻子都红了,转身不理他。

"可是,这把车锁可以锁住两辆车。我们的自行车锁在一起,就不要紧了。你是这所女校的学生吧,我在对面金融城上班。你放学,我下班,刚好把车锁打开。"

学校已经开始响铃了。这所学校专门培训经过了基因优化的女孩们,以严格知名,迟到了会扣分,而毕业的分数会影响以后的分配。优秀的女孩们被分到星舰或者地球上,与联盟议员成婚,或者有机会认识疆域公司高层,而低分的则要去艰苦的未开发星球,与满是汗臭的工人一起,在贫瘠的土地上艰难生存。

"那……那谢谢你了。"我奶奶咬着嘴唇,点点头。

"好嘞!"年轻人吹了吹口哨,擦破皮的脸上满是殷勤笑容,"交给我吧。对了,我叫靳泽,你可以直接叫我的名字,也可以用更亲密的叫法,阿靳,小靳,靳哥哥,亲爱的阿靳,温文尔雅的靳泽,努力上进的靳泽,人们的好朋友靳泽……"

后来我奶奶的日记里,一直用阿靳来称呼他,所以我们也用这个名字吧。

在阿靳喋喋不休的话语中,我奶奶红着脸走进学校。她踩着最后一声铃进了教室,其他女孩子都有些失望,冷冷地看着我的奶奶。我奶奶知道自己深受排挤,没说什么,找了角落的空座坐下。

晚上她出校门,一眼就看到安然无恙的自行车,以及正在一旁等待的阿靳。"嗨,你终于出来了!"阿靳快活地打招呼,"快过来,咱们回家。"

谁跟你"咱们",还回家！我奶奶嘴角抽动,心里愤愤不已,走过去扶着自行车,却发现车锁还锁着,两辆车连在一块儿。"你把锁打开！"我奶奶说。

"嗯,你先吃冰淇淋。"阿靳变戏法般拿出一个冻酸奶冰淇淋,"我跑了好几家才买到的,送给你。"

"不要。"

"你吃吧,吃了我把锁打开。"

我奶奶无动于衷,阿靳的手定在空气里,只有冰淇淋横在两人中间,奶油流动,很无辜的样子。

一些金融城的职员路过,看到这个情景,纷纷笑起来说:"阿靳,这是你女朋友？闹别扭呢？"

阿靳点点头,语气很苦恼,"唉,女孩子都这样,爱闹,没办法……"

同事们笑得更大声了,挤眉弄眼地走过。

我奶奶气急,低声说:"你胡说什么！"

"你吃冰淇淋,吃了我们就走。"

再僵持下去的话会有更多人看到。无奈,我奶奶只能接过冰激凌,舔了一口。香甜的奶油味顿时在舌尖流淌,沁满全身。因为要保持身材,我奶奶从小被教导不能吃高脂食品,但冻酸奶冰激凌低脂肪,口感好,让我奶奶一瞬间有被击中脑袋的眩晕感。

阿靳乐呵呵地把锁解开。他脸上好几处擦破了皮,我奶奶看着都觉得疼,他却满是快乐的表情。我奶奶清醒过来,把吃了一半的冰激凌塞回他手里,飞快地骑车走了。她的脸有些红,或许是晚霞照在上面的缘故。

沿路上，我奶奶想去买一把车锁，但奇怪的是，所有的店铺里的车锁都卖光了。

第二天，女孩子们又把车座占满了。其实专车给每个人都安排了座位，但她们故意在我奶奶的座位上踩踏，放满杂物。我奶奶不愿去争，只有自己一个人去上学。

她再次把车骑到校门口，阿靳已经等着了，老远就招手，"快，过来，我都要去上班了。"

我奶奶有些发愣，看着阿靳熟练地把两辆车锁在一起，拍拍车座，转身去上班。好像这一切理所当然。我奶奶接受的是贵族式的矜持教育，永远与人保持距离，从来没有见过这么自来熟——或者说这么不要脸的人。

"晚上见。"走之前，阿靳还不忘说了这句。

接下来的一连十几天，我奶奶的车都和阿靳的车锁在一起。从她的日记看来，她对阿靳慢慢放下了戒心，觉得阿靳虽然无耻，但也算无害。

有一天，阿靳的车后座上多了一个缠着绷带的小孩。"给你介绍一下，这是我表弟，叫靳川。"阿靳摸着小男孩的头，对他说，"这是——咦，你叫什么名字来着？"

我奶奶没好气地说出了名字。阿靳"哦"了一声，对男孩说："你叫嫂子就可以了。"

"嫂子。"男孩认真地说。他很虚弱的样子，绷带一直缠到头上，手和脚都软软地垂下来。但他的眼睛很大，睁开来看着我的奶奶，里面映出她的模样。

我奶奶本想斥责，但看着男孩的可怜模样，心里软得跟棉絮似的,只说:"你不要听你表哥的,他是个无赖——你们是表兄弟,为什么姓氏相同呢?"

"我爸妈离婚,我跟妈妈姓。"

我奶奶默然。她在实验室里孕育而生,没有血脉的概念。但她知道父母离婚对孩子的伤害。她摸着靳川的头,这个十七岁女孩的心里,发出轻声叹息。

"阿川听说你特别漂亮,吵着要来看你。"阿靳说,"小小年纪,就不学好。"

"你比我哥哥形容得还漂亮。"

在这哥儿俩的配合下,我奶奶终于忍俊不禁,笑了起来。阿靳适时地说:"一起回去吧。"

于是,两辆自行车在暮色浓重的街道上行驶。车轮滚过青石板路面,一些鸟从高楼后飞起来,又隐进夜色里。高楼在四周耸立,一面面墙壁上巨屏的画面变幻着,而空中有无数飞车驶过,曳出一道道流光,像是给夜晚拉开了五彩斑斓的帷幕。荣星已经改造完成数百年,环境很像旧时代的地球,夜空中有星星一颗颗亮起。靳川坐在自行车后座上,晃着腿,吹起了口琴。虽然曲调简单,但琴声清越,在夜色里回荡。

一路上,阿靳不断跟我奶奶搭话。他说他是在荣星上长大的,很早就辍学了,现在在金融城担任重要岗位负责人,轻轻松松挣大钱……他说的话我奶奶其实都不关心,只在晚风中点头。

后来他们分开,阿靳载着靳川驶向一条狭窄的胡同。我奶奶知道胡同通向贫民区,阿靳住在里面,说明他并不像他说的那样能挣到很多钱。他在金融城上班,但或许只是一个保安。我奶奶轻笑了一声,向宿舍骑去。

几天后，一位来自星舰的年轻议员乘穿梭飞船出现在荣星，欢迎晚宴在当天举办，无比盛大。除了高官贵妇要出席，美艳少女也少不了，我奶奶作为优化美女的代表，也受邀参加。

现在你明白了，这便是我奶奶深受排挤的原因——她的成绩和相貌最优秀，哪怕是花瓶，也是一堆花瓶里最耀眼的。

接到通知后，我奶奶淡淡地应了一声，开始准备服装。其他女孩子窃窃私语，打量着我奶奶，眼神里像含着毒药一样。

在宴会上，我奶奶不出意料地成了众人关注的焦点。许多男人端着酒杯过来，但听说她是优化美女中最出色的，以后要回星舰嫁给权贵，便都神情尴尬地退下了。他们在荣星上是社会名流，但一旦涉及星舰，他们再大的权势也不值一提。

唯一够身份的，就是那位年轻议员了。他一边冷笑，一边看着不自量力的男人们纷纷上前，又纷纷退下。到最后他觉得自己该出场了，便整理好昂贵西装的领口，走到我奶奶面前。

我奶奶学习过贵族礼仪，矜持地与议员交谈。我奶奶知道议员的身份：他是星舰最高权力层参议院的成员，最年轻的一个，最有潜力的一个。优化女性的最好归属，就是嫁给他。

他们聊得很开心。我奶奶的美丽优雅，议员的风趣沉稳，相互都给对方留下了美好印象。宴会后，议员推掉了媒体采访和政治会谈，专程送我奶奶回去。这种待遇让所有人都羡慕地看着我奶奶的背影。

外面天冷，议员绅士地把西装披在我奶奶身上，遮住她在夜色中瑟瑟发抖的裸肩。他把她送到宿舍门前，有礼貌地告辞离去。

我奶奶回到宿舍，立刻感觉到了同房间其他五个女生的敌意。她看到自己的床被揉成一团,上面沾满了脚印、污泥、唾沫和一大堆难以言述的黄褐色污渍,柜子里的衣服也被丢在地上,剪得七零八落。

我奶奶环视那五个女生,她们的脸上并没有惭愧之色,只有得意。其中一个领头的女生"哼"了一声,说:"你看什么,再看我弄瞎你的眼!"

我奶奶收回目光,把衣服一件件捡起来,叠好,放进柜子里,然后她又把床上被弄脏的被子扯下来,丢进洗衣器。她做这些事情的时候面无表情,仿佛一切都不能打扰她的淡然。

领头女生嘲讽说:"一张死人脸!真不知道那些男人怎么想的,喜欢这种货色!恐怕是因为骚吧,隔老远一闻就知道是个小婊子!"

我奶奶像是没有听到,弯下腰,用盆去接洗衣器喷口里流出来的洗衣液。淡蓝色的黏稠液积满了整个盆,她的表情在里面荡漾。

"一股子骚气!"领头女生见我奶奶不敢回嘴,有些得意,"小婊子你听好,以后给我老实一点,不然我把你嘴撕——"

我奶奶转身把满盆的洗衣液向领头女生泼过去,碱性液体一瞬间淋满了她全身。在所有人的惊骇中,我奶奶一把揪住女生的头发,有些滑,所以她紧紧地攥住,用力一扯,女生尖叫着摔倒在地上。我奶奶伸脚踩住她的脸,同时从口袋里拿出一柄银质餐刀,用力划了一圈,把冲过来的其他女生逼退。

"谁过来,我划破她的脸。"我奶奶沉声说。

其他女生顿时被吓住了。她们只会背后说人坏话、踩脏床铺或剪坏衣裳,自以为很厉害,但面对餐刀锋刃上的寒光时,才知道那些只是小孩子的把戏。

我奶奶挪开脚,踩住领头女生的肚子,然后一巴掌扇在她满是洗衣液的脸上,"啪",声音清脆,让那些女生更胆寒。"谁是婊子?"我奶奶问,又扇了一掌。

"你等着,看我不——"领头女生咬牙咒骂。

"啪!"扇完,我奶奶又问了一遍。

"你死定了!"

"啪!"

"别打了,我是婊子,我是……"

"啪!"

领头女生的眼泪一下子涌出来,洗衣液趁机往里渗,刺激得眼睛生疼。她带着哭腔说:"你……你怎么还打?"

"是谁打你?"自始至终,我奶奶语气平静无波,只一巴掌一巴掌地扇下去。

"啊?"

"谁在打你?"

女生顿时明白过来,连忙摇头,说:"没有人打我,没有人……是我自己不小心……"

我奶奶点点头,却没有放手,扯着她的头发往房间外的盥洗室走去。领头女生头皮被扯得生疼,连滚带爬地跟着我奶奶的步伐。一路上,其他房间的女生们纷纷探出头来,吃惊地看着这一幕。没有一个人敢上前。我奶奶的表情仍旧沉静如水,只是拿餐刀的左手握得更紧了。

到了盥洗室,我奶奶把水放出来,一脚将那女生踹进水池里,然后转身离开。女生连忙清洗脸上的碱液,洗完后,战战兢兢地回到宿舍。

那一夜,我奶奶在床上辗转反侧。床铺被清洗过,已经烘干,还有一股淡淡的香味,但她就是没有睡意。打人的时候她冷静沉着,此时却心潮起伏,难以自持。她知道其他女生也没有睡,都支着耳朵听动静。她干脆坐起来,披衣起床,宿舍里的声音顿时如潮水退却。其他人紧张得连呼吸都屏住了。

院子里星光如水,满地流淌。荣星的大气层相对稀薄,因而夜空显得格外干净,凉风吹拂,星幕低垂,一颗颗星子近在眼前,好像伸手就能摸到一样。我奶奶走在清冷的夜色中,仰头看着繁星漫天,星子落进眼里,眸中也荡漾着星光——哦,不对,那是泪光。

是的,我的奶奶独自在深夜的院子里哭泣。

在日记里,关于这件事的心理描写不多,我只能揣度:我奶奶并不愿意打人,但其他人越来越过分,而且骂出了她深恶痛绝的"婊子"二字。她知道自己打得太凶狠,但既已出手,就不能留退路,否则后面还会受到数不清的骚扰——这种决绝的态度一直贯穿在她日后的生活里,时间够的话,后面我再讲给你听。但打人之后,她靠隐忍退让才勉强同其他人维持着的脆弱关系彻底断绝,那些女生再也不会跟她说话。她要一个人度过漫长的时光了。

我奶奶很怕独自在黑夜里行走,而且黎明还迟迟不来。

正当她为日后的孤单哭泣时,一个石子"咚"的一声跳到她脚边。我奶奶抬起头,发现院墙上不知什么时候坐了两个人,一大一小,正睁大亮晶晶的眼睛看着自己。

我奶奶满面羞红,扭头就走。墙上的阿靳急了,连忙翻身下来,拉住她的手说:"别走啊,你现在回去也尴尬,走,哥哥带你去兜风。"

也就是说,他们看到了全过程。我奶奶反而放松下来,扬起下巴,说:"我要喝酒!"

阿靳愣住了,打量着我奶奶。星光让我的奶奶有了另一番模样。好半天他才点头,说:"走,喝!"

院子外停着阿靳的自行车。他小心地把靳川抱上车后座,然后示意我奶奶坐在车的前杠上,我奶奶对这种暧昧的坐法感到别扭,迟疑不前。

"是这样的,"靳川看出了这对男女之间的微妙氛围,及时解释说,"我受伤了嘛,坐在前面很难受。"

"你是怎么受伤的?"我奶奶一直很疑惑。

"哦,被我爸爸打的,他说我妈妈偷情,说我是野种。"浑身绷带的男孩叹了口气,晃着两条细细的腿,"我妈妈让我到哥哥这边养伤,她去处理离婚的事情,可能我回去后就没有爸爸了。"

"你家在哪儿?"

"暮星。"

我奶奶听说过暮星,知道那是一颗矿产星球,联盟连改造它的兴趣都没有,只想挖空里面的KG矿。那里环境恶劣,矿工们凶狠霸道,不知道这个男孩以后会在暮星长成什么样子。她没有再说什么,侧身坐在自行车的前杠上,扶好车架。阿靳俯身上来,握住了车把,几乎是以拥抱的姿态将我奶奶护住。他开始骑车。夜色被切割开,凉风掠过我奶奶的细发,有几缕飘到他脸上,像温柔的手将他抚摸。

接下来发生的事我就不详细描述了,无非是阿靳带我奶奶到了酒吧,教她喝酒,听她述说女孩子之间残酷的竞争,在她说得泪水盈盈之时拭去她眼角的泪光。后来他们到了河边,阿靳告诉我奶奶说骂人是发泄情感的好方法,并且教她说脏话。我奶奶开始怯生生的,后来大声咒骂,那些令人脸红的词句在倒映着星光的河面上远远传开……反正就是些年轻男女约会的常见套路,并不多么浪漫,知道就好,不必了解细节。我还有别的事情要讲给你听。

第二天,我奶奶看到专车上属于自己的座位空了出来,上面干干净净。车里的其他女生都低下头不敢看她。她冷笑一声,却并不坐下,还是骑着自行车去学校。

不出意外,阿靳已经在学校门后等着了。

接下来的日子里,我奶奶和阿靳慢慢熟悉起来,在清晨经常一起骑车去学校,然后又在黄昏碾着霞光回来。后来某天,我奶奶干脆不自己骑车了,坐在阿靳的车后座上,由他接送。

很快,冬天来临,纯白的雪花开始飘落下来。

如果事情发展到这里,你肯定会认为这是一个爱情故事。阿靳也这么认为。当我奶奶无视路人诧异的眼光,坐在他后座上轻声唱起歌谣时,他以为触摸到了爱情的模样,所以在一个大雪飘飞的日子里,他向我奶奶表白了。

他先是把她带到自己家里,请她吃自己做的饭菜。他的手艺不错,而且挑选了昂贵的食材,满桌丰盛。然后阿靳从屋子里拿出一个大盒子,里面都是自行车锁,各式各样。

我奶奶看着那些锁,没有说话。

"知道你为什么买不到车锁吗?"阿靳捧着盛满自行车锁的大盒子,单膝跪下,"因为那天我把沿路上所有的车锁都买完了。你买不到锁,所以你的车和我的车锁在一起。干脆你和我也锁在一起吧。"

靳川适时地打开老式留声机,舒缓清扬的乐曲流淌出来。

我奶奶沉默地看着阿靳。这个一直以来飞扬跳脱的年轻人,在我奶奶的注视下,表情先是由诚挚变得尴尬,然后慌乱起来。他满脸通红,眼睛不敢与我奶奶对视。

我奶奶叹息一声,站起来便走。

外面风雪交加,巷子里积了厚厚一层雪,在上面每踩一步都会响起吱吱喳喳的声音,像是惊动了藏在积雪里的小动物们。阿靳的家离我奶奶的宿舍有好几里路远。她一个人走着,头上落满了雪片,冷风刮得她脸上生疼。阿靳没有出来送她。她知道阿靳再也不会骑车接送自己了。

我奶奶拒绝阿靳,是因为她知道两人是不可能的。她还没出生就注定要嫁给星舰里的高官,她所学的一切,都是为此服务的。关键是,我奶奶对自己的定位也是嫁入星舰,毕竟从小到大人们都是这么告诉她的。而阿靳,并不值得我奶奶为他放弃一切。

在我奶奶心中,最符合她对未来丈夫定位的,是那个年轻的议员。

在这个冬天的尾声,议员再次来到了荣星,来后的第一件事就是约我奶奶。上次分别后,他回到星舰,每晚都想起我奶奶的脸庞。他是参议院成员,位于人类联盟的权力最高峰,原本不应该为一个女人浪费太多精力——但我奶奶有一张会出现在他夜梦中的脸。所以他这次休假没有去温暖适宜的星球享受阳光海滩或星河流转,而是来到了被冬季笼罩的荣星。

我奶奶深知这是莫大的荣幸,更是难得的机会。抓住了,她可以跳过明年春季的选拔考试,直接进入星舰,成为人人称羡的议员夫人。

她和议员一起出席酒会,被介绍给荣星的上流人士。她矜持微笑,他谈笑风生,其他人纷纷赞叹两人简直有夫妻般的默契。

这种恭维让议员很是得意,让我奶奶娇羞地低下头。

酒会结束后,议员没有送我奶奶回宿舍,而是邀请她去他在荣星的别墅。我奶奶犹豫了一下,没有拒绝。她知道接下来要发生什么,她已为此做好了准备。

议员的别墅是按照古地球中式风格装修的,碧竹青翠,雕栋画梁,卧室里面还布置了屏风和熏香,还有一柄紫砂壶在炉火上烧着,咕咕的水声从里面传来。

我奶奶是见过世面的人,但看到如此奢靡的装修,也不由咂舌。

议员很满意我奶奶的反应。他揽住我奶奶的腰,俯身下去,吻上她的嘴唇。

我奶奶很不适应,但强迫着自己不去反抗。她从没有这样的经历,笨拙地迎合着。我奶奶曾幻想过她的初吻,像小说和电影里描述的那样,她以为那会是一种美好的体验,但现在,她只感到一阵窒息。

这不是幻觉——议员的手扼住了她的咽喉。

议员越吻越兴奋,脸色通红,鼻子喷着粗气。他的手扼得越来越紧。这副模样跟他在众人面前的正派谦和截然不同,像一只野兽在他儒雅的身体里苏醒。

我奶奶开始觉得不对,奋力挣扎,但她的力气在议员面前只是清风一阵。就在她因窒息而眩晕之前,议员松开了手,让她得以喘息,但随后又使劲地掐住。

"咕咕","咕咕",紫砂壶的水沸腾着,水汽如烟,袅袅上升。

这种变态般的接吻方式持续了半个多小时。议员似乎已经筋疲力尽,后退几步,躺在楠木大椅上。我奶奶也浑身乏力,滑倒在墙壁下,大口地喘息。

"你……你感觉怎么样?"议员从紫砂壶倒了一杯茶,品了一口,问道。

我奶奶还未从错愕中恢复过来,揉着脖子,呼吸急促。

"我有一点小小的个人爱好,"议员轻描淡写,像谈着与己无关的事情,"就是习惯用痛苦表达爱。我相信爱情是痛苦的,所有的甜蜜和喜悦都会随着时间流走,而痛苦永远存在心中。我希望你能容忍我这个习惯。"

我奶奶浑身颤抖。她没有说话,像看着怪物一样看着议员。他的话听上去温文尔雅,他的表情处变不惊,他的眼神温柔如水——但这一切都是伪装。

完美的外表下藏着一颗虐待狂的心!

"我……我想先回去。"

议员站起来,握住我奶奶的手,说:"你害怕了吗?"

我奶奶摇摇头。

"请你原谅我。"议员单膝跪下,"我是无性人,从生理上来说我不需要女人。但我爱你,回星舰后每个晚上都梦见你,这是从未出现的。我选择去掉性征,就是为了摒弃一切欲望,专心从政,将来带领联盟政府与疆域公司抗衡。没有欲望,我的对手就抓不住我的弱点,所以我干掉了很多挡在我面前的人。但你,你是我唯一的欲望,是我的弱点。按照我的原则,我要么毁灭你,要么抓紧你。"

我奶奶浑身颤抖——从听到议员说出自己的秘密开始,她就明白自己陷入了泥潭。议员如此放心大胆地告诉她,是因为胸有成竹,我奶奶飞不出他的掌心。

"我可以送你回去,但我还会见到你,每一天。这个假期结束的时候,我会带你走。你不用参加选拔,直接进入联盟权力顶层。这不是你的宿命和追求吗? 我帮你实现。"

回家后,我奶奶躺在床上,彻骨冰冷。

她知道无性人,那是最受争议的科技。一个人如果为了权力连性别都可以放弃,那他如何再去爱别人? 更何况,他还有严重的虐待症。我奶奶想着以后的人生,定会像现在的夜色一样黑暗浓重,不禁落泪。

第二天,我奶奶骑车到街上,风雪交加,她的围巾向后飘荡。半路上,她遇到了熟悉的人——阿靳。其实在这座不大的城市里,他们经常遇到,只是在被拒绝后,阿靳再也没有像以前一样跟我奶奶热情地打招呼。他曾跟我奶奶一起度过了那么多浪漫时光,以为那就是爱情,但那不是。

见到我奶奶迎面骑来,阿靳低下头,加快骑速。

在两人错身而过的一瞬间,狂风乍起,我奶奶的围巾被风吹落。她脖子上那道触目惊心的红痕露出来,在漫天白雪飘飞里,格外触目惊心。

"哐当",我奶奶身后传来自行车摔倒的声音。

这个场景十分熟悉,在我奶奶和阿靳初遇的时候也发生过一次。我奶奶依旧没有转头,继续向前骑去,但自行车被一只手拉住,骑不动了。

阿靳被摔得鼻青脸肿,但丝毫不顾自己的伤势,凑到我奶奶脖子前,仔细端详。

我奶奶能感觉到他的呼吸,温热,轻柔,像一阵夏季的风吹进了这个冬天。

阿靳骂了一句脏话,急声问:"这是怎么回事?谁干的?"

"没有,"我奶奶把头发散下来,遮住了脖子,"我自己不小心……"

"胡说!你当老子真的没文化!"阿靳打断她,"老子开始打架勒人脖子的时候,你还没学会自己穿裙子!是谁——是他吗?"

这个"他",自然是议员了——这些天阿靳还是在默默地关注我奶奶。她没有说话。

"干!干他娘!老子在梦里都只敢拉着手的女孩,恨不得连呼吸都帮你护住,居然被他这么勒脖子!"接下来,他骂出无数的脏话,比那夜教我奶奶发泄时的脏话更脏、更愤怒,骂得自己青筋暴起。

由于这些话实在太脏,我奶奶并没有在日记里写出来,抱歉我不能满足你的好奇心。

那些脏话令人脸红心跳,想要捂住耳朵,但我奶奶却感到眼圈有些热,开始发红。她转过身,用力吸了几口冷冽的空气,在眼泪流下来之前推车走了。

那一整天,我奶奶都心绪不安,总感觉有什么事情要发生一样。她在这种不安中熬到了傍晚。放学出门,还未走到街上,就看到了雪地上一个小小的身影。

那是靳川,阿靳的表弟,一个被亲生父亲打得骨折的男孩。他的伤好了许多,脸上的绷带撕开了,露出一道猩红色的胎记。他裹在明显不合身的棉衣中,下摆一直拖到膝盖下,脸被冻得通红,看到我奶奶后用沙哑的带着哭腔的声音大声喊道:"嫂子!"

我奶奶眉头皱起,在周围人诧异的目光中走过去,说:"你别乱……算了,你来这里干什么?"

"我哥哥被抓走啦!"

我奶奶心头一紧,那份不安感加重了。

"他去揍那个坏人,刚揍了一拳,就被警察抓走了! 我现在找不到他,我只认识你……"靳川已经哭出声来,眼泪在冻得裂开的脸上流淌。

"没事,没事。"我奶奶抱住他,轻声地安慰,"我们这就去找他。放心,你哥哥会没事的。"

"我还没吃晚饭……"

"那我们先吃去东西,再去找你哥哥。"

当靳川一边吸鼻涕一边吃面条时,我奶奶拨通了议员的通讯模块。她恳求议员放过阿靳。

"你认识那个暴民?"议员有些诧异。他被冲过来的阿靳一拳打在脸上,以为阿靳只是不满联盟政策的暴民。这种事很常见,只要抓起来严刑拷打,杀一儆百就可以了,但他没想到我奶奶会求情。

"是我的一个朋友。你跟警局说几句话,他就能出来。"

议员在通讯模块的另一头沉吟良久,说:"好的,你的忙我当然会帮。只是,朋友……这个词你不要在我面前再提。因为我

347

没有朋友,你以后跟我在一起,也不会有朋友。"

我奶奶牵着靳川的手,在警局对面等候。那时候已经很晚了,路灯的光洒满了整条大街,雪花纷纷扬扬,在灯光里跳着轻盈的舞蹈。雪落满了我奶奶的头发。她从未觉得等待是如此漫长,时光像雪花一样飘扬,似乎永无彼方。

临近午夜的时候,阿靳从警局里出来。他明显遭受了拷打,脸上一道道青痕,嘴角还有淤积的血迹。他很冷,裹紧衣领,正准备回家,却突然在街道对面看到了我奶奶。

那一瞬间,他的表情千变万化。

他奔跑起来,穿过长长的街,穿过落雪的夜,径直跑到我奶奶身前。他脸上再度绽放出了热情洋溢的笑容,尽管那些伤痕让他的五官看上去有些扭曲。

"你来了。"他说。

我奶奶点了点头,不知说什么好。她身上满是白雪,鼻子通红,呼出的气体像白色的纱布。

阿靳拂去我奶奶肩上的雪,这时,他看到她的嘴唇在寒风中瑟瑟发抖。

"阿川,转过去。"他对靳川说,"接下来发生的事情,少儿不宜。"

靳川听话地转过身。

我奶奶还在诧异,阿靳已经俯身吻了过来。她被两片温热的嘴唇袭击,一瞬间失去了力气,向后仰倒,却被阿靳有力的手臂环抱住了。她感觉到阿靳明显也是笨拙的,但这一刻的氛围是如此美好,让她感受到了想象中初吻的味道。这跟议员的变态亲热是截然不同的感觉。她颤栗着,开始回应。路灯照在身上,周围落雪纷扬。

很多年以后,当我吻其他女孩子时,她们告诉我,或许她们之前并不爱我,但在漫长的接吻过后,她们对我有了新的看法。瞧,我并不是炫耀我有多么厉害,我只是想说,爱情可以由吻来促生——拥抱和接吻,是人类最伟大的发明。

在这一个吻过后,我奶奶爱上了这个洒脱飞扬的男人。

或许更早,当他说出"老子在梦里都只敢拉着手⋯⋯勒脖子"这句话时,我奶奶说不定就已经倾心了。这句充满男人气息的话,比"把你和我也锁在一起吧"要更有杀伤力。

又或许是他伤痕累累的模样打动了我奶奶。时光久远,斯人已逝,我再也找不到真正的答案了。反正我奶奶沉浸在这忘情的吻里,忘了一切。

所以他们也没有看到,不远处的墙角阴影里,一个比夜色更深的影子正默默站着。影子站在那里,顿了很久,直到一辆悬浮车经过,才慢慢后退,消失在漫天飞雪里。

那一夜,我奶奶没有回宿舍,是在阿靳那个破旧的屋子里度过的。至于发生了什么,我不能告诉你。如果你非要问,我就会说我也不知道。反正第二天阿靳送我奶奶去上学,那是她最开心的一个清晨,连雪都下得柔和起来。在学校门口,他们依依惜别,阿靳抚摸我奶奶的头发,叮嘱她好好上课,然后他一步一回头地走进了对面的金融城。

我奶奶一直伫立,看着阿靳带着满面伤痕和笑容走进大门,直到身影完全消失。我奶奶这才转身。她第一次希望时间快点过去,希望黄昏早点来到,那样她就能在校门口看到她的爱人倚在自行车旁,笑容浮现,一如从前。

但她没有等到。

清晨的离别,是她最后一次见到阿靳——或者说,活着的阿靳。

放学后她刚出门,就看到一大堆人围在街中心,议论纷纷。她左右顾盼都没有看到阿靳,便好奇地走过去,有人为她让出一条路,让她看到人群中心躺着的尸体。

是阿靳。

他已经不似人形,浑身血污,不知遭受了多少虐待。他的整个脸都已经肿了,褐色的液体凝固,衣服也在虐待中变成零散的布。他躺在地上,没有呼吸。

我奶奶跌坐在雪地里,鼻翼像被电击了一样颤抖。

周围的几个警察看到我奶奶,互相递眼色,开始驱散看热闹的人,把阿靳的尸体抬上警车,呜呜着远去。

人走了,雪停了,夜深了。

一阵冷风卷起积雪,拍打在我奶奶脸上,她才清醒过来,木然地向宿舍走回去。到了宿舍,其他女生正在聊天,看到我奶奶都停住了嘴。她也不管,径直走到床边,衣服也不脱便躺了下来。她似乎很冷,裹着厚厚的被子也止不住颤抖,牙齿也在咯咯打战。

其他女生从没见过我奶奶这个样子,想说话,却不敢。宿舍里一片沉默着,只有窗外寒风呼啸,如泣如诉。

过了几天,议员又叫我奶奶去他的中式古风别墅。我奶奶"嗯"了一声,坐上了去别墅的车。

紫砂壶依然在炉上炖着,水汽袅袅,屋子里茶香弥漫。

我奶奶一脸木然地坐在椅子上,眼睛看着议员,但目光涣散,没有聚焦。

"你怎么了?"议员温和地问。

我奶奶摇摇头。

"啪!"一记响亮的耳光落在我奶奶右颊上。力气之大,让我奶奶直接向左倒下。她还没回过神,肚子上已经挨了一脚,疼痛像电流一样窜动。

"你这副鬼样子做给谁看?"议员提起我奶奶的衣领,把她拉到面前,面目狰狞,"是为那个男人吧——那个卑贱的不自量力的男人!"

我奶奶扭头看着他,开始明白一些事情。

"我知道你在想什么,我不怕告诉你——是我做的。我让人杀了他!"他凑到我奶奶耳边,一字一顿地说,"是我杀了他。"

紫砂壶里的水煮开了,咕咚,咕咚,盖子被水汽顶得一跳一跳。

"我看到你们在警察局门口接吻,我捏紧拳头,指甲掐进肉里才忍耐住。我碰过的东西没人可以动,本来按照我的脾气,也要把你一起杀掉的,但我舍不得。我派人把他抓住,用了我所知道的最残忍的手法折磨他。他倒是硬气,到死都不说会离开你——当然,他说了也难逃一死。我故意把他的尸体丢在街上,躺了一个下午,就是为了让你看到。你看到了,所以你知道跟我作对是什么下场了吧?"

他每说一句,我奶奶的颤抖就剧烈一分。她咬着嘴唇,皓齿几乎将嘴唇咬破,腥甜的味道在舌尖上弥漫。

议员一边掐住我奶奶的脖子一边扯她的衣裳,我奶奶开始挣扎,但力量悬殊,被压倒在炉架旁。一滴清泪在她的眼角慢慢沁出。

"我真不明白,"议员喘气如牛,整个脸都因为兴奋而通红,像是有血要滴下来,"你是怎么看上那个杂种的! 他哪点比我强? 如果你早点明白,他就不会死了——是你害死他的!"

于是我奶奶不再挣扎。

她的手在炉子旁摸索,摸到了那柄炙热的紫砂壶。泪水划过她的脸颊。她握住壶柄,闭上眼睛,将满壶的沸水向议员泼过去。

我奶奶十七年循规蹈矩的人生,因这一个动作而全然破灭。当议员在地上痛苦挣扎时,她脸上没有表情,心里亦无悲喜。

只有一声叹息。

那个议员整个脸部被烫伤,血肉模糊。虽然联盟的科技可以轻松让他恢复相貌,但那沸水泼面的痛苦,依旧牢牢盘踞在他的痛觉神经里,永生不去。在以后的日子里,他每次看到晃动的液体,脸颊肌肉就会止不住地痉挛,看再多的心理医生也没用。

他把我奶奶从监狱里面提出来,对她说:"你做的事情足够让你死一万次,但我不会杀你,因为那样就太便宜你了。我要把你流放到最偏远艰苦的星球,让你这花一样的脸在日复一日的苦难中凋零,没有什么比这更让我解恨了。"说到这里,他似乎又兴奋起来,压抑住身体的战栗,说,"这是对你最重的惩罚。你在最优越舒适的地方长大,要在不毛之地垂垂老去!"

我奶奶已经被折磨了好几天,精神恍惚,没有回答。

"还有,你不要想自杀一了百了。"议员掏出一张相片,上面是阿靳骑车载着我奶奶穿过大雪飞扬的街道的动态画面,应该是由靳川偷偷拍下来的。议员把照片翻过来,对着我奶奶。照片的背面有三个字,色泽殷红,字迹潦草乏力,像是垂死之人用手指蘸血写下的。"在把他杀了之前,我问他有什么话要对你说,他就掏出这张照片,写下了这三个字。"

活下去。

我奶奶如遭雷击,掩面痛哭。

活下去。

这三个字如同咒语,在耳边低低吟唱,萦绕不灭。

活下去。

这是将死之人最后的执念,是死者对生者的嘱托。

"所以,你会好好活下去,活在苦难里。"议员把照片扔在我奶奶脸上,发出嗜嗜怪笑,声音有如魔鬼,"正如我所说,一切都会消逝,唯有痛苦永恒。"

不久之后,我奶奶被分配到整个联盟最艰辛的星球——芜星。她将在那里度过余生。

2

我奶奶的日记到此便戛然而止。

上面这些事情藏在古老的文字里,我看完后,沉默良久。我把日记扔在火盆里,纸页顿时卷曲,字迹被焦黑浸染,所有快乐和悲伤的往事都在火焰的舔舐中化作飞灰。

我已经花了很长时间来讲她的前半生了,或许你已经不耐烦,那我也不再占用你的时间,这个故事到此为——

不,我还要讲下去!

虽然日记已经焚毁,但我奶奶的故事并没有结束。在芜星痛苦挣扎艰难求存的日子才是我奶奶真实的写照。她做过许多难以启齿的事情,承受着别人的指责和咒骂,一直面无表情。她在茫茫黑夜中跋涉前行,没有火把也没有同伴,全靠心中唯一的信念——活下去。

现在,请你坐好,继续听我往下讲。

3

关于芜星的贫瘠和荒蛮,我在另一个故事里提到过,就不赘述了。如果你懒得去翻找,就根据以下词语来进行最糟糕的想象吧:两轮毒日,赤地千里,污水横流,民风粗鄙,荒田待垦……

我奶奶花了很长时间来适应芜星的生活。

你要知道,她从已改造数百年的宜居星球而来,那里是按照最适合人类居住的环境设计的,连紫外线都经过精心过滤,温度得到调控,人们从事文职工作,低劳动,高薪酬。而这里,一个靠农业耕耘来改造的荒芜星球,人们要用落后的农具与险恶的自然斗争,并且因为它位于联盟疆域边境,物资供给常常迟滞甚至中断。

穷山恶水出刁民,这里的人都憋着一肚子的火,打架斗殴比吃饭睡觉还常见。据说曾经有几个少年想逃离这里,被发现后,其中一个被生产队队长活活打死。

我奶奶住在低矮逼仄的宿舍里,跟同一批来的十几个女生挤在一起。她的床铺在房间角落,床板单薄,棉被散发着霉潮和汗馊味,不知用了多少年,不知被多少人睡过。她蜷缩在床上,整夜整夜地打喷嚏。到了白天,她还要穿上胶鞋,在满是臭水的改造田里耕种。她没有干农活的经历,不出几天,手掌就磨破了。

天上两颗恒星低低垂着,放出炽热光芒,像针一样刺在她的背上。晚上休息时,她只感到脊背像生锈了一样,每动一次,都酸痛得让她呻吟出来。

当然了,不管怎么说,我奶奶都是一个漂亮姑娘。漂亮姑娘在哪里都不会太吃亏的。在她来芜星的第一天,从飞船中走下来时,就引起了一大群男人的惊叹。他们终于明白,女人的脸庞可以如此精致,不是像他们以前看的女人那样巨眼阔鼻;他们见识到,女人的身材可以是高原丘陵,层次分明,不是像他们以前看的女人那样铁腿铜腰合金胸,从上到下都是一个尺寸。

作为一个漂亮姑娘,我奶奶在来到芜星的前期,尽管经过了很难受的适应期,但总体上比其他芜星女性要过得好。几年之后,她嫁给了我爷爷。①

关于她和我爷爷的故事,乏善可陈。他们的婚姻并非出于爱情。我爷爷在一场席卷整个星球的饥荒中立下了功劳,后来作为奖励,他得到了一座位于开发区的房子。我奶奶需要一个好住处,而我爷爷需要一个女人,尤其是漂亮女人。

我爷爷的一生也历经坎坷。他终生忘不了一个举手托腮的姑娘,即使在结婚之后,也时常帮她度过生活上的难关。我奶奶目睹了这一切,什么话都没有说。后来那个姑娘打算逃离芜星,我爷爷帮助了她,这个不负责任的行为使他被抓进监狱,关了十年。

从英雄楷模到受人唾弃的阶下囚,只在一念之间。

---

① 关于我爷爷的故事,参见拙作《我讲我爷爷的故事》。

那时候我爸爸已经出生,躺在襁褓里,稚嫩的眼光看不到家中剧变。那所大房子被收回,我奶奶带着孩子,回到了逼仄阴潮的宿舍。

到了这里,我奶奶的人生已经几经起伏:在富贵优越的荣星成长,又被发配到苦寒的芜星;在地里艰辛工作后,住进了舒适的大房子,然后因为我爷爷,她又带着我爸爸回到了原点——哦,不,因为多了一张嘴,我奶奶的生活更加艰难。她觉得她的人生轨迹已经到了最低点。

但她错了,更难走的路还在后面。

我奶奶把孩子放在背上,弯腰劳作,一天下来几乎能够把腰压弯。但她不放心把孩子放在无人照顾的宿舍,也不敢放在机械来往的田间。孩子好动,在背篓里时常伸出手,摸着我奶奶的脸。两轮太阳放出的阳光叠加起来是有毒的,他哪怕手只伸出一会儿,娇嫩的肌肤也被灼烧得红黑一片,像滋生出了阴翳。我奶奶心疼至极,狠狠地打了一下孩子的手掌,骂道:"叫你不听话,把手伸出来!"我爸爸放声大哭,她又忍不住把他搂在怀里,一边哄一边垂泪。

尽管我奶奶艰辛劳作,宁愿自己不吃也把食物留给孩子,但不到两个月,我爸爸仍然从原来的白胖婴儿饿成了瘦小的一团,看着就硌眼。没有奶水,没有营养品,他正在迅速地失去健康。

这情况让我奶奶心急如焚。她也曾去求助过别人,但这是芜星改造最艰难的日子,人手不足,生产任务吃紧,每个人都在拼命多干活多拿补助来养活家人。

我奶奶挨家挨户地敲门,"我自己怎么挨饿都行,"她把孩子托起,让他饥黄色的面孔暴露在他人的视线里,"但是孩子不能饿,求求你。"

那个时候我奶奶才二十三岁,这对联盟其他开发星球的女孩子来说,都还是化妆逛街谈恋爱的年龄。而我奶奶已经放下所有尊严,憔悴地站在别人家门口,伸出了手。

大多数人家直接把门关上,独留我奶奶站在晚风萧索中。而那些曾经追求过她的男人,如今都成家了,他们为难地看着门外的母子,又回头看看冷着脸坐在屋里的老婆,都摇摇头,低声说:"对不起……我家里也难熬……"便把门关上了。

这其中,只有小杜顶着他妻子的怨恨目光,默默从厨房里拿了几个面包,递给我奶奶。"只有这点了……"他愧疚地说。

"谢谢你,谢谢你。"我奶奶连声说。

小杜摇摇头,叹息一声,便关门进去了。我奶奶转身离开,还没走几步,就听到小杜家里传来了尖锐刺耳的争吵声。

晚风吹拂,夕阳无力,我奶奶的影子被拉得很长很长。

不久之后的一个夜里,我奶奶在迷糊中醒来,发现孩子的额头发烫。她的睡意在一瞬间消失,连忙起床,鞋都来不及穿就抱着我爸爸去找医生。

医生的家在营地几里外,我奶奶在夜里奔跑,脚很快就被石子磕出了血。孩子在他怀里沉沉睡着,呼吸微弱,她的手臂都感觉不到气流。她心里充满了恐惧,边哭边跑,哭声逐渐由哽咽变成号啕。"不要死,要活下去……"她大声哭着,对怀里的婴儿喊道,"要活下去……"

有夜行的人路过,被她的模样吓坏了。行人回家后,拍着胸膛,心有余悸地向别人讲述在路上遇到了一个疯女人。

我奶奶赶到了医生家。那时她的整个脚面都血肉模糊,却

似毫无察觉,只是急促地拍着医生的门,带着哭腔喊:"快出来
……我儿子——医生救命啊!"

医生披衣开门,满脸不悦,对我奶奶说:"大半夜的你闹什么
闹?"但他看到我爸爸的脸色时,顿时急了,"孩子怎么成这样
了!快进来!"

医生把我爸爸抱进卧室,给他看病。我奶奶在外面焦急地
等着,她一会儿抱着手臂,一会儿蹲下来又站起。

等到后半夜,医生才满头大汗地出来,舒了口气,"你要是晚
来一会儿,孩子就——现在总算保住了。这孩子营养不良得吓
人,你这个妈是怎么当的?"

我奶奶又委屈又羞愧,低着头,泪水再次流了下来。

医生叹口气,也没多说什么了。医生的妻子给我奶奶倒了
杯热茶,扶她坐下,低声宽慰。我奶奶局促不安,过了很久终于
鼓足勇气说:"我……我没有带钱……"

"没事,不要紧的。"医生说,"只是你这样下去,对孩子也不
好。"

"我已经尽力了……"

"我看得出来,只是有些事情并不是尽力就可以的。"医生看
了一眼自己的妻子,犹豫一下,说,"我有一个提议,不知道该不
该说。"

我奶奶诧异地看着他们。

医生斟酌着词语,说:"是这样的,我们夫妻一直没有生育,
很想要个孩子。你的孩子虽然瘦弱,但只要营养跟上就会很健
康。我想,如果你……我们可以代为抚养你的孩子。"

"这是我的孩子!"我奶奶的脸一下子就白了,站起来,冲到

卧室里抱起孩子就跑。孩子已经基本稳定了，呼吸均匀而沉稳。他在睡梦中，对一切浑然不觉。

那一个晚上，我奶奶辗转难眠，想了很多。这凄惨的生活让她萌生死意，但耳边立刻响起"活下去"这句咒语，她忧愁叹息，坐起来，抱着儿子。窗外的黑暗慢慢地隐去，晨曦开始露出来，一点红色的霞光透进窗子照在我奶奶脸上。

她深吸一口气，抱着孩子走出去。她迎着霞光，眼睛有些睁不开，但还是走到医生家门口。医生似乎料到了我奶奶会回来，淡然地看着她。

"我想好了，孩子交给你们来养，对谁都好。"我奶奶微弱地说。

医生点点头，"嗯。放心，我会好好照顾他的。"

我奶奶鼻子发酸，正准备回去干活，医生又叫住了她，说："我有一个条件，我想他把我们当作真正的父母，没有丝毫隔阂。"

"我不会告诉他我是他妈妈。"

"不，这不够。"医生摇头说，"这附近有那么多人都知道他是你儿子，只要你还在，他总会知道的。这会是他成长过程中的困扰。"

他的每一个字都像冰冷的手术刀，扎进了我奶奶的胸膛。她的眼泪已经在这几天流干了，麻木地看着医生。

"所以你不能留在这里。"医生拿出一个包裹，递给他，"这里面有些钱，你拿着吧。去别的地方，不要再回来了。以后他就留在这里，我会把他当亲生骨肉一样对待的。我是医生，整个生产队都需要我，我有能力照顾他。"

那是一个霞光密布的清晨,破旧的改造区在晨风吹拂下缓缓苏醒。两颗恒星露出头,已经陆续有人起床,人声开始沸腾。高塔上开始释放等离子气体,用于抵挡某些致命的宇宙射线。仅有的几艘反重力喷洒机如同衰老的鲸鱼一样,在半空中缓缓游动,并将作物所需的肥料洒下来。更多的则是田间的人们,他们弯腰劳动,挥汗如雨,用最古老的农具来对抗这颗星球。

这些景象平凡无奇,只是芜星改造期中微不足道的一天。但在这一天,我奶奶背着行囊,离开了这片熟悉的土地。她面无表情,逆着人群行走,路上有人向她打招呼也不理。霞光在她身后弥漫开来,人们疑惑地望着她,看着她的背影逐渐变小变淡,直至完全被霞光淹没。

谁也不知道接下来的八年里我奶奶到底经历了什么。

人们只知道,在八年后的某个清晨,营地旁边突然多了一个木棚子。人们路过的时候,看到里面有个熟悉又陌生的人正忙来忙去。说熟悉,是因为认得我奶奶的脸;说陌生,是因为我奶奶苍老了很多,三十出头的年纪,鬓角居然出现了霜白。

我奶奶回来的消息在营地里迅速流传,很快所有人都知道了。于是,有两拨人先后去找她的麻烦。

第一拨,是生产队派去的督察人员。八年前我奶奶不辞而别,违反了《殖民星球改造法》。如果人人都随心所欲,那这艰苦的活儿就不会有人干了。督察队的头儿正是小杜,冲到木棚里,但看到我奶奶后便愣住了。

我奶奶正在钉木桌,费力地挥动锤子,然后站起来去拿新的木条。她走路的时候一瘸一拐,右腿似乎没有力气,软软地在地上拖动着。

"你的腿……"他吃惊地问,"你的腿怎么了。"

"没什么,被人打了而已。"我奶奶语气淡然。

"这些年,你到底是怎么过来的啊?"

我奶奶把几根木条夹在腋下,又拖着腿走回来,低下身子,说:"你是来抓我的吗?如果是的,就动手吧。不是的话,我要继续钉桌子了。我还有七八个桌子要做。"

小杜的脸色几经变换,最终跺跺脚,说:"你放心,现在我在队里也说得上几句话,有什么我都帮你扛着。"

第二个来找我奶奶的,是那个医生。他戴着眼镜,文质彬彬,对她说:"你怎么回来了,你不是答应离开这里吗?"

"这里是我的家,我的丈夫和儿子都在这里,我不走。"这个时候,我奶奶的桌子都做得差不多了,她一边把桌子搬到屋子前,一边说,"我再也不会离开了。"

医生一怔,"可是你收了我的钱啊……"

我奶奶这才停下手上的活计,回身到屋里,拿出一个包裹给医生,说:"这是你当初给我的钱,拿走吧。"

医生把包打开,果然看到里面一叠整整齐齐的联盟通用币,只是已经很旧了,装钱的镂空聚酯盒已被磨损得失去了棱角。但看得出来,盒子从没被打开过。

"这……"他不知说什么好。从我奶奶的现状看来,这几年她必然颠沛流离,历经人间艰辛,但她居然始终没有动过这笔钱。

医生也无功而返。

我奶奶把七八个桌子一字排开,放上碗筷,在木棚前摆起了饭馆。这在生产队是破天荒的事情,人们生活的一切目的都是尽快将这颗星球改造成人类宜居地。每天早上出门干活,晚上回屋休息。我奶奶的行为已经偏离了这个共同目标。

但这个时候的我奶奶,已经不像以前一样脆弱。她有行动力,有手腕,有耐心,整日整日地在生产队领导的办公室前守着。

"我已经是残疾人,干不动那些重活了。"我奶奶把右腿裤管卷起,展示她那因严重萎缩而变得可怖的小腿,"但是我还可以发挥余热。我学会了厨艺,开饭馆能让其他人偶尔换换口味,提高工作积极性。这也是做贡献。"

小杜也不断为我奶奶说话,领导们思考良久,终于点头。

我奶奶成了生产队第一个不用下改造田的人。刚开始人们对她的饭馆敬而远之,但很快,他们路过的时候,闻到里面传出来的诱人香味,不禁放慢了脚步。

终于,有人禁不住诱惑坐到了棚子下,叫我奶奶下一碗面。他将信将疑地夹起第一口面条,放进嘴里,然后忍不住发出一声满意的呻吟……此后,我奶奶的饭馆便挤满了人。

看来,这八年里,我奶奶不仅遭受了难以想象的痛苦,也学会了精妙至极的厨艺。

我奶奶的生意越来越好,木棚换成了木房,然后在第二年的春天来临时又改建成了储氢复合板房子。她终于不会在雨夜里被渗下来的冷水淋湿全身了。

我奶奶在努力挣钱活下去的同时,也经常到医生家附近转悠,遥遥地看一眼那个虎头虎脑的男孩。她儿子,也就是我爸爸,已经到了活蹦乱跳四处惹麻烦的年纪了。他并不知道自己真正的母亲是时常鬼祟地躲在远处的瘸腿女人。他其实早就发现了我奶奶,问医生:"爸爸,那个瘸子是谁啊,老跟着我?"

医生看一眼我奶奶,牵起孩子的手,低声说:"别理她,只是一个疯婆子而已。"

当然,我爸爸后来还是与我奶奶相认,并且无悔地照顾她的后半生。只是,这又是另一个故事了。

我爷爷在不久之后出狱了。他为了让心爱的女人逃离这颗星球,入狱十年,再出来时已经物是人非。他打听到我奶奶的住处,背着简单行囊,在春风骀荡中欢快地走着。他在牢狱中进行着更加艰苦的劳动,背都已经驼了。一路上有不少人见到他,先是惊疑,认出他后纷纷打招呼,但我爷爷没有停下脚步,他大声说:"我出来了,我要去找我老婆和儿子——我有十年没有见他们了!我要开始新生活啦!"他的声音混在春风里,吹向四方,每一个听到的人都能感受到他的激动和喜悦。

然而,当他敲开我奶奶的家门时,我奶奶只看了一眼,就把门关上了。

这对分开了十年的夫妻,各自站在一扇门的两边,如同隔着深渊。

"我一辈子都不会原谅你的。"门里面,我奶奶说。

门外面,我爷爷脸上的容光渐渐消隐,嗫嚅着什么,但听不清。他等了很久,直到两颗夕阳斜斜地垂在天际,门依然没有打开,他叹息一声,转身离开了。

此后的几十年里,他们一直没有联系。两个曾经同床共枕的人,已经形同陌路。

我奶奶的饭馆越开越成功。那时候已经到了星球改造的高潮阶段,人们变成机器,在田间野外夜以继日地劳作。芜星负责人决定在半个世纪内让星球达到宜居标准,从而结束漫漫数百年的改造期。在这种大形势下,人们普遍生活困顿,而我奶奶因为生意红火,已经过上了相对富裕的生活。

但,命运似乎是我奶奶的敌人。

它用如同黑渊般的双眼俯视她,每当她开始尝到生活的甜味时,一抹阴冷笑容就会浮现在命运的嘴角,然后用它那骷髅般的手指把我奶奶的命运拨到另一条道路上。

这一次,噩运是以洪水的形势出现的。

为了缓解芜星的用水紧张,他们费力捕获了一颗划过芜星近轨道的彗星,将之融化,把巨量的水储存在营地外的大堤内。这其实很不合理,首先水应该分开储藏;其次它们不该放在地势高的地方——其实也不能怪谁,芜星常年干旱,他们没有应对水患的经验。

意外出现在一个雨夜。这是芜星罕见的天气,大量云层累积,电闪雷鸣,暴雨如注。堤坝里的水位迅速升高。然而雨太大,连警戒灯的红光都被淹没了。致命的一击来自一道闪电,它正巧劈在堤坝上,一个细小的口子出现了。水流从缺口里渗出来,逐渐变大,最后"轰"的一声,整个坝面被冲开。水流汹涌而出,如一群狂奔的野马般向不远处的营地冲去。

那时我奶奶正在熟睡,突然听到外面传来了鬼哭狼嚎般的声音,夹杂在雨声中,分外瘆人。

"快跑啊!"有人在喊,"洪水来了!"

洪水是个陌生的字眼,我奶奶没有太在意。但外面越来越混乱,透过窗子,隐约可见人影纷乱。我奶奶咕哝着什么,披衣起床。一道惊电在她开门时猛然闪过,天地彻亮,这一瞬间,她看到了几十米高的水墙正在向这边压来。

洪水在下流的过程中积蓄了巨大的动能,来势汹汹,雷鸣和电闪都在为它助威。人们疯狂地往后跑,来不及逃走的人被水浪击中,拍在墙壁上,直接被震碎内腑而死。这个营地的住房大都年代久远,且材质简陋,洪水一路呼啸,沿路上的房屋成片成片地倒塌。

我奶奶吓了一跳,扔了雨伞,拼命往屋顶上爬。她的右腿已然萎缩,使不上力,但剩下的三肢像上了发条般,一起用力,支撑着她的身体飞快上蹿。

她刚刚爬到屋顶,抱住顶上的尖角,巨浪便迎面扑来!整个屋子一震,我奶奶的身体也随之甩动,幸亏死死抱紧才没被甩出去,但她也被震得五脏剧痛,险些喘不过气来。

这屋子是用储氢复合板制成的,虽然轻薄,但质地牢固,加上筑基很深,居然正面挡住了洪水的冲击。水被房子切开,分向两边,继续滚滚而下。

大雨倾盆,雷声震天,房屋仍在摇晃,但我奶奶已经稳住了身体,慢慢地坐起来。她浑身都被雨水浇透,衣服变得又冷又重,紧贴在身体上。

她开始只是木然坐着,头发耷拉,脸上雨水流淌,淌过她过早出现皱纹的眼角,盈满眼睛,看上去像泪,但其实不是。

我奶奶没有把屋门关紧,洪水冲进去,卷走一切。在不断闪现的电光中,她看到家电在洪涛中载沉载浮,桌椅迅速地流向远方,饭店的所有设施都被冲走或报销了。

然后她就愤怒起来了!

她扶着顶墙,颤巍巍起身,瘦小的身体在狂风暴雨里站立不倒。闪电照亮了她因愤怒而变得扭曲的脸。

"你非要看着我死才肯收手吗!"她对着乌云汇聚的夜空大喊,雨水顺着脸庞流进她嘴里,内外皆寒,"我都已经这样了,我没有丈夫,我失去了儿子,我一个人孤苦伶仃,你还嫌我不够惨吗?"

"轰",一道枝状闪电划过夜空,她的脸色被照得惨白。

她仰头大喊,状若疯狂,"你看看我这条腿,是被人活生生打断的啊!我只是想捡起一个他们掉在地上的馒头吃,他们就用钢条,从我的脚开始一寸寸往上打,一直打到膝盖。当时你就看着,任由这一切发生!现在,你又把我辛辛苦苦建起来的家冲走!我到底做错了什么,你要这么对我!"

她的声音又尖又锐,像刀子一样刺进雷声雨声里,远远传开。再大的雷雨也遮不住她凄厉的喊叫。一些在水中挣扎的人听到了她的声音,诧异地扭过脑袋,看着我奶奶在暴雨洪水中仰头怒骂。

后来他们回忆起来都说,从没见过一个人有这么愤怒的模样,好像她把对老天爷一生的怨恨都发泄出来了。

"有本事你就弄死我吧!"她伸手指天,大声骂着,封存在久远记忆里的脏话脱口而出,竟比雷电还响亮。这些脏话是曾经某个人教她说的,字字恶毒,让人脸红。

雷声大了起来,闪电一条条蹦出,似乎回应我奶奶的咒骂。最近的一道闪电就劈在她身前十几米的铁柱上,但我奶奶毫不变色,喊道:"你瞎了眼吗,再劈得准一点儿吧!"

这时,天地之危终于出现!第二波洪峰在夜幕掩护下悄然袭来,撞上我奶奶的屋子,"轰隆隆"一阵响,她的房屋终于倒塌在洪水中。她在下滑的屋顶盖板上打了好几个滚,头破血流,然后一头掉进洪水里。

罢了,就这么结束吧。

那一刻,她感到如山如海般的疲倦向她压过来,四肢垂下,浑身乏力。她在水里下沉,被水流裹挟着,不知撞到了多少东西,头晕乎乎的。她闭上眼睛,安静地等待着胸腔里的氧气被耗尽。意识开始模糊,死亡藏在混乱的水流中,慢慢地向我奶奶聚拢过来。

或许这一次,我奶奶开始向一直笼罩她的悲惨命运妥协了。

意识坠入深渊,在光怪陆离的视野里,我奶奶却看到了一个年轻人。他站在灰沉沉、雾蒙蒙的彼方,含笑不语,目光穿过尘雾落到自己身上。我奶奶以为早已将他的样貌忘却,但此时才知道,他的样子已经深深地刻在心里,多少年时光消磨,依然栩栩如生。

我奶奶的鼻子突然有些酸。

"活下去。"他说。

你说得轻巧,我奶奶弥留之际,心想,这种活法,谁能熬得下去。

他又重复了一遍,说:"活下去。"

我奶奶点点头。一切幻象消失,四周只有郁黑色的冰冷的水,她鼓起最后的力气,手脚挥动,让身子向上浮起。

"哗啦",我奶奶破水而出,大口呼吸,柔软的带着香甜味道的空气涌进她的肺部。

洪水过后,人们怀着悲痛的心情收拾残局。

驯服一颗星球并不容易。在改造芜星的漫长时光中，天灾人祸从来不曾缺席，几代芜星人在不断的斗争中繁衍下来。无数人耗费终生，洒下了青春热血，才让这个浩大工程的车轮持续不断向前转动。

而整个人类联盟，浩荡的疆域版图，就是以这种方式被一点点扩大的。

他们对灾难已然麻木，水退之后，立刻开始了重建工作。我奶奶辛苦好几年的积蓄在洪水中被冲荡一空，她叹息一声，又开始钉木桌子。

咚咚咚，咚咚咚，那单调的敲击声，是她对悲惨命运的抗议。我的奶奶，这个一生艰苦的瘦弱女人，以她特有的方式，一次次在噩运折磨中重新站起来，继续伛偻着前行。

她后来又经历了许多事情，颠沛辗转，几经起伏，恕我不能一一讲给你听了。或许是那个议员的诅咒，悲惨命运一直伴随着我奶奶，像一位故人，不离不去。但即使她的儿子后来被人活活打死，即使她几番一无所有，在最艰难的日子里，她也没有放弃求生的念头。命运可以轻易打倒她，但不能阻止她爬起来。

活下去，已经成了她的执念。

很多年以后的一个下午，阳光慵懒，饭店里没有客人，我那已经一百二十多岁的奶奶正靠着墙角打盹。

一个满面风霜的旅人走进饭馆，希望我奶奶给他做一碗炒饭。我奶奶应了，刚要转身进厨房，却被旅人叫住了。

他长久地看着我奶奶，突然笑了，说："嫂子，好久不见。"

我奶奶诧异地打量他。他的脸很熟悉，但漫长岁月已经在记忆里积下了厚厚的灰尘,许多往事都已失散,许多故人都已零落。旅人淡然地看着她,耐心地等着。突然,像一阵风吹开了灰尘,记忆露出了底色。

我奶奶迟疑地说出那个名字:"阿川?"

旅人露出笑容,说:"是我,嫂子。过了这么多年你还记得,过了这么多年你还活着。"

我奶奶突然失去了力气,坐倒在地上。浊泪从她满是皱纹的眼角流出,划过脸颊,滴在尘土里。自从她被医生逼走之后,她就再没有哭过了。但现在,泪水不断涌出,怎么也止不住,似乎是要出来跟久违的故人打招呼。

旅人伸出手,在我奶奶头上抚摸。他摸到了杂草一样的头发,枯松又苍白,它们长在一颗瘦小枯萎的脑袋上,在很久之前就已经失去了活力。他低下头,看到我奶奶的右腿,那里只有空荡荡的裤管。

"你老了,嫂子。"

我奶奶默默地流泪,过了好久才说:"但你却很年轻。为什么你一点都没有老呢?"

旅人笑笑,没有回答。他脖子上挂着红色吊坠,里面有某种比沙子还细的东西在晃动。他自有他的故事,但太过漫长,无法讲给我即将死去的奶奶听。

"你来这里做什么?"我奶奶问。

"我在游历。我在联盟的星球间游历,暮星、地球、火星、希尔星……哪里都有我的足迹。嫂子,我是星海间的旅人,脚步从未停下。"旅人的声音很轻,但字字都落进我奶奶的耳朵里,"芜星是我的第七十几站,或许是一百多站,我记不清了。我在这里待了很久,正准备离开,没想到遇见了你。真巧,像是命运的安排。"

我奶奶边点头边哭,哭着哭着,又笑了起来。

她抹去眼泪,说:"我去给你做炒饭。"她已经年迈,拄着拐杖,走路时颤颤巍巍,似乎一阵风就能将她刮倒,但她还是走进厨房,系好围裙,流泪将金黄的饭粒倒进加热锅里。

在等待的过程中,旅人掏出一只口琴,轻轻地吹起来。

那个黄昏到来的时候,旅人向我奶奶辞别。我奶奶靠在墙角里,看着他逐渐淹没在晚霞里的背影,嘴角扬起一抹微笑。

"真巧,像是命运的安排。"她耳边回荡着旅人的话。

是啊,联盟的疆域横跨亿万光年,居住星球不计其数,两个失散的人,能在一家小饭馆里相遇,概率小到连星舰主电脑都算不出来。唯一的解释,便是命运牵引着他们走到一起。

这是命运送给她的礼物。

到这里,我奶奶的故事就结束了。我无意给她的整个人生做一个总结,这没有意义,我奶奶也不会喜欢。我只觉得感慨:命运是她终生的敌人,她这一辈子都为了生存而斗争着,在她死去的那一刻,才终于与命运握手言和。

晚霞凄艳,霞光游荡在我奶奶嘴角的皱纹里,让她的笑生动起来。"谢谢。"她的头慢慢地靠在墙上,轻声说。

晚风大了些,吹动我奶奶的苍然白发,似乎在回应。

后　记

阿　缺

　　有那么一阵，我会接到邀请，去一些学校讲座。

　　其实并没有多少干货可以分享。不写小说的时候，我是个非常低俗且无趣的人，在街上遇到了，你都会皱眉绕开；而写小说时，勉强超然一些，但依旧无趣——趴着敲键盘，也很难有趣起来。

　　但还是去参加讲座，主要是贪恋人群的热闹。想见到更多的科幻迷，尽管可能不会直接交流，绝大多数也只是一面之缘，再难相见。但看着跟自己一样的人，会莫名心安一些。

　　而这些讲座中，经常会被问到一个问题。

　　"科幻到底有什么魅力？"

　　对这个问题，我有标准答案：因为读科幻可以让人挣脱现实桎梏，打开视野，加深对时空的理解，保持对宇宙的敬畏。科幻能饲养自己的求知欲和想象力，让我们比读其他类型文学的人更了解科学。在这个世界被科技日新月异地改造着的年代，科幻是让你能站得更高更稳的磐石。

这既是标准答案，也是读者朋友们想听的答案。每一次，我也都这么回答。

你看，我说过我无趣，没骗你吧？

但在这本书的后记里，我应当向你坦诚：就个人体验而言，我对宇宙的宏大、人类命运的忧思以及技术对人性的侵蚀等命题，都无法共情。这不是这些科幻作品的问题，是我自己的问题，原因复杂，下本书再聊吧——如果还有下本书的话。

我能体验到的科幻的魅力，只在于它的浪漫。

是的，浪漫。

这是一个你不常在与科幻有关的场景里能看到的词。这也是个小里小气的词，怯生生的，只能躲在"科技""宇宙""史诗"未来"这些庞然大物后面，哪怕偶尔冒头，也会受到讥笑。但对我，它的确存在，且一直维系着我的科幻阅读与创作。我现在试图向你表明为什么它会有这种吸引力。

就像前面说的，科技缩小了世界，网络覆盖这颗狭小的星球。一个手机，就能把时间和空间缩进网格里。触屏界面上的按钮，成了人类新的肢体；可以冒险的地方越来越少；未知之地被网络蚕食；大多数人在都市里出生，也将在水泥中死去。而在这短暂的几十年里，人们只能从互联网里来更新认知，而网络资讯，又是如此贫乏。所有的热点，都发生过；所有的时尚和潮流，都是陈旧事物的借尸还魂。

当然，我并不否认如今的便利，我自己也是真香党。只是偶尔想想，还是觉得遗憾，这个年代不容易发生浪漫、决然、富有冒险精神、离开了便无法回头的故事。而这些故事适合的场景，是星辰大海,是科幻。

所以我爱科幻,尤爱科幻几大经典类型中的太空歌剧。

在银河尺度的舞台上,距离和空间再度恢复了它们的庄严,是难以逾越的存在;曾被科技膨胀得忘乎所以的人类,重新成为虫子。

要去往下一个星球,就要做好永远无法回到故乡的打算。

错过了这间酒馆里遇到的人,在十亿星辰里,再碰上的概率就几乎不存在。

道路不会有尽头,前方永远是未知。飞船把文明的种子带到陌生的星球,埋下去,又立刻赶往下一个目的地。你在深夜抬头,所有闪烁的群星,都是人类文明的荣光。

而在这样的背景里,有一个人,搭载着不同的飞船,在每一颗星球留下足迹。他疲倦,但永远兴味盎然;他渺小,但浩瀚的星云都是他的朋友;他见过形形色色的人,但孤单的时候,只会掏出一张因老旧而掉帧的液晶照片。

这是我心中浪漫的极致。

也正是因此,在很早前,我就想写下这个人的故事。我记得大学军训时,在烈日下咬牙站军姿,我就是靠在脑海里排演这些故事的情节,来让自己挨过这些时间。往往一个故事排演完,一上午的军姿就结束了。

后来每次等公交或等人时,也会发呆构思。只是随着环境变化,心境也与旧日不同,想的故事也变了。你在本书里看到的这六个故事,跟当时军训时构思的,就已经完全不同了。倘若我现在重新开始写,也会是新的故事吧。

但故事的内核,和每一次试图去营造的那种氛围,都一以贯之，从未改变。

这本书里，我想呈现的是一个人在星际年代里极富浪漫和冒险精神的一生。而一生太过漫长，我自己也只走了不到三十年，体验不够，笔力也不足以驾驭这么大的体量，所以构思了那么多年，却一直没有动笔。

在这里，就不得不提的是对本书影响很大的"追随"三部曲。这是路内老师的作品，虽然题材不是科幻，但它提供了略为取巧的写作思路——在"追随"里，路内老师是用三本书，讲述了主角经历的三个时期。尽管书中主角的身份变化，所爱的人也都不同，但读者会心有灵犀，知道三本书的主角其实都是作者思想的延伸。

于是，我也截取靳川生命中六个重要阶段，将之串起。你可能会看到在不同的故事里，主角的性格截然不同，倘若使你感到突兀，我很抱歉；但我的本意，是觉得人在不同阶段，性格确实会有变化。二十岁和三十岁的时候，他是不同的人，而中间那些琐碎的改变，我又没有兴趣去写。

不过我现在意识到了这个麻烦，而又得益于这本书的形式，使我可以在中间和之后添加新的故事。这并非亡羊补牢，因为我也不愿靳川的冒险就此结束，写这篇后记时，我也正写着靳川帮卷卷筹钱时经历的一次冒险。完成后，可能会以外传的形式出现。

最后，非常感谢本书的责编姚海军老师。过去的几年里，姚老师对我的写作提供了非常多的帮助和指导，具体到本书，当看到返给我的文档里那些密密麻麻的标注时，让我既感动又惭愧。还有负责校对的魏映雪老师，在周末的清晨跟我逐一核对书中的用词和造句，非常细致与专业。能有这样的合作，是我的荣幸。

　　而最感谢的，是您的阅读。让我们下一段旅程再见。